Lorraine Heath

Lorraine Heath est une autrice de romances. Née à Watford, en Angleterre, elle a grandi au Texas, où elle a obtenu un diplôme de psychologie. Ses romans figurent sur les listes des meilleures ventes du *New York Times* et de *USA Today*.

Le Cavalier

DE LA MÊME AUTRICE AUX ÉDITIONS J'AI LU

Le lord solitaire
Entre deux flammes
Le jour se lève
De si douces paroles

Pour un duché

1 – *Le cottage du bonheur*
2 – *La candidate idéale*
3 – *Les secrets de lady Lancaster*

Les Joueurs d'échecs

1 – *Le Fou*

Les amants de Londres

1 – *L'affront*
2 – *Le pardon*
3 – *La dette*

Les vauriens de Havisham

1 – *Pour lui plaire*
2 – *Et le comte rafle la belle*
3 – *Belle et rebelle*

Les Pembrook

1 – *Le doux souvenir d'une promesse*
2 – *Juste un baiser…*
3 – *Le dernier fils du duc*

LORRAINE HEATH

LES JOUEURS D'ÉCHECS – 2

Le Cavalier

Traduit de l'anglais (États-Unis)
par Carole Pauwels

J'AI LU

Si vous souhaitez être informée en avant-première
de nos parutions et tout savoir sur vos autrices préférées,
retrouvez-nous ici :

www.jailu.com

Abonnez-vous à notre newsletter
et rejoignez-nous sur Facebook !

Titre original
THE NOTORIOUS LORD KNIGHTLY

Éditeur original
Publié avec l'accord d'Avon Books,
une marque de HarperCollins Publishers.

Au nom d'Andrea Hamblin,
ce livre est dédié à Jan Patteyn,
qui a quitté la cité de l'amour
– Paris, en France –
pour suivre en Belgique Laura,
la femme de sa vie.
Puissiez-vous vivre heureux pour toujours.
Avec tout mon amour,
tante Andrea.

1

J'aurais dû être en train de danser dans la salle de bal. Au lieu de quoi je me trouvais dans le jardin, loin de tout éclairage, écoutant des bruits de pas discrets se rapprocher. Une troublante et familière fragrance de santal mêlée à son odeur particulière me parvint, révélant son identité.
Je restai immobile et j'attendis, le souffle court. Lentement, ses mains s'enroulèrent autour de moi, empoignant mes seins et les pressant doucement tandis qu'il m'attirait dans l'alcôve que formait son corps, jusqu'à ce que mon dos touche son large torse. Puis sa bouche, comme réchauffée par les flammes d'Hadès, le maître des enfers, se posa sur ma nuque, faisant courir sous ma peau de délicieux frissons. À cet instant, je compris que j'étais prête à faire tout ce que me demanderait lord K.

Anonyme, *Mes désirs secrets, une autobiographie*

*

Londres, 5 juin 1875

Arthur Pennington, comte de Knightly, aurait souhaité rester chez lui ce soir-là plutôt que de se rendre à son club préféré. Il avait pleinement conscience des coups d'œil envieux des jeunes hommes ne rêvant que de l'imiter, des sourires charmeurs des femmes – mariées ou non, jeunes et vieilles – qui auraient voulu l'attirer dans quelque recoin secret pour le séduire, et des regards assassins des hommes qu'il avait coiffés au poteau, en affaires ou ailleurs.

Il aimait gagner. Il adorait cela, en fait.

Dans sa jeunesse, le jeu consistait simplement à être le premier à initier une débutante au plaisir du baiser. Il n'était guère perspicace alors. Un baiser n'était qu'un baiser.

Au fil des années, cependant, les enjeux étaient devenus incroyablement plus complexes et les victoires plus discrètes. Il avait en effet découvert qu'il pouvait s'avérer délicieux d'être le seul à savoir qu'il avait gagné.

L'anonymat avait ses bienfaits.

Mais récemment, les regards curieux étaient plus fréquents, s'attardaient plus longtemps et étaient empreints de davantage de spéculation. Ils s'accompagnaient aussi de murmures et de hochements de tête, et parfois de gloussements nerveux – ces derniers étant généralement le fait de jeunes oies blanches faisant l'expérience de leur première saison et n'ayant pas encore été embrassées. Timides, elles étaient facilement embarrassées par toute référence à ce qui pouvait se passer entre adultes consentants.

Il espérait qu'au bout de presque six semaines la rumeur se serait dissipée, mais la bonne société n'aimait rien tant que médire sur ses membres.

Et ces derniers temps, il était la cible favorite des commères.

— Il semblerait, le Cavalier, que tu m'aies remplacé dans le rôle du gredin qu'il faut éviter à tout prix cette saison.

Depuis l'université d'Oxford où ils avaient étudié ensemble, lui et ses trois meilleurs amis se faisaient appeler les Joueurs d'échecs. Étant donné son vrai nom, Knightly était logiquement devenu pour eux le Cavalier.

Plissant les paupières, il reporta lentement son attention sur David Blackwood, qui, assis à côté de lui, affichait un air narquois. Deux mois auparavant, celui-ci s'était vu affubler par les journaux à scandale du sobriquet de Blackwood la Canaille en raison de sa propension à ruiner publiquement la réputation des femmes mariées, de telle sorte qu'elles se trouvaient vite divorcées. Aujourd'hui, il était aussi connu en tant que Blackwood l'Amoureux, grâce à Marguerite, qu'il venait tout juste d'épouser. Cette dernière occupait la chaise voisine de celle de Blackwood, entrelaçant ses doigts aux siens en une scandaleuse démonstration publique d'affection, dont ils étaient d'ailleurs coutumiers.

Ce comportement n'était toutefois pas inhabituel au Twin Dragons. Depuis que le club, autrefois réservé aux hommes, avait été ouvert aux femmes par son nouveau propriétaire, on y contait fleurette à tout-va.

Non que le Cavalier se plaise à y passer du temps. Désormais, il appréciait davantage la discrétion et l'intimité pour tout ce qui relevait de ses affaires personnelles, et même en ce qui concernait les sujets professionnels, à vrai dire. Il était devenu une énigme, y compris pour ceux qui pensaient mieux le connaître que quiconque, ses complices des Joueurs d'échecs.

Un verre de scotch à la main, ils étaient installés dans leur coin préféré de la bibliothèque du club, où ils évoquaient différentes stratégies d'investissement. L'esprit hautement tactique, impitoyables dans l'élaboration de leurs stratagèmes, ils n'usurpaient en rien leurs surnoms : le Fou pour Blackwood, le Roi pour

Kingsland, la Tour pour Wyeth, et donc le Cavalier pour lui-même.

— Je ne suis pas certain de comprendre ce qui te conduit à une telle déduction, finit-il par répondre au Fou de façon laconique.

Il mentait, étant parfaitement au fait de la situation. La faute en revenait à un livre récemment publié, et dont le succès était tel qu'il était à présent presque impossible de s'en procurer un exemplaire.

— Comme tu le sais sûrement, intervint la Tour, il se dit que tu serais lord K.

— Ce ne sont pas les lords K qui manquent. Ce pourrait également être le Roi, ici présent, rétorqua le Cavalier en désignant d'un signe de tête le duc de Kingsland, qu'accompagnait sa femme, Pénélope.

Cette dernière était aussi impitoyable qu'eux lorsqu'il s'agissait d'investissements, et elle s'était souvent jointe à leurs discussions, bien avant même que le Roi se rende compte qu'il était éperdument amoureux d'elle et en fasse sa duchesse.

— Je suis duc, précisa celui-ci. Il ne saurait être question qu'on me qualifie de lord.

— C'est une fiction, affirma le Cavalier. Peut-être a-t-elle utilisé ce sobriquet pour semer le doute.

— Ou bien peut-être l'auteur est-il un homme, suggéra Marguerite. Ce n'est pas parce que c'est le point de vue d'une femme qui s'exprime que ç'a été nécessairement écrit par une femme.

En tant que détective privée, elle avait tendance à se montrer suspicieuse, et à ne pas croire que les choses ou les gens étaient exactement ce qu'ils semblaient être. La duplicité de son mari l'avait d'ailleurs démontré.

— Vous l'avez lu ?

— Non, mais un gentleman a récemment voulu m'engager pour découvrir l'identité de l'auteur, craignant que ce récit n'ait été écrit par sa femme et que celle-ci n'y détaille une liaison qu'elle aurait.

Il était déconcertant d'apprendre que d'autres personnes souhaitaient savoir qui avait rédigé ce livre, en particulier si ses ennemis étaient en quête d'informations qu'ils pourraient utiliser contre lui. Lui-même avait envisagé d'avoir recours aux services de Marguerite, mais il refusait d'alimenter la rumeur selon laquelle cette histoire serait en réalité une biographie dont il aurait le premier rôle.

— Avez-vous découvert qui est l'auteur ? ne put-il s'empêcher de demander.

— Je n'ai pas accepté cette mission. Je n'en voyais pas l'intérêt, et il se trouve que mes affaires sont très florissantes ces derniers temps.

— Ma femme est la meilleure détective de Londres, déclara fièrement le Fou.

Tous deux s'étaient rencontrés grâce à l'enquête qu'elle avait menée sur lui, révélant qu'il aidait des femmes mal mariées à divorcer en mettant en scène de faux adultères.

— Elle choisit avec soin de quelle façon elle occupe son temps, expliqua-t-il. Et il se trouve qu'on la sollicite pour des affaires autrement importantes que la découverte de l'identité d'un mystérieux auteur.

— Il serait intéressant d'apprendre si cette personne est quelqu'un appartenant à ton passé, le Cavalier, dit la Tour. Si ce n'est pas le cas, cela donnerait de la crédibilité à tes dénégations.

Il soupira devant une telle absurdité. Qui pouvait croire qu'il se souciait de ce que pensaient les autres ?

— J'aurais imaginé que ma parole suffirait.

— Mais, si tu ne sais pas qui l'a écrit, comment peux-tu en être aussi sûr ?

— Parce que je ne séduis pas les femmes dans les jardins, pour l'amour du ciel.

À l'exception d'une fois, il y avait de cela fort longtemps, quand il était un homme très différent de celui qu'il était à présent. Mais cette femme, à la naissance scandaleuse, ne livrerait jamais une prose aussi provocante. Elle ne comprenait que trop la valeur d'une réputation irréprochable. Conserver celle que son père lui avait établie était sa priorité absolue. Affichant une pureté qui aurait dû la conduire à un beau mariage parmi l'aristocratie, elle avait fait un choix désastreux lors de sa première saison. C'était sur lui qu'elle avait jeté son dévolu. Il soupçonnait que le regret la poursuivrait jusqu'à la fin de ses jours. En tout cas, il hantait la plupart de ses nuits à lui.

— Tu l'as lu, alors ? demanda la Tour.

— Non, mais j'ai entendu suffisamment de personnes se gausser de ce fichu passage dans le jardin.

Sans compter le nombre de pères qui l'avaient mis en garde. S'il osait proposer une promenade dans le jardin à leur fille, cela se conclurait par un mariage auquel il n'échapperait qu'au prix de douloureuses conséquences. Bien que tenté de passer outre à la menace – ne serait-ce que pour montrer qu'il n'appréciait pas qu'on lui force la main –, il ne pouvait blâmer ces pères inquiets. Ils lui avaient pardonné à une occasion d'avoir fait montre d'un comportement inacceptable envers une femme. De fait, ils l'avaient même, à son grand désespoir, accueilli en héros. Il est vrai que ce n'était pas une de leurs filles qu'il avait trahies.

Du coin de l'œil, il surprit un mouvement et leva la tête au moment où le Roi saluait son jeune frère.

— Lawrence, veux-tu te joindre à nous ?

— Une invitation à me joindre au cercle des Joueurs d'échecs ? Je suis honoré.

Il prit un fauteuil à une table voisine et le poussa entre le Roi et le Cavalier.

— Comme toutes les pièces de l'échiquier sont plus ou moins représentées – roi, cavalier, fou, tour et deux reines –, je suppose qu'il ne me reste plus que le rôle de pion.

— Il ne faut jamais sous-estimer l'importance du pion, intervint le Cavalier.

Lawrence se rengorgea.

— Surtout quand il est assez malin pour dénicher un article très convoité.

Glissant la main dans la poche de son manteau, il en sortit un livre relié de cuir qu'il posa avec soin sur la table, comme s'il manipulait un verre délicat. Une inscription y était gravée en lettres d'or : *Mes désirs secrets, une autobiographie.*

Personne ne bougea. Personne ne chercha à s'en emparer.

— Comment diable te l'es-tu procuré ? demanda le Cavalier.

Sa voix s'apparentait à un chuchotement médusé, comme si un trésor ancien venait d'être mis au jour, appelant un moment de recueillement.

— Lord Chesney l'a proposé pour couvrir sa dette aux cartes. Fâcheusement pour lui, et avantageusement pour moi, j'avais la meilleure main. J'ai hâte de le lire, car je me suis laissé dire que c'était passablement grivois. C'est tout juste si Chesney n'a pas pleuré quand il a perdu. D'après lui, l'ouvrage est sur le point d'être banni pour indécence.

— Dans ce cas, nous devrions tous le lire, dit Pénélope. On ne devrait pas refuser aux gens la possibilité de se divertir comme ils le souhaitent. Et comment décide-t-on de ce qui est indécent ? À ce jour, je n'ai pas visité un musée ou une galerie d'art où il n'y ait eu une statue de nu, ou un tableau révélant une vaste étendue de peau. Si c'est acceptable dans ce genre d'environnements, pourquoi cela ne l'est-il pas partout ailleurs ?

— Le sujet semble vous passionner, remarqua le Cavalier.

— Je ne comprends simplement pas en quoi décrire le corps d'une personne ou un acte ne serait pas la même chose que de le peindre. Et j'ai entendu dire que ce livre était très précis. Bien que je n'en connaisse pas les détails, j'imagine ce qui pourrait être considéré comme indécent.

— Peut-être qu'ils – quels que soient ces censeurs chargés de déterminer ce qui est acceptable – redoutent d'avoir moins de contrôle sur ce que l'esprit peut fantasmer en lisant, en opposition à ce qui est exposé sur une toile. Rien qu'avec des mots, une graine peut éclore et entraîner le lecteur vers des contrées inexplorées. Cela dépend bien sûr de l'imagination de chacun.

— Le Cavalier devrait être le premier à le lire, suggéra laconiquement le Fou, que cette discussion philosophique ne passionnait visiblement pas. Ainsi, il pourra nous dire si c'est indécent.

— Vous n'avez rien compris, objecta Pénélope. Certains d'entre nous pourront le trouver indécent, tandis que d'autres ne seront pas choqués. Qui peut dire lequel de nous aura raison ?

— Je ne suis nullement intéressé.

Le Cavalier mentait. Il mourait d'envie de le parcourir, afin de déterminer si les dames de la bonne société, en manque de sensations fortes, s'étaient simplement mises à divaguer et si elles l'identifiaient comme étant le personnage principal, parce qu'il s'était montré distant ces dernières années, n'offrant aux femmes – surtout celles que leurs mères jetaient sur son passage – que le minimum d'attention exigé par la politesse. Il dansait rarement lors des bals. Il n'invitait personne au théâtre, bien qu'il dispose d'une loge. Autant que possible, il appréciait de rester en retrait.

— Bien sûr que ça t'intéresse, décréta le Fou. Tu as beau faire mine de ne pas t'inquiéter des ragots supputant que tu serais l'amant de cette femme, ta curiosité est forcément piquée. Une lecture pourrait te rassurer.

— Si je l'ignore, ça finira par passer.

— Ce n'est pas ainsi que ça fonctionne, dit Pénélope. La rumeur ne cessera d'enfler, jusqu'à ce qu'elle explose tel un ballon de baudruche et provoque le chaos.

Le Cavalier eut l'impression qu'elle parlait d'expérience. Ses deux amis mariés se montraient extrêmement protecteurs à l'égard de leurs épouses, et il suspectait qu'ils avaient tous leurs secrets. Lui-même n'en était pas exempt.

Il observa le livre innocemment posé sur la table, comme si l'objet était incapable de faire du mal, alors qu'il possédait vraisemblablement le pouvoir de détruire. *A minima*, ce récit lui gâchait la vie, car ils étaient l'un comme l'autre au centre des conversations. Les gens devenaient plus assurés, lui demandant en face s'il était lord K. Il brûlait de se saisir du recueil et de tourner les pages jusqu'à ce que celui-ci révèle les mystères qu'il contenait.

— Sacrebleu ! finit-il par s'exclamer, avant de s'en emparer. Je le prends dans le seul but d'éviter qu'il tombe entre vos mains. Et maintenant, pouvons-nous discuter d'un sujet plus agréable ? Une épidémie, par exemple ?

Les lascars à qui il donnait le nom d'amis eurent l'audace de ricaner ou d'afficher des sourires ironiques. Il regretta de ne pas avoir ignoré le livre, car il avait l'impression que celui-ci lui brûlait déjà le bout des doigts et s'insinuait dans son âme, déterminé à ne lui laisser aucun repos tant qu'il n'en aurait pas extirpé la vérité.

Mlle Regina Leyland aimait les recoins discrets, surtout au Twin Dragons. Sa table préférée, où elle avait pris place, se trouvait précisément dans une telle encoignure. Si elle ne savait pas comment le poker, qui était apparemment fort populaire en Amérique, s'était ajouté au répertoire des divertissements proposés par cet établissement, ce jeu était rapidement devenu son favori. Non seulement elle avait développé une habileté à calculer les possibilités que les cartes dont elle disposait étaient les plus fortes, mais elle excellait aussi à déchiffrer les expressions et attitudes de ses adversaires et à deviner s'ils mentaient.

Ayant grandi en marge de la bonne société, elle avait eu amplement le temps d'observer les personnes qui l'entouraient, de prédire leur comportement et de constater si elle avait raison. Elle était comme une enfant collant son visage à la vitrine d'un magasin de jouets, rêvant d'entrer et de découvrir quelque chose qui aurait été façonné spécialement pour elle. Ainsi, elle serait à égalité avec les autres petites filles, qui l'accepteraient enfin.

Mais elle n'avait jamais été acceptée par les autres et s'était contentée de rester spectatrice du monde. Cette observation lui avait appris à juger le caractère et l'humeur des gens, et elle était aujourd'hui capable de déterminer quand ils étaient tristes ou amoureux. Elle pouvait identifier qui était gentil et qui était déplaisant, de qui s'attirer les bonnes grâces et qui éviter. Elle ne s'était trompée qu'une seule fois, et cela lui avait servi de leçon. Plus jamais elle ne referait cette erreur.

Installée dos au mur, elle avait une vue dégagée sur les personnes qui entraient dans le cercle de jeu. Elle pouvait ainsi les suivre des yeux jusqu'à ce qu'elles disparaissent dans les couloirs menant aux divers salons où les attendaient d'autres divertissements.

Son imagination fertile inventait différentes hypothèses sur les endroits où ils allaient, qui ils retrouvaient, et quelles activités ils choisissaient.

C'est ainsi qu'elle vit arriver lord Knightly, un homme qu'elle avait autrefois aimé de toutes les fibres de son être, et qu'elle méprisait aujourd'hui jusqu'aux tréfonds de son âme. Être abandonnée le jour de son mariage avait de quoi changer le cœur d'une femme. Encore qu'elle n'était pas vraiment une femme cinq ans auparavant, plutôt une jeune fille innocente – en dépit de son âge déjà avancé de vingt-deux ans – débordant d'espoir et de rêves, persuadée que l'amour avait la capacité de renverser tous les obstacles.

Elle avait toujours été protégée par son père, qui l'appelait sa princesse, et elle avait, sans s'en rendre compte, cherché quelqu'un pour endosser ce rôle de chevalier sans peur et sans reproche. Le comte de Knightly semblait taillé sur mesure pour cette mission... jusqu'à ce qu'il se récuse lâchement.

La scène était encore douloureusement gravée dans sa mémoire.

Vêtue d'une robe de mariée ivoire dessinée par le grand couturier parisien Charles Worth en personne, elle attendait de se diriger vers l'autel, emplie d'une joie si intense qu'elle avait l'impression que son cœur allait exploser. Knightly était arrivé en retard et lui avait annoncé qu'il avait changé d'avis, qu'il ne souhaitait plus l'épouser. Il n'avait fourni aucune explication, marmonnant seulement qu'il s'était rendu compte qu'ils n'étaient, selon lui, pas faits l'un pour l'autre.

Dévastée par cet abandon, profondément blessée, elle s'était lancée dans un voyage de trois ans à travers l'Europe, chroniquant ses escapades dans une série d'articles destinés à un magazine féminin. Une grande partie de ce qu'elle avait rédigé était due à son imagination et ne reflétait en rien la réalité de son périple, mais personne n'avait été capable de discerner le vrai du faux. Et surtout, elle avait découvert que l'écriture comblait un manque douloureux dans son âme, un puits sans fond où elle avait plongé ce matin-là à St George tandis qu'elle attendait de se marier.

Aujourd'hui, l'opinion des autres ne lui importait plus. Elle était venue dans ce club – dont la plupart des membres appartenaient à l'aristocratie et se plaisaient à y exhiber leur notoriété – avec confiance et audace. Elle n'accepterait pas d'être regardée de haut. En dépit des circonstances de sa naissance, elle était quand même la fille d'un comte, tout autant que celle d'une actrice accomplie. Elle était fière de ses origines, et personne ne pourrait les lui enlever.

Elle étudia les deux dames qu'elle tenait en main. Les autres cartes ne valaient rien, mais les dames avaient du pouvoir, tout comme elle. Elle possédait la capacité de détruire celui qui l'avait trahie. Et elle le ferait. Ce n'était qu'une question de temps.

Levant les yeux, elle remarqua que Knightly traversait le salon, avec une désinvolture et une confiance en lui qui démontraient son arrogance. Quel irritant personnage, vraiment. Elle se demanda quelle table il choisirait – assurément pas celle-ci, puisque toutes les chaises étaient occupées –, puis elle s'en voulut de s'interroger à son sujet. Après toutes ces années, son souvenir ne devrait plus encombrer ses pensées. Mais dans sa tête un artiste semblait avoir peint de rayonnantes illustrations de chaque moment qu'ils avaient passé en compagnie l'un de l'autre. Un bonjour poli, le contact accidentel de leurs doigts, un regard enflammé qui s'attardait un peu trop, une promenade dans un parc, une déambulation dans un jardin, des mots doux chuchotés... et une promesse rompue.

Depuis ce matin où il lui avait brisé le cœur, ils ne s'étaient plus jamais adressé la parole et ne s'étaient vus qu'en passant – à bonne distance. Une distance qu'elle entendait maintenir. Il n'était pas juste que le comportement de Knightly n'ait entaché que sa réputation à elle et pas la sienne. Tandis que les notables s'étaient félicités qu'il se soit libéré de son engagement envers elle, ils n'avaient eu de cesse de la vilipender d'avoir osé rêver qu'un homme tel que lui puisse véritablement aimer une femme comme elle.

Peut-être ne l'avait-il courtisée que pour mieux l'humilier ensuite, lui faisant croire que ses origines importaient peu, puis se moquant de la voir tomber aussi follement amoureuse de lui. Peut-être ne voulait-il que la rabaisser parce qu'elle s'était imaginé pouvoir être aimée par quelqu'un d'autre que ses parents, et qu'elle avait eu l'audace de se penser digne de s'élever de son statut de roturière à celui de comtesse.

— Mademoiselle Leyland ?

Elle reporta son attention sur le croupier, qui lui adressa un sourire emprunté.

— Il est temps de révéler votre main.

Ah oui, elle avait été la dernière à faire la mise la plus importante et seules deux personnes avaient suivi. Les trois autres s'étaient couchées.

D'un mouvement souple dû à une longue pratique, elle retourna ses cartes. Lady Warburton la fusilla presque du regard avant de montrer ses deux valets. Le gentleman assis directement en face de Regina grommela et jeta ses cartes en désordre vers le croupier, d'un geste écœuré.

— C'est fini pour moi, dit-il en repoussant sa chaise.

— Quoi ? Non, attendez, protesta Regina.

Elle s'était exprimée de façon si autoritaire que le gentleman s'interrompit en cours de route, le corps étrangement désarticulé – torse penché au-dessus de la table et postérieur en arrière.

Mais Knightly déambulait toujours entre les tables, et elle voyait nettement son regard intense s'attarder sur la sienne, tel un prédateur qui aurait repéré sa proie.

« Le ciel m'en préserve », faillit-elle dire à haute voix.

— Sans doute souhaitez-vous recouvrer une partie de vos pertes, suggéra-t-elle.

L'homme en était incapable, tant sa manière de jouer était désastreuse. Apparemment persuadé qu'il était un maître dans l'art de tromper ses adversaires, il ne se rendait pas compte qu'il écarquillait légèrement les yeux quand il avait un bon jeu et pinçait les lèvres quand ce n'était pas le cas.

— Vous avez siphonné le budget que je m'étais alloué pour ce soir, et je ne joue jamais à crédit.

— Eh bien...

Regina ne savait plus quoi faire pour le retenir. Tout ce qu'elle voulait, c'était qu'il reste quelques minutes de plus, jusqu'à...

Trop tard. Le séduisant démon s'était approché et avait posé sa large main sur l'épaule du gentleman.

— Je vais prendre votre place si vous partez, mon vieux.

Le vieux en question, qui ne devait pas encore avoir fêté ses quarante ans, se retourna et afficha un sourire réjoui.

— Avec plaisir, Knightly !

Il se pencha, comme pour partager un scandaleux secret.

— Méfiez-vous de Mlle Leyland, elle m'a dévalisé.

Le regard bleu vif de Knightly se posa sur elle comme une caresse. Non, pas comme une caresse, mais plutôt comme le tranchant d'une épée. Était-il nécessaire qu'il soit aussi séduisant en jaquette noire, veste bleue et cravate grise ? Fallait-il que ses boucles brunes rebelles persistent à tomber sur son front comme une invitation à les toucher ? Elle ressentait un picotement au bout des doigts à l'idée de les remettre en place, comme elle l'avait fait tant de fois. Si seulement elle avait pu ne pas se rappeler la sensation de ces boucles sur son propre front tandis qu'il s'étendait au-dessus de son corps alangui et l'embrassait.

— Je me méfie toujours de Mlle Leyland, déclara-t-il.

Son timbre riche et profond avait encore le pouvoir de déclencher des spirales de désir au creux de son ventre. Elle se souvenait d'un temps où elle adorait ses plaisanteries et ses remarques charmeuses, où elle était fascinée par tout ce qu'il disait. À présent, elle souhaitait qu'une quelconque maladie le rende muet.

Elle redressa le menton d'un air dédaigneux.

— Parce que vous vous attendez à ce que je vous poignarde dans le dos ? C'est ridicule. Je le ferai de face, afin que vous sachiez précisément qui vous porte le coup fatal.

Deux petits cris de surprise et quelques rires gênés s'élevèrent parmi les joueurs. Celui qui venait de déclarer forfait déguerpit comme si elle tenait réellement un couteau à cet instant même.

— Je n'en attends pas moins de votre part, dit Knightly en inclinant légèrement la tête.

Puis il tira la chaise et prit place sur l'assise capitonnée. Le club s'assurait que ses membres soient toujours installés confortablement, sans doute pour les dissuader de quitter prématurément les tables de jeu alors que leurs poches étaient encore pleines de pièces tintinnabulantes.

Il déposa un livre sur la table.

— Oh, juste ciel, vous vous êtes procuré un exemplaire de *Mes désirs secrets* ! s'exclama lady Letitia avec un enthousiasme non dissimulé.

Le drame qui venait de se jouer sous leurs yeux était complètement oublié, de même que la partie de cartes, semblait-il.

— Est-il disponible à la bibliothèque du club ?

Il effleura la reliure du bout de ses longs doigts élégants, et Regina lutta pour ne pas se rappeler combien la sensation était délicieuse quand il faisait de même sur son corps.

— Malheureusement, non. Il a été gagné aux cartes tout à l'heure.

— Je suis rongée par la curiosité, reconnut lady Letitia. Le récit des aventures scandaleuses d'une femme - d'après ce qu'il m'a été rapporté sur cette histoire - doit être des plus passionnants.

— Il se dit que ce ne serait pas du tout des mémoires, mais tout bonnement une fiction, commenta le vicomte Langdon. L'emploi du terme « autobiographie » n'aurait pour objectif qu'étayer l'hypothèse qu'il cherche à créer. Comme pour *Fanny Hill,* c'est un roman présenté comme étant les mémoires d'une femme de plaisir. Sans doute un éditeur a-t-il plus à gagner si l'on croit que c'est une confession plutôt que le produit d'une imagination fertile. D'ailleurs, les paris sont ouverts au White's ainsi qu'ici même pour déterminer s'il s'agit de la réalité ou d'une fiction.

— Même si c'est une fiction, on ne peut écrire sur des sujets aussi intimes sans les avoir expérimentés, remarqua lady Letitia.

Puis elle se pencha en avant avec une expression de conspiratrice.

— Peut-être auriez-vous l'amabilité de nous lire le début afin que nous puissions en juger par nous-mêmes ?

— Nous sommes ici pour jouer aux cartes, pas pour écouter des sottises, observa sèchement Regina, puisque le croupier semblait avoir totalement oublié son rôle à la table.

— L'avez-vous lu ? demanda Knightly.

— Certainement pas. Je ne perds pas mon temps avec de telles inepties.

Ou avec des personnes comme vous.

Elle aurait mieux fait de partir maintenant, mais elle ne voulait pas qu'il s'imagine la chasser.

— Si vous ne l'avez pas lu, comment savez-vous que ce sont des inepties ? Peut-être est-ce un ouvrage qui traversera les siècles.

— Avec un titre pareil ? Ce livre a probablement été écrit par un groupe de vieilles filles en mal de sensations.

Regina était fière de sa voix qui ne laissait transparaître aucune émotion. Pourquoi fallait-il que ce diable d'homme vienne la persécuter maintenant ?

— Et si nous votions ? proposa lady Letitia. Levez la main si vous voulez que lord Knightly nous lise le début.

Elle leva aussitôt la main, tout comme une des deux autres dames. Même lord Langdon, le sacripant, les imita, tout en fronçant un sourcil à l'intention de Regina pour lui faire comprendre qu'elle ne devrait pas se montrer aussi prude.

Regina s'adressa au croupier, qui battait patiemment les cartes.

— Vous n'allez pas encourager cette folie, assurément.

Celui-ci haussa ses maigres épaules.

— J'ai pour instruction de veiller à la satisfaction de nos membres.

— Eh bien, je suis terriblement insatisfaite, et je vais aller dépenser mes gains ailleurs.

Regina commença à rassembler ses jetons, ce qu'elle aurait dû faire à la minute où Knightly s'était assis. Elle était tentée de les lui jeter au visage, mais elle détestait les démonstrations publiques d'émotions incontrôlées. De plus, elle était devenue extrêmement douée pour dissimuler ses sentiments, en grande partie à cause de la canaille qui lui faisait face.

— Allons, Reggie, ne soyez pas rabat-joie, dit Knightly. Où est le mal d'offrir au croupier un bref répit tandis que j'endosse le rôle de conteur ?

— Ne m'appelez pas ainsi. Nous ne sommes plus assez intimes depuis longtemps pour que vous vous le permettiez.

Elle aurait pu se gifler. Pourquoi avait-elle employé ce mot en particulier ? « Intimes » lui évoquait des baisers intenses, des caresses brûlantes et des regards enflammés.

— Veuillez m'excuser, mademoiselle Leyland, mais vous éprouvez sans doute autant de curiosité pour ce livre que tout un chacun.

— Ne l'avez-vous pas déjà feuilleté en cherchant les passages susceptibles de valoir à l'auteur un procès pour indécence ?

— Si toutefois on découvre qui est l'auteur. Mais non, je ne l'ai pas encore ouvert. J'étais avec des amis et ne souhaitais pas me montrer impoli, mais on m'a fait une demande...

Il agita la main en direction de lady Letitia.

— Et c'est toujours un plaisir pour moi de satisfaire la curiosité d'autrui. Sans doute me le permettrez-vous.

Il avait autrefois satisfait sa curiosité - avec une caresse, un baiser, et bien davantage. Il lui avait fait découvrir des mondes qu'elle n'aurait osé imaginer. En dépit de la façon dont leur relation s'était achevée, elle avait été follement heureuse avec lui, croyant savoir ce qu'était être aimée. Plus encore, elle avait su ce qu'était aimer quelqu'un d'autre, pleinement et inconditionnellement. Assurément, elle avait aimé ses parents, mais ce qu'elle avait ressenti pour lui se distinguait des liens du sang. C'était vaste et universel, sans fin, à l'image des étoiles dans le ciel.

Agacée, elle soupira et croisa les bras sous sa poitrine. Le bref coup d'œil que Knightly y jeta ne lui échappa pas. Autrefois, il était fou de ses seins et les dévorait de baisers.

— Fort bien, je suppose que je peux souffrir quelques minutes en vous écoutant ânonner de façon insipide.

Lady Letitia tapa dans ses mains en sautillant d'excitation sur sa chaise, tandis que tout le monde se penchait en avant. Regina conserva sa posture rigide et froide, refusant de laisser paraître qu'elle était curieuse de voir comme Knightly réagirait à ce que d'aucuns avaient qualifié de passablement audacieux.

Après avoir tiré ses bésicles de sa poche et les avoir chaussées, il ouvrit le livre, s'employa à tourner les pages de ces doigts qui lui avaient donné du plaisir, s'éclaircit la gorge et commença :

— « Chapitre un. Le gentleman. Pour moi, il sera toujours le gentleman, celui que je ne pourrai jamais oublier, celui qu'aucun homme ne pourra jamais remplacer. Notre première rencontre eut lieu au cours d'un bal. On m'avait présenté quantité d'hommes avant qu'il apparaisse. Cependant, lorsque mes yeux croisèrent son regard d'un bleu étourdissant, je fus incapable de me rappeler tous les autres. On eût dit qu'ils s'étaient transformés en fumée et avaient été emportés par la brise. Lui seul était réel. Lui seul importait. Quand lord K prit ma main, s'inclina, puis posa ses lèvres sensuelles sur mes doigts, je sentis à travers mes gants la chaleur de sa bouche humide s'insinuer dans ma chair. »

Elle avait oublié combien sa voix était belle, comment il était capable d'y instiller de la passion, la façon dont elle pouvait la faire rire, l'émouvoir aux larmes ou enflammer son corps jusqu'à ce qu'elle appelle de tous ses vœux la délivrance ultime. Cette voix basse, profonde, parfois brutale et parfois douce, c'était ce qu'il y avait de plus érotique chez lui.

Très lentement, il referma le livre, comme s'il était sous le choc. Peut-être cette rencontre entre une innocente jeune fille et un homme très expérimenté lui rappelait-elle quelque chose. Même si les mots n'étaient pas salaces – ils étaient plutôt sobres en réalité –, on y devinait la promesse d'images audacieuses qui feraient bientôt vibrer de désir le couple, et sans doute aussi les lecteurs.

— Vous n'allez pas vous arrêter là, protesta lady Letitia, le souffle court.

Le pénétrant regard céruléen de Knightly resta fixé sur Regina tandis qu'il répondait :

— Il n'était question que d'un seul passage.

— Vous n'avez lu qu'un paragraphe !

Se tournant vers lady Letitia, il lui adressa un clin d'œil narquois.

— C'est toujours meilleur quand on attend.

Se consumer de désir et attendre douloureusement. Il l'avait conduite au bord du précipice quantité de fois, la faisant languir jusqu'à ce qu'elle ait l'impression qu'elle allait en mourir, puis la ramenant à la vie en un cataclysme qui ne manquait jamais de la laisser abasourdie de plaisir.

Déçue, lady Letitia fit un effort visible pour se ressaisir, avant d'annoncer avec conviction :

— Je crois que ce sont vraiment les confessions d'une femme, et qu'elle l'aime toujours.

— Elle n'a jamais dit l'aimer, objecta Knightly.

— Une femme peut aisément oublier un homme qu'elle n'aime pas, décréta lady Letitia. Ce qui n'est pas le cas dans ce récit.

Puis une lueur entendue se refléta dans ses yeux.

— Cette rencontre vous évoque-t-elle quelque chose, milord ? Êtes-vous lord K ?

Il rit doucement, et un frisson parcourut la colonne vertébrale de Regina.

— Quand nous avons fait connaissance lors de votre bal de présentation, vous ai-je fait oublier tous les autres hommes, lady Letitia ?

— Cela ne constitue guère une réponse, milord. Mais il est vrai que les indices sont cruellement absents de l'extrait que vous venez de lire. Il pourrait s'agir de n'importe qui. Quoi qu'il en soit, je suis plus déterminée que jamais à me procurer un exemplaire de ce sulfureux récit.

— Dans ce cas, je défendrai celui-ci au prix de ma vie, rétorqua plaisamment Knightly.

Leur conversation irritait Regina, mais elle se refusait à en analyser les raisons. Elle ne portait plus aucun intérêt à Knightly depuis longtemps, si ce n'était celui de le battre aux cartes et de le dépouiller de son argent.

Elle soupira avec impatience.

— Pouvons-nous en finir avec ces coquetteries maintenant, et jouer ?

Sans attendre la réponse, elle jeta un jeton au centre de la table. Le ciel en soit remercié, les autres joueurs suivirent, et le croupier distribua les cartes.

Mais durant tout ce temps, consciente du regard de Knightly sur elle, elle pria pour ne pas être aussi facile à déchiffrer que le livre.

Cela avait été une erreur de venir à cette table. Il l'avait d'ailleurs anticipé. Il lui semblait qu'une éternité s'était écoulée depuis qu'il s'était tenu aussi près de Regina. Cela ne s'était pas produit depuis ce matin à l'église où il lui avait brisé le cœur.

Il aurait dû honorer la promesse qu'il s'était faite de ne plus lui imposer sa présence, mais le Roi et le Fou étaient rentrés chez eux avec leurs ravissantes épouses – avec qui ils étaient sans nul doute occupés à faire passionnément l'amour à cet instant. La Tour et Lawrence avaient choisi de quitter le club dans l'espoir de s'attirer ailleurs les faveurs d'une dame.

Resté seul, le Cavalier avait commencé à tourner les pages de ce fichu livre et, tandis que ses yeux se posaient sur un passage ici ou là, des souvenirs de Regina étaient remontés à la surface sans qu'il parvienne à les contenir.

Décidé à partir, il se dirigeait vers la porte quand il l'avait aperçue à une table installée dans un renfoncement de la pièce.

En fait, il savait qu'il s'agissait de son emplacement préféré. Devinant qu'elle serait peut-être là, il avait délibérément regardé cet endroit. Sans doute était-ce une forme de punition que de se rappeler ce qui aurait pu être. Par le passé, il lui était arrivé de s'accorder quelques secondes pour la contempler de loin. Ce soir, l'envie de l'approcher l'avait emporté sur la volonté et la raison.

Ses cheveux blonds étaient relevés en un chignon sophistiqué dont quelques mèches s'échappaient dans son cou. Le Cavalier aurait souhaité poser les lèvres sur ses boucles soyeuses. Il savait aussi qu'un parfum de gardénia s'offrirait à lui derrière son oreille, à l'intérieur de ses poignets et dans cette étroite et douce vallée de peau entre ses seins. Sa robe de soirée émeraude laissait nues ses épaules, qu'elle avait dû poudrer, car il ne discernait pas les trois petites taches de rousseur qu'il avait si souvent embrassées, enviant le soleil d'y avoir déposé sa marque le premier.

Il n'avait pas oublié combien elle était belle. Cela aurait été comme oublier l'émerveillement d'un ciel étoilé, la majesté de l'océan, ou la délicate splendeur d'un papillon. Même sans les avoir sous les yeux, on en conservait éternellement l'image en mémoire.

Depuis longtemps, Regina Leyland était devenue une part de lui-même. Ne pas tenir sa promesse de l'épouser avait été la décision la plus dure qu'il ait jamais prise, car il savait qu'elle en serait anéantie. Et elle ne méritait pas de recevoir le coup dévastateur qu'il avait été contraint de lui porter. De toutes ses forces, il avait cherché un moyen d'amortir l'impact, mais la destruction d'un rêve n'offrait pas de solutions faciles. Peut-être l'amputation d'un membre leur aurait-elle causé moins de douleur et de tourments. Il avait fait en sorte qu'elle éprouve de la colère envers lui, qu'elle lui en veuille à mort, espérant que cela l'aiderait à tourner la page et à reprendre le cours de sa vie. Et c'était ce qu'elle avait fait, voyageant à travers l'Europe et collectionnant scandaleusement les liaisons dans chaque pays, s'il fallait en croire la rumeur. La santé déclinante de son père l'avait finalement contrainte à revenir à la maison.

Étrangement, quand il s'était présenté à l'église et lui avait annoncé qu'il avait retrouvé ses esprits, se rendant compte qu'il n'était pas de l'étoffe dont on faisait les maris – son goût pour les femmes n'étant pas un secret –, son prestige parmi l'aristocratie n'avait fait que croître. Il avait évité de se faire mettre le grappin dessus par une aventurière dont le sang bleu était des plus discutables, une enfant illégitime qui entacherait sa lignée. On lui avait tapé dans le dos, offert des verres qu'il n'avait pas bus, proposé la main de jeunes filles dont il n'avait pas voulu. Le nombre des invitations aux réunions mondaines s'était amplifié, et on avait recherché sa compagnie avec une diligence aussi débridée qu'inexpliquée.

Pendant ce temps, Regina avait supporté seule la déconfiture et la honte.

Il s'était imaginé que toute la faute lui incomberait, qu'il serait ostracisé. Au lieu de quoi il avait été vénéré.

Cependant, il avait récemment entendu dire que Regina avait un admirateur et qu'elle pourrait bientôt prendre de nouveau le chemin de l'autel et avoir enfin la vie heureuse qu'elle méritait.

En égoïste qu'il était, il avait voulu l'approcher une dernière fois. Il avait souhaité défendre l'indéfendable, expliquer l'inexplicable. Aussi se retrouvait-il assis en face d'elle tandis qu'elle se concentrait sur ses cartes comme si celles-ci possédaient le pouvoir de résoudre tous les problèmes du monde... ou peut-être de le faire disparaître lui de la surface de la terre.

— Je me suis laissé dire que le vicomte Chidding avait pris pour habitude de vous rendre visite, déclara-t-il avec un détachement feint.

Continuant à observer son jeu, elle déposa deux cartes devant le croupier, qui procéda aussitôt à leur remplacement.

— J'imagine que vous entendez beaucoup de choses, répondit-elle.

— Il est endetté.

— Je sais.

— Cela ne vous inquiète-t-il pas ?

Elle leva lentement les yeux vers lui.

— J'ai appris, milord, qu'il existait de pire travers chez un homme, rétorqua-t-elle d'un ton cassant.

Le Cavalier ne se détourna pas ni ne protesta, mais il comprit le sous-entendu. Peut-être avait-il eu tort de garder ses distances avec elle, de lui refuser l'opportunité de le remettre à sa place et de savourer ses petites victoires.

— Milord ? l'interpella le croupier.

S'obligeant à briser l'emprise que le regard de Regina exerçait sur lui, le Cavalier observa les participants et remarqua que deux joueurs s'étaient couchés. Sa main était désastreuse, et il aurait été bien inspiré de les imiter, mais il n'était pas prêt à admettre sa défaite. Il associa trois cartes, espérant un miracle. Pourtant, cela faisait des années qu'il avait appris que l'espoir n'était pas une stratégie.

Regina fut la première à miser : une livre. Les deux derniers joueurs suivirent. Quelle était la probabilité qu'elle bluffe ? Son visage impassible était indéchiffrable. Ce n'était pas le cas quand ils s'étaient rencontrés pour la première fois. Tout ce qu'elle ressentait se lisait dans ses yeux bruns – des yeux alors si innocents et confiants.

Aujourd'hui, son regard laissait entendre qu'elle savait que les contes de fées n'existaient pas. Et, à son grand regret, il en était le responsable.

Naturellement, il pouvait tout à fait se permettre de perdre trois livres de plus. Ses coffres débordaient. Mais c'était une question de principe, il n'avait pas envie d'être pris pour un idiot si elle bluffait. D'un autre côté, peut-être une victoire lui donnerait-elle une raison de sourire. Il souhaita soudain désespérément la voir sourire.

Il fit glisser trois jetons, d'une valeur d'une livre chacun, vers la pile au centre de la table.

— Je suis.

Sans la moindre altération de son expression, elle abattit son jeu : une paire d'as.

Avec un lent sourire, il révéla sa main – un assortiment de cartes hétéroclites ne constituant pas une suite.

— J'espérais que vous bluffiez.

Sans un mot, Regina rassembla ses gains et les fourra dans un pochon de soie noire.

— J'en resterai là pour ce soir.

Elle se leva et il l'imita, sans oublier de récupérer son livre.

— Puis-je vous raccompagner en calèche ? proposa-t-il en lui emboîtant le pas.

— J'ai une calèche qui m'attend.

— Dans ce cas, joignez-vous à moi dans la bibliothèque pour prendre un verre.

Elle s'arrêta brusquement et se retourna.

— Seriez-vous jaloux ? Vous avez entendu qu'un homme me courtisait et soudain vous me prêtez attention. N'imaginez pas un instant que je sois assez sotte pour croire les compliments que vous excellez à faire avec une conviction supposée sincère.

— Ce n'est pas... Je voulais seulement... Je souhaiterais vous présenter mes excuses et obtenir votre pardon.

Elle agita la main avec détachement.

— Accordé. Et maintenant, laissez-moi.

Elle pivota sur ses talons.

— Suis-je lord K ?

Lui faisant face de nouveau, elle plissa les paupières, son regard aussi effilé qu'une lame prête à le réduire en lambeaux.

— Comment diable le saurais-je ?

— J'ai menti tout à l'heure. J'ai feuilleté le livre jusqu'à ce que je trouve la scène du jardin dont tout le monde parle. Je vous ai un jour tenu dans mes bras dans un jardin exactement comme c'est décrit.

Elle laissa échapper un soupir de lassitude.

— Ce qui ferait de moi son autrice ? N'ayant pas lu le livre, je n'ai pas la moindre idée de ce que décrit la scène du jardin. Cependant, si j'en crois votre réputation, il est fort probable que vous ayez tenu de la même façon un grand nombre de femmes dans un grand nombre de jardins. Renseignez-vous auprès d'elles. Bonne nuit, milord.

Sur ces mots, elle se dirigea vers la porte et franchit le seuil.

Mais elle se trompait. Jamais il n'avait serré dans ses bras une autre femme de la même façon que celle racontée dans le livre.

Il n'y avait eu qu'elle.

Elle n'avait pas bluffé à la table de jeu, mais venait-elle de le faire maintenant ? Se pouvait-il qu'elle soit Anonyme ? Mais, sachant combien elle chérissait son intimité, il ne pouvait l'imaginer étalant les détails de sa vie privée sur le papier et les faisant publier.

Non, ce qu'il avait lu jusqu'à présent présentait des similitudes avec leur histoire, mais il ne s'agissait que de simples coïncidences. Un rendez-vous secret dans un jardin n'avait rien d'exceptionnel. Cela se produisait très fréquemment.

Pourtant, comme l'héroïne du livre avec son gentleman, jamais il n'oublierait cette nuit où il avait fait la connaissance de Regina.

2

Avril 1870

— Pas de marivaudage ce soir, le Cavalier, annonça le Roi dans la calèche qui tressautait sur la route cahoteuse. Je n'ai nulle envie de te chercher dans toutes les alcôves alors que je m'apprête à partir.

— Arrête, le Roi. Si j'avais su que tu allais me gâcher la soirée, je n'aurais pas accepté de faire avec toi ce détour avant de retrouver le Fou et la Tour. J'avoue ne pas comprendre pourquoi tu te donnes tout ce mal. Ce n'est pas toi qui épouseras cette jeune personne née en dehors des liens du mariage.

Ce soir avait lieu le grand bal qui occupait toutes les conversations mondaines depuis des semaines.

— Mère a toujours eu de la compassion pour les créatures blessées, reprit le Roi. Et elle redoute que cette jeune fille ne se trouve embarrassée de n'avoir personne pour lui tenir compagnie durant cette soirée, au cours de laquelle Bremsford a prévu de la présenter à la bonne société. Cependant, les vingt mille livres qui constituent sa dot sont susceptibles d'attirer quelques jeunes gens.

Le comte apportait également au douaire de sa fille un petit domaine à la périphérie de Londres, qui incluait plusieurs hectares de terres fertiles et un manoir où elle pourrait trouver refuge en cas de veuvage.

— Que sais-tu sur elle, hormis ses débuts scandaleux et le fait que Bremsford veuille la marier à un homme du monde ?

— Elle est la fille de sa maîtresse attitrée, qui était une actrice accomplie selon Mère. Bien qu'elle désapprouve l'infidélité, elle est sensible aux belles histoires d'amour, et c'était apparemment le cas pour Bremsford. Le comte vénérait la mère de sa fille, et il semble beaucoup plus attaché à sa bâtarde qu'à son héritier et à ses deux autres filles légitimes.

La calèche s'arrêta, et un valet s'avança pour ouvrir la portière. Le Cavalier attendit que son ami soit descendu pour sortir à son tour. Il n'oubliait jamais que, tant qu'il n'aurait pas hérité de son père le titre de duc de Wyndstone, le Roi avait un droit de préséance, et il veillait toujours à manifester en public toute la déférence qu'il devait à son ami.

Tandis qu'ils se dirigeaient vers le manoir, une jeune fille adressa un timide sourire au Cavalier. Inclinant son chapeau, il la gratifia d'un sourire coquin, empli d'une promesse de baisers échangés dans un recoin discret. Elle s'apprêtait à poser son éventail sur sa joue droite pour lui signifier son accord, quand sa mère lui saisit le bras et l'entraîna *manu militari*.

— J'ai dit « pas de marivaudage », lui rappela le Roi.

— Je n'ai pas encore testé lady Lisbeth. Un baiser ne prend guère de temps.

— C'est ce que tu prétends, mais ta réputation affirme tout autre chose.

— Ça dépend de la demoiselle, je suppose. Où est passé ton sens de l'aventure, le Roi ?

— Il attend que je me sois acquitté de cette tâche fastidieuse.

Tandis qu'ils gravissaient les quelques marches du perron, plusieurs hommes non accompagnés franchissaient la double porte. Pour en connaître certains, seconds dans l'ordre de succession et donc désargentés, le Cavalier savait qu'ils étaient attirés par la dot fort convenable de la jeune fille à marier. Les puînés voulaient aussi probablement visiter la demeure où ils vivraient – s'ils n'en possédaient pas. Nulle raison de laisser ce charmant domaine vacant jusqu'au veuvage de sa propriétaire.

Il remarqua la présence de quelques ladies, sans doute rongées par la curiosité, à moins qu'elles ne voient là une opportunité de se mesurer à la fille du comte dans la course au parti idéal.

Si le Cavalier était là ce soir, c'était uniquement pour rester dans les bonnes grâces de Bremsford. On ne savait jamais quand le soutien d'un aristocrate pouvait être requis, et le comte était un homme d'influence.

Une fois qu'ils eurent passé le perron, le Roi et lui traversèrent un hall qui s'élargissait au bout en une vaste pièce avec de part et d'autre un escalier semi-circulaire. Sur le palier de l'étage, les deux volées de marches convergeaient vers une double porte centrale ouverte en grand. Ils empruntèrent l'escalier de droite et furent accueillis par un valet qui leur remit à chacun un carnet de bal. Le Roi le prit machinalement et le glissa dans la poche intérieure de sa veste, tandis que le Cavalier le refusait d'un geste de la main, bien décidé à ne pas s'attarder suffisamment pour participer à une quelconque danse.

À l'entrée de la salle de bal, ils prirent place dans la file d'attente et saluèrent ceux qu'ils connaissaient.

— Qu'en penses-tu ? murmura le Cavalier. Une demi-heure ?

— Vingt minutes tout au plus. Un sourire ici, un sourire là, et nous prenons congé.

Après que le couple qui les précédait eut été présenté, le Cavalier et le Roi s'avancèrent. Le premier reconnut Bremsford, qui se tenait droit, fier, avec une expression de défi. La chevelure blonde de sa jeunesse était à présent totalement argentée. La jeune fille qui se tenait à ses côtés tourna les yeux dans leur direction...

Le Cavalier eut l'impression d'un tambour roulant dans sa poitrine. Tout l'air que contenaient ses poumons s'était retiré, et il pouvait à peine respirer.

— Juste ciel ! Est-ce elle ?

— Je suppose, dit le Roi d'un air distrait.

Elle était exquise. Sa chevelure d'un blond très pâle était retenue par des peignes d'écaille ornés de perles. Quelques mèches s'en échappaient, caressant son visage et son cou délicat. Elle arrivait à peine à l'épaule de son père. Tandis qu'elle affichait un air digne, conférant une grâce infinie à chacun de ses mouvements, une légère crispation de ses sourcils reflétait un sentiment d'inconfort, peut-être même de la tristesse. Oui, elle jouait un rôle – comme son actrice de mère –, parce que la représentation devait avoir lieu.

— Monsieur ?

Sa robe de soirée était entièrement blanche, et la lumière des candélabres et des lustres y faisait scintiller ce qui devait être des milliers de minuscules perles de verre, la rendant irisée comme l'aurait été sous le clair de lune une neige fraîchement tombée.

— Monsieur ?

Puis il ne distingua plus rien, parce que le Roi – et sa carrure exaspérément large – bloquait son champ de vision tandis qu'il s'avançait vers Bremsford. Son ami avait-il été annoncé ? Le Cavalier n'avait rien entendu, peut-être parce qu'il était tellement fasciné par la jeune fille que tout autour de lui avait cessé d'exister.

— Monsieur ?

Alors qu'il était penché vers la droite pour essayer de le contempler de nouveau, quelqu'un se racla ostensiblement la gorge derrière lui.

— Sacrebleu, Knightly, n'entendez-vous pas qu'on s'adresse à vous ?

Jetant un œil par-dessus son épaule, il croisa le regard irrité du comte de Chadbourne. Il le toisa dédaigneusement en retour avant de percevoir la discrète et courtoise sollicitation.

— Monsieur ?

Il se rendit alors compte que le majordome tendait vers lui sa main gantée de blanc.

— Désolé, marmonna-t-il en montrant son invitation.

Le domestique inclina cérémonieusement la tête, puis annonça :

— Sa Seigneurie le comte de Knightly.

Le Cavalier eut envie de se précipiter tel un jeune chenapan survolté, ce qui était totalement ridicule. Il avait eu son lot de conquêtes féminines, mais il y avait chez cette débutante quelque chose qui l'attirait irrésistiblement. S'y mêlait le besoin incompréhensible de la protéger, alors que son père y veillait déjà. Elle était comme un bel oiseau dans une volière dorée, une princesse enfermée en haut d'une tour.

Fichtre, voilà qu'il lui venait des pensées saugrenues. Il parvint à se maîtriser et s'avança avec toute l'assurance et la morgue transmises par des ancêtres qui s'étaient illustrés sur les champs de bataille tout autant que sur la scène politique. À la mort de son père, il siégerait à son tour à la Chambre des lords, et il aurait alors besoin d'une femme forte à ses côtés.

Le Roi se déplaça enfin, et il put admirer à sa guise la jolie débutante. De près, elle ne semblait pas aussi jeune que les autres jeunes filles à marier. Elle n'était pas fraîchement émoulue du pensionnat, n'avait pas dix-sept ou dix-huit ans. Il lui en donnait plutôt vingt. Elle était donc suffisamment âgée pour avoir déjà expérimenté un peu plus la vie.

Enfin, son tour arriva et, après cinq enjambées, il se trouva devant le comte de Bremsford.

— Milord, dit-il en s'inclinant avec déférence.

— Knightly, quel plaisir de vous voir. Comment se porte votre père ?

Même si la question semblait banalement polie, elle sous-entendait que le duc avait tout intérêt à être sur son lit de mort, étant donné qu'il n'avait pas pris la peine de se déplacer.

— Sa Grâce va fort bien, milord. Je lui ferai part de votre inquiétude quant à sa santé.

Bremsford marmonna quelque chose avant de poursuivre :

— Milord, faites-moi l'honneur de vous présenter ma fille, Mlle Regina Leyland.

Si elle avait été sa fille légitime, on l'aurait appelée lady Regina. Tout en se demandant si cette absence de traitement honorifique la contrariait, le Cavalier s'inclina et suspendit un baiser au-dessus des doigts délicats.

— Mademoiselle Leyland, c'est un plaisir.

Libérant sa main, il se redressa avec un léger sourire.

Elle plongea dans une gracieuse révérence.

— Tout le plaisir est pour moi, milord.

— Mademoiselle Leyland, auriez-vous une valse disponible ?

— La quatrième, je crois.

Elle leva son poignet, auquel étaient attachés à l'aide de rubans blancs un carnet de bal et un minuscule crayon, et il écrivit son nom à côté de la quatrième valse.

Quand ce fut fait, il inclina la tête et fit mine de se retourner.

— N'inscrivez-vous pas mon nom sur votre carnet ? s'étonna-t-elle.

Il lui adressa un clin d'œil.

— Je ne risque pas de l'oublier, croyez-moi.

Puis il rejoignit le Roi, qui se tenait non loin de là.

— Je fais erreur, ou tu viens de t'inscrire sur son carnet de bal ? demanda son ami sans masquer son irritation.

— En effet, pour la quatrième valse.

Tirant son propre carnet de bal de la poche de sa veste, le Roi afficha une mine consternée.

— Il y a sept danses avant cela. As-tu oublié que nous avions prévu de rester le moins de temps possible ?

— Puisque tu n'as pas besoin de ça...

Le Cavalier lui prit son carnet et l'empocha.

— Tu n'as qu'à y aller dès maintenant et je te rejoindrai plus tard.

— Comment feras-tu ? Tu ne trouveras pas de fiacre par ici.

— Eh bien, je rentrerai à Londres à pied. Ou j'emprunterai la calèche de quelqu'un. Ne t'inquiète pas pour moi, mon vieux. Je m'en sortirai.

— Je ne vais pas t'abandonner ici. Pourquoi diable lui as-tu demandé une danse ?

Le Cavalier haussa les épaules.

— J'ai toujours eu un faible pour les yeux bruns, et les siens ont la couleur de l'humus nourrissant la lande au printemps.

— Te voilà poète ! Mais dois-je te rappeler que tu as un faible pour la couleur des yeux de toutes les femmes ?

— C'est assez vrai. Je dois ajouter qu'elle est très jolie.

— Presque toutes les jeunes filles sont jolies. Il doit y avoir autre chose.

Le Cavalier ne savait pas comment l'expliquer.

— Elle m'intrigue.

— Parce qu'elle ne s'est pas pâmée devant toi ?

Le Roi l'observa.

— Tu as l'habitude que les femmes mettent tout en œuvre pour gagner tes faveurs. Je ne l'ai pas vue agiter son éventail pour te transmettre un quelconque message secret.

De fait, elle avait regardé à travers lui comme s'il était transparent, se bornant à adopter une attitude courtoise et à proférer des banalités.

Sans doute était-ce ce qui avait aiguisé son intérêt. Il voulait l'impressionner et lui faire comprendre qu'il comptait. Et certainement plus que les autres.

Durant toute sa vie, Regina avait entendu chuchoter dans son dos. Aussi, elle n'aurait pas dû prendre ombrage à ce point du constant bourdonnement qui vibrait dans la pièce après son passage, si fort qu'il ne pouvait être ignoré, bien qu'elle n'en comprenne pas un mot.

Elle savait qu'il n'était pas habituel pour la fille illégitime d'un lord de faire ses débuts dans le monde. Mais son père ne l'avait jamais traitée avec mépris parce qu'elle était née en dehors des liens du mariage. Combien de fois lui avait-il dit qu'elle avait été conçue par amour et non par sens du devoir ? Même si le devoir et son autre famille l'avaient tenu éloigné pendant de longues périodes.

Il avait mis cette maison à la disposition de sa mère pour qu'elles y résident ensemble. Il avait aussi veillé à ce qu'elle ait une gouvernante pour prendre soin d'elle quand sa mère jouait sur scène. Et des vêtements, un poney, des précepteurs… et aujourd'hui ce bal, où elle devrait se sentir comme une princesse. Au lieu de quoi, elle avait plutôt l'impression d'être la vilaine demi-sœur du conte de fées. Peu importait ce qu'il lui offrait, elle ne pouvait oublier qu'il n'avait pas considéré sa mère digne d'être épousée. Et par association, elle ne l'était pas non plus. Sauf si elle était pourvue d'une dot substantielle.

Elle le savait, car les gentlemen qui avaient dansé avec elle jusqu'à présent ne s'en étaient pas cachés. Ils lui avaient fait faire un tour sur la piste de danse comme tout un chacun s'y attendait. En effet, un homme de qualité ne demandait pas la main d'une jeune femme sans l'avoir fait tournoyer au moins une fois à travers la salle de bal.

Sa mère lui avait appris à garder la tête haute, à ne pas montrer que toutes ces petites attaques la blessaient aussi sûrement que des coups de couteau. Oui, vraiment, Mère avait été une incroyable actrice sur scène, mais c'était sa performance dans la vie qui aurait dû lui valoir les plus vives acclamations. Cependant, peu de gens le voyaient, car elle était mise à l'écart de la société, sauf lorsqu'elle jouait au théâtre.

Bien que Regina n'ait jamais douté de l'affection que son père lui portait, pas une fois elle ne s'était rendue à la résidence londonienne où il habitait avec sa famille, et elle n'avait rencontré ni son épouse ni ses enfants légitimes. Il ne l'avait pas davantage reçue dans son domaine de campagne. Si elle savait qu'il n'avait pas honte d'elle, elle ne se sentait toutefois pas pleinement acceptée. Elle lui était reconnaissante de tout ce qu'il avait fait pour elle, mais éprouvait un manque. Et cela n'avait fait que s'amplifier depuis le décès de sa mère, survenu deux ans plus tôt.

Elle s'était imaginé que la réception de ce soir la comblerait. Au lieu de quoi, l'absence de sa mère n'en était que plus flagrante, surtout à cet instant où son cavalier ne lui disait pas un mot. Il ne faisait même pas l'effort de la regarder dans les yeux, observant au loin par-dessus son épaule. L'ayant vu bavarder auparavant avec d'autres personnes, elle savait qu'il était capable de s'exprimer, mais pas avec elle apparemment. Il était froid et maussade. Devait-elle lui faire prendre conscience que son père n'accepterait aucune demande en mariage sans qu'elle l'ait au préalable approuvée ? Elle n'allait certainement pas encenser quelqu'un d'aussi taciturne, qui semblait redouter de sourire dans l'éventualité où cela lui laisserait des rides.

Lorsque cette polka se termina enfin, le gentleman qui avait requis la quatrième valse n'attendit pas que son partenaire l'ait raccompagnée au bord de la piste de danse, mais vint à leur rencontre et s'imposa de façon quelque peu cavalière.

— C'est mon tour maintenant, Wallop.

M. Wallop, le deuxième fils d'un vicomte, s'inclina légèrement avant de s'éloigner.

— J'espère qu'il ne vous a pas cassé les oreilles avec son bavardage, dit le comte de Knightly sur le ton de la plaisanterie.

Les avait-il observés et avait-il compté les paroles distillées par Wallop ? Ou connaissait-elle le caractère réservé de cet homme ?

— Non, elles sont toutes les deux intactes.

— Et absolument ravissantes.

Regina fut déçue. Il allait essayer de la charmer en l'abreuvant de compliments dont il ne pensait pas un mot. Cela risquait toutefois d'être plus agréable que l'expérience qu'elle venait de connaître.

Quelques notes s'élevèrent de l'orchestre, et Regina se sentit soudain entraînée vers la piste de danse, avec infiniment plus de grâce que n'en avaient montré ses cavaliers précédents.

Oh, il était doué. Accompli. Il avait dû passer des heures à perfectionner ses pas. Il lui donnait l'impression que ses pieds flottaient au-dessus du sol et qu'elle valsait sur les nuages.

— Dites-moi, vos coffres sont-ils presque vides ou totalement vides ? s'enquit-elle.

Le petit sourire qui s'affichait sur les lèvres de Knightly, promettant le genre de baisers évoqués dans les romances qu'elle lisait, ne vacilla pas, mais ses sourcils se froncèrent légèrement.

— Mes coffres sont pleins à craquer.

— Dans ce cas, pourquoi m'avez-vous demandé une valse ?

— Je n'en suis pas absolument certain. Peut-être est-ce à cause du brun de vos yeux. Ou de la couleur si pâle de vos cheveux. De votre peau lisse et couleur d'albâtre. De la courbe pleine de vos lèvres qui appelle les baisers. Ou alors parce que vous aviez l'air d'une femme en grand besoin d'être secourue.

C'était un peu trop proche de ce qu'elle ressentait, à se tenir là avec son père, tout sourire et accueillant des personnes qui sans lui à ses côtés l'auraient dédaignée.

— Vous prendriez-vous pour saint Georges terrassant le dragon ?

— Plutôt pour le roi Arthur.

Il lui fit un petit clin d'œil.

— D'autant qu'Arthur est mon prénom, bien que personne ne s'adresse à moi de la sorte, bien sûr. Pourquoi pensiez-vous que j'avais besoin de fonds ?

— Parce que vous êtes titré. J'ai dansé avec des deuxièmes fils et des septièmes fils et tous les rangs intermédiaires, mais pas de premiers-nés, pas d'héritiers. Vous êtes le seul jusqu'à présent. C'est pourquoi je suis très curieuse de savoir ce que vous espérez gagner.

— Rien de plus que quelques minutes avec une belle femme.

Elle rit.

— Oh, je vois que j'ai affaire à un beau parleur.

Le sourire de Knightly s'élargit.

— Vous m'avez touché en plein cœur. Vous allez devoir venir marcher avec moi dans le jardin pour aider à cicatriser la blessure que vous m'avez infligée.

— Vous êtes un charmeur, monsieur.

— Je ne vous ai rien dit qui soit faux. Avez-vous rencontré ce soir un prétendant qui vous agrée ?

— Seigneur, non, mais je ne cherche pas, vous savez.

Elle n'aurait probablement pas dû lui avouer cela. Elle ne lui faisait pas confiance, cependant il était facile de parler avec lui, surtout après qu'elle eut passé quelques minutes en compagnie d'un homme qui ne lui avait pas dit un mot.

— Mon père a organisé tout cela, et je ne suis ici que pour ne pas l'embarrasser.

— Mais vous êtes vous-même mal à l'aise.

Le sourire de Knightly avait disparu, mais il y avait tant de compréhension dans son regard que Regina aurait pu en pleurer.

— Je sais que je suis une curiosité. Et je sais aussi que s'il m'arrivait de croiser une de ces personnes dans la rue, elle ferait mine de ne pas me reconnaître. Pis encore, elle me ferait comprendre qu'elle m'a reconnue, mais me juge indigne d'être saluée. L'amour que mon père portait à ma mère l'a rendu aveugle à…

Ce que nous avons enduré quand il n'était pas avec nous.

Au nom du ciel, pourquoi était-elle en train de pérorer ainsi ? Pourquoi éprouvait-elle le besoin de confier ses états d'âme à cet homme ?

— Même vous, vous m'ignorerez quand nos chemins se croiseront de nouveau.

— J'ose affirmer que non.

Elle esquissa une petite moue.

— Vous dites cela maintenant…

— Demain, Hyde Park, 16 h 30. Nous mettrons votre théorie à l'épreuve.

Il ne restait à Regina que quelques secondes pour évaluer l'homme et son discours avant que la musique cesse et que le bourdonnement des conversations la remplace, bombardant ses oreilles et l'empêchant de penser, de déterminer s'il se moquait d'elle ou s'il la défiait.

À moins qu'il ne s'agisse réellement d'une promesse, de celles que toute femme non mariée appelait de ses vœux : un rendez-vous dans le parc à l'heure où tous les mondains désireux d'être vus déambulaient.

La paume posée sur son avant-bras puissant, elle se laissa escorter à l'écart de la piste de danse. Là, il lui fit un baisemain que le protocole aurait réprouvé, pressant ses lèvres si fort sur ses doigts gantés que la chaleur de sa bouche parvint à pénétrer sa peau comme si aucune barrière ne les séparait. Alors qu'il s'exécutait, son regard, intense et fixe, ne quitta pas un instant le sien.

— À demain, je vous trouverai.

Puis il s'en alla, l'air confiant, la laissant légèrement vacillante, comme si quelque chose de bien plus significatif qu'une danse s'était produit entre eux.

Le Roi l'avait attendu. Le Cavalier savait qu'il le ferait. Il aurait aimé plus que tout partager une autre danse avec la jolie demoiselle, mais il avait réussi à jeter un coup d'œil à son carnet de bal et constater qu'il était rempli jusqu'à la dernière ligne. Visiblement, elle avait deviné juste : ceux dont les coffres étaient vides étaient déterminés à les remplir aussi aisément et rapidement que possible. Une fille possédant une dot significative était toujours la méthode préférée des fils de nobles familles qui étaient opposés au travail.

— Je te laisserai expliquer au Fou et à la Tour la raison pour laquelle ils ont dû attendre que les vraies festivités commencent, dit le Roi tandis que sa calèche les transportait à travers Londres.

— Naturellement, la tâche me revient, encore que je doute que cela les dérange. La nuit est à peine entamée.

— Tu semblais pressé de partir une fois la danse achevée. Ça ne s'est pas passé comme tu le souhaitais ?

Cela s'était déroulé différemment de ce à quoi il s'attendait. Quoi qu'il en soit, il n'avait pas voulu la voir danser avec d'autres hommes et peut-être découvrir qu'elle appréciait davantage la compagnie d'un autre cavalier que la sienne. Il ne voulait nullement savoir si un autre gentleman était parvenu à lui arracher un sourire, ni si le regard de Regina s'était réchauffé en se posant sur quelqu'un d'autre que lui.

— Je n'avais nul désir d'exécuter une autre danse, le Roi. Ne va pas t'imaginer autre chose.

Son ami eut un petit grommellement, qui équivalait à traiter le Cavalier de menteur. Il n'attendait pas de réponse, c'était un simple constat.

Évidemment, le Cavalier mentait. Il était tout à fait disposé à se rapprocher de cette jeune femme et à la connaître mieux. La tenir dans ses bras avait été sublime. Elle était légère comme une plume, aérienne comme un nuage tandis qu'elle évoluait gracieusement au rythme de la musique. Mais c'était ce qu'il avait découvert en discutant avec elle qui l'avait fasciné.

Elle n'était pas comme les autres femmes qui se jetaient à son cou, anxieuses d'exercer le pouvoir attaché au titre de comtesse, qui par ailleurs deviendrait un jour celui de duchesse. En fait, elle semblait n'éprouver absolument aucun intérêt à son égard.

— Je déteste ces bals, marmonna le Roi. Je crois que je vais cesser d'y assister.

— Tu y vas déjà très peu, fit observer le Cavalier.

— Ne plus y aller du tout sera encore mieux.

— Comment espères-tu dénicher une épouse ? Le but de ces festivités est d'arranger des unions.

— Je ne suis pas prêt à me marier. Quand ce sera le cas, je trouverai un autre moyen de m'éviter ces fastidieuses manifestations mondaines. Je ferai peut-être passer une petite annonce.

Le Cavalier éclata de rire.

— Oh, je crains que cette méthode ne soit pas approuvée. Ta mère n'apprécierait pas ton refus de te plier aux traditions.

— Étant donné qu'elle s'est découvert une passion pour les voyages, je doute qu'elle s'en rendrait compte.

Le Roi regarda par la fenêtre.

— Ah, fort bien, nous y sommes presque.

La calèche s'arrêta. Quelques minutes plus tard, ils se trouvaient à l'intérieur du Mermaid and Unicorn. Situé à Whitechapel, le club était peu fréquenté par l'aristocratie, ce pour quoi ils l'appréciaient. Jamais ils n'étaient ennuyés par des gentlemen souhaitant des conseils en investissements.

Le Cavalier repéra immédiatement la Tour et le Fou à leur table préférée au fond de la salle. Des verres de scotch les attendaient sur la table devant leurs chaises vides, sur lesquelles ils s'empressèrent de prendre place.

Observant un rituel qui avait cours entre eux depuis leurs années à Oxford, chacun leva son verre en guise de salut et en but le contenu d'un trait.

Le Fou souleva la bouteille, qu'il avait probablement achetée afin d'épargner au serveur de multiplier les allées et venues pour répondre à leurs incessantes requêtes, et commença à remplir les verres.

— Par quoi avez-vous été retenus ?

— Le Cavalier a jeté son dévolu sur la fille du comte et a décidé de danser avec elle.

— Je croyais que tu voulais que ce soit moi qui leur dise, protesta le Cavalier.

— Tu aurais menti.

— Elle devait être jolie, dans ce cas, commenta la Tour. Il ne danse qu'avec les jolies filles.

— Elle était très séduisante, admit le Cavalier. Mais elle n'avait aucune envie d'être là.

— Et donc, tu t'es dit que ta présence lui rendrait la soirée plus plaisante, ironisa la Tour.

— Comment aurait-il pu en être autrement ? rétorqua le Cavalier.

Il but une gorgée de son scotch.

— Je suis le plus agréable d'entre nous.

Son commentaire fut accueilli par un mélange de grognements, de rires et de mouvements de tête. D'ordinaire, il aimait passer du temps avec ses amis, mais cela ne pouvait se comparer aux quelques minutes exquises qu'il avait partagées avec Mlle Regina Leyland.

3

Ce qu'il attendait de moi était assez simple. « Tournez-vous. » Sa voix était enrouée de désir, et je n'hésitai pas à obéir. Puis sa bouche s'avança pour capturer la mienne.
Comme dotées d'une volonté propre, mes lèvres s'écartèrent pour l'accueillir. Bientôt, sa langue se mit à jouer avec la mienne. Rien ne m'avait jamais paru aussi audacieux... ou aussi sublime.

Anonyme, *Mes désirs secrets, une autobiographie*

*

5 juin 1875

Quand la calèche s'arrêta finalement devant sa résidence, Regina tremblait encore de sa rencontre avec le comte de Knightly. Maudit soit cet homme qui avait gâché sa soirée, particulièrement aujourd'hui, après qu'elle eut passé un délicieux après-midi avec lord Chidding et se fut demandé s'il pouvait lui apporter la protection à laquelle elle aspirait. Était-il suffisamment fort pour affronter la critique de la société si la vérité à son sujet venait à se savoir ?

« Si » ? Peut-être aurait-elle plutôt dû dire « quand ».

Car la vérité finissait toujours par se savoir, et généralement au pire moment possible. Prendrait-il sa défense, ou bien détalerait-il à la dernière minute comme l'avait fait Knightly ?

Elle avait besoin de quelques heures pendant lesquelles elle ne se soucierait pas du fait que sa vie soigneusement bâtie avait commencé à se fissurer sur les bords, ne regarderait pas en arrière, et ne remettrait pas en question des décisions qui, en leur temps, lui paraissaient pertinentes – et qui, en réalité, avaient failli causer sa perte bien trop souvent.

Et Knightly – que cet homme soit maudit ! – était au centre de toutes les décisions en question. Flûte, flûte, flûte.

Regina se dirigeait vers la porte quand celle-ci s'ouvrit. Franchissant le seuil, elle sourit à son majordome.

— Il ne fallait pas m'attendre, Shelby.

— Vous savez bien que je ne peux pas dormir tant que vous n'êtes pas rentrée à la maison indemne et en un seul morceau, Mademoiselle.

— Eh bien, me voici de retour. Indemne, assurément. En un seul morceau, rien n'est moins sûr.

Sur ces mots, elle souhaita une bonne nuit au domestique et s'engagea dans l'escalier.

Une fois dans ses appartements, elle sonna sa femme de chambre.

Après l'avoir aidée à ôter sa robe de soirée et à enfiler sa tenue de nuit, Millie entreprit de lui brosser les cheveux.

— Ça ne s'est pas bien passé au club, fit-elle remarquer.

Surprise, Regina releva les yeux – en constatant au passage qu'elle fixait ses mains d'un air absent – et croisa le regard de sa femme de chambre, qui se reflétait dans le miroir de la coiffeuse.

— Qu'est-ce qui vous fait penser une telle chose ?

— On dirait que vous avez rencontré un fantôme, Mademoiselle.

— Pas un fantôme, juste mon passé.

— Lord Knightly, je présume.

Regina esquissa un hochement de tête.

— Nous avons discuté.

— Ce gredin vous a-t-il présenté ses excuses ?

— Je crois… qu'il en avait peut-être l'intention. Mais au début, il s'est adressé à moi comme si rien de fâcheux ne s'était jamais produit entre nous. Il m'a invitée à prendre un rafraîchissement dans la bibliothèque du club.

— J'espère que vous lui avez jeté le contenu de votre verre au visage.

Regina rit doucement.

— Vous avez l'esprit vengeur.

— Pas autant que vous.

Regina retrouva son sérieux, le regard soudain assombri.

— Pas autant que moi, c'est vrai.

Elle secoua la tête.

— J'ai décliné son offre. Je déclinerais d'ailleurs toutes les autres s'il devait y en avoir, ce dont je doute.

Millie divisa sa chevelure en trois et commença à la natter.

— Pourquoi cet intérêt après tout ce temps ?

— Je l'ignore. Il savait que lord Chidding me rendait visite.

— De la jalousie, peut-être. Ou alors, il regrette la façon dont il s'est comporté avec vous, et il a fini par se rendre compte qu'il avait perdu un joyau en vous tournant le dos. Lui avez-vous demandé pourquoi il vous avait traitée de la sorte ?

— Je ne voulais pas lui donner la satisfaction de reconnaître que cela avait encore de l'importance pour moi aujourd'hui, que je n'avais cessé de penser à lui durant toutes ces années.

D'ailleurs, elle continuait de rêver de lui toutes les nuits, de lui et de la vie qu'ils auraient pu avoir. Quand elle était en sa compagnie autrefois, elle était si extraordinairement heureuse, croyant qu'il l'avait acceptée comme elle était. Il semblait fier de l'avoir à son bras. Il ne laissait jamais passer une occasion de la toucher, de l'embrasser, ou de lui dire à quel point elle était exceptionnelle. Elle était persuadée que ses démonstrations d'affection étaient sincères, mais tout n'était que mensonges. Ce qu'ils avaient partagé était une mascarade.

— Peut-être devrions-nous retourner en Europe, suggéra Millie.

Regina secoua la tête.

— Trois années m'ont suffi. L'Angleterre me manquait par trop.

Pour qu'elle ait toujours un endroit où elle pourrait habiter, son père avait mis à son nom le manoir et les propriétés qui en dépendaient, mais elle n'était pas autorisée à les vendre. Il avait tenu à ajouter cette clause particulière afin d'éviter qu'un gredin ne la persuade de s'en défaire et ne s'évapore avec l'argent ainsi récupéré, la laissant sans toit et sans ressources. Ses vingt mille livres de dot étaient placées dans un fonds d'investissement, dont les intérêts annuels lui permettaient de vivre dans d'excellentes conditions. Là encore, une clause spécifique l'empêchait de toucher à son capital.

Apparemment, son père ne se fiait pas à son jugement. Elle ne pouvait cependant l'en blâmer, compte tenu de la terrible erreur d'appréciation qu'elle avait commise autrefois. Mais peut-être se méfiait-il déjà du manque de scrupules des hommes avant même que Knightly s'avère indigne de confiance.

— Vous auriez dû affronter ce bougre quand vous êtes revenue.

— Il n'y avait rien de plus à ajouter. Nous nous sommes tout dit à l'église.

Ou presque tout. Elle aurait dû laisser libre cours à sa rage ce matin-là, mais l'incrédulité l'avait comme assommée. Tout ce qu'elle voulait, c'était s'éloigner de lui, et ne pas lui donner la satisfaction de constater qu'il l'avait dévastée, lui arrachant le cœur de sa poitrine.

Qu'elle n'ait pas imaginé un instant que Knightly pouvait appartenir à la catégorie des gens cruels démontrait toute l'étendue de sa propre naïveté, et la capacité qu'il avait de forger des rêves de toutes pièces.

Elle n'avait même pas permis à son père de voir ses larmes. Elle les avait gardées pour plus tard, quand elle serait seule dans sa chambre. Le poids du chagrin avait failli l'anéantir, mais elle avait découvert qu'elle n'était pas aussi fragile que cela. Elle avait mis toute sa détermination à se reconstruire et, jusqu'à ce soir, elle croyait y être parvenue. Alors qu'elle était persuadée de ne plus rien ressentir pour lui, elle se rendait compte que ses sentiments étaient toujours bien vivaces.

— Qu'il aille au diable, et bon débarras ! décréta Millie.

— Oui, bon débarras.

Malheureusement, son intonation était beaucoup moins affirmée que celle de sa femme de chambre.

— Autre chose, Mademoiselle ?

— Non, merci, Millie. Vous en avez fait largement assez.

— Voulez-vous que je vous aide à vous coucher ? Que je vous borde ?

Millie n'avait que cinq ans de plus qu'elle, mais elle avait à son égard des attentions maternelles.

Regina lui sourit chaleureusement.

— Non, je vais rester éveillée quelque temps.

— Pas trop longtemps. Une lady a besoin de sommeil pour conserver sa beauté.

Regina rit doucement, car Millie terminait toujours par ces mots le rituel du coucher.

Sa femme de chambre quitta discrètement la pièce, la laissant seule avec ses souvenirs.

Jamais Regina n'oublierait la teinte écarlate du visage de son père, ses yeux exorbités et sa mâchoire crispée quand Knightly l'avait informé que le mariage n'aurait pas lieu, et qu'il allait annoncer la nouvelle aux invités. Ni la satisfaction qu'elle avait éprouvée quand son père avait mis son poing dans la figure de Knightly. Ou sa brève inquiétude quand l'homme qu'elle aurait dû épouser avait basculé en arrière et était tombé au sol. Elle avait été horrifiée en voyant le sang couler de sa bouche, et furieuse contre elle-même, car sa première réaction avait été de lui porter secours. Comment pouvait-elle se soucier de son sort alors qu'il s'était montré si monstrueux ?

— Vous allez l'épouser, avait dit son père.

Essuyant le sang de sa bouche, Knightly l'avait dévisagée.

— Tenez-vous à épouser un homme qui ne veut pas de vous ?

Elle n'avait pas imaginé possible de survivre à une telle douleur émotionnelle.

— Puissiez-vous brûler en enfer ! s'était-elle exclamée.

— Je vous assure, Reggie, que l'enfer est ma destination.

— Je vous ferai un procès pour rupture de contrat, avait tonné son père.

— Je n'en attends pas moins, avait répondu Knightly sans se démonter.

— Je vous ruinerai.

Mais un homme aussi fortuné et puissant que le comte de Knightly ne pouvait être ni ruiné ni inquiété, et Regina savait que les menaces de son père n'auraient pas plus de conséquences que le bourdonnement d'une mouche.

Ce soir, elle n'avait eu aucune difficulté à lui exprimer son mépris. Elle ne s'était pas sentie paralysée. C'était la preuve qu'elle était parvenue à tourner la page, qu'elle avait chassé les doutes et les peurs. À la place, elle avait érigé une forteresse d'assurance et de confiance en elle.

Se levant du banc juponné qui flanquait sa coiffeuse, elle se saisit de la lampe posée sur le coin du plateau et la transporta vers le petit bureau aux délicats pieds chantournés sous la fenêtre. Les rideaux demeuraient toujours ouverts, de sorte qu'elle écrivait tout en jetant de temps à autre un coup d'œil sur les prairies à travers lesquelles elle courait, libre comme le vent, quand elle était enfant.

Confortablement installée dans sa bergère recouverte de damas de soie, elle prit une feuille blanche sur la pile à côté d'elle, trempa sa plume dans l'encrier et commença à tracer ces mots avec élégance :

Mes désirs secrets, Vol. II
Chapitre un
Le retour du gentleman

4

Avril 1870

Regina se trouvait bien sotte d'espérer que le comte de Knightly tiendrait la promesse qu'il lui avait faite de la retrouver à Hyde Park, balayant ainsi ses doutes concernant les efforts accomplis par son père pour lui établir une place au sein de la bonne société.

Cependant, elle était là en compagnie de sa femme de chambre et confidente, à se promener dans le parc, comme si elle ne venait pas de vivre l'un des après-midi les plus éprouvants de son existence.

Trois gentlemen – le deuxième fils d'un vicomte, le troisième fils d'un comte et le cinquième fils d'un duc – lui avaient rendu visite à différentes heures, sirotant un thé au salon, l'air guindé et mal à l'aise, sous l'œil aiguisé de Mme Dorsett, la personne que son père avait engagée pour lui servir de chaperon. Dans le silence embarrassé qui pesait sur la pièce, on n'avait entendu que le rapide cliquetis des aiguilles à tricoter de Mme Dorsett et le bruit du balancier de la grande horloge en pied dont le coffre en bois sculpté se dressait contre l'un des murs.

Il relevait du miracle que Regina n'ait pas totalement perdu l'esprit, quittant les lieux au pas de course et hurlant comme une possédée.

Elle s'était pourtant efforcée de se comporter en parfaite hôtesse, faisant preuve de raffinement et de courtoisie, même en ces circonstances particulièrement frustrantes.

Désirez-vous un thé ?

Oui, merci.

Du sucre ?

Deux morceaux, je vous prie. Non, merci. Un demi-morceau.

Avez-vous apprécié le bal ?

Certes. Beaucoup. Assurément.

Nous avons beau temps aujourd'hui.

Il est vrai.

Il n'a guère plu pour un mois d'avril.

Silence.

Ils s'étaient tous montrés si effroyablement sérieux et si remarquablement assommants. Pas un n'avait souri ni n'avait fait le moindre effort de conversation. Elle s'était imaginé que les repas qu'ils auraient partagés – si elle avait épousé l'un d'eux – auraient été aussi mornes, et qu'elle n'aurait eu droit qu'à un seul mot de temps en temps en réponse à ses questions.

C'était donc avec un immense soulagement qu'elle avait accueilli la perspective de sortir de chez elle – encore que les terres entourant le manoir étaient si vastes qu'elle aurait pu les arpenter pendant des heures sans rencontrer âme qui vive. On aurait pu croire qu'elle aspirait à être humiliée en se rendant au parc. En effet, si elle avait reçu quelques signes de tête en guise de salutations – si rares qu'ils pouvaient se compter sur les doigts d'une main –, on l'avait pour l'essentiel royalement ignorée.

— Où lord Knightly a-t-il dit qu'il vous rejoindrait ? demanda Millie.

— Il ne l'a pas précisé. Il s'est contenté de m'indiquer qu'il me trouverait.

— S'est-il seulement aperçu à quel point ce parc est vaste ?

Levant le poignet, Regina repoussa le bord de son gant et souleva le couvercle orné d'un motif floral de sa montre – un cadeau de son père pour son seizième anniversaire.

— Nous sommes un peu en avance. Il a quinze minutes devant lui. S'il ne se montre pas, eh bien, nous aurons passé une heure à faire une agréable promenade.

Et à être dévisagées sans répit.

— Est-il aussi séduisant que le prétend la rumeur ?

— Plus séduisant encore.

Des cheveux brun foncé lui évoquant la zibeline qui doublait sa pelisse favorite, coiffés à la dernière mode avec des favoris étroits qui ne dépassaient pas la pointe de ses lobes. Regina préférait cela aux rouflaquettes touffues que son père arborait. Celles-ci ressemblaient véritablement à des côtelettes de mouton et elle les trouvait fort disgracieuses, d'autant que Père avait également une épaisse moustache qui rejoignait les deux côtés de son visage, à la manière d'un pont le traversant. Mais Arthur Pennington, comte de Knightly, n'avait pas besoin de dissimuler ses traits, qui semblaient avoir été sculptés par les dieux.

— Eh bien, mademoiselle Regina, je crois que vous êtes amoureuse. Vous avez à peine dit deux mots à son sujet hier soir, mais en vous écoutant soupirer à présent…

— Je ne soupire pas. Et je ne suis pas sotte au point de tomber amoureuse aussi vite.

— Mais cela finira par vous arriver.

Regina en doutait mais, à l'instar de sa mère, elle était capable de jouer la comédie quand c'était nécessaire.

— Si seulement Père n'accordait pas autant de valeur au mariage. Je ne veux pas le décevoir. Une de ses filles légitimes est devenue marquise l'année dernière. Les autres seront bientôt présentées à la reine et feront ensuite leur entrée dans le monde.

Elle soupira.

— J'ai l'impression d'être en compétition avec elles et de me retrouver passablement à la traîne, bien qu'ayant commencé la course plus tôt. Et je suppose que je considère aussi cela comme une sorte de rédemption pour Maman. Peut-être n'était-elle pas assez bien pour qu'un gentleman veuille l'épouser, mais sa fille l'est.

Regina secoua la tête.

— C'est ridicule, je le sais.

— Elle vous manque.

— Oui.

Malgré tous les domestiques qui la peuplaient, la demeure était incroyablement silencieuse et solitaire. Par ailleurs, Millie avait une conscience aiguë de sa place dans la maisonnée. Même si toutes deux étaient aussi proches que des amies, elles ne pouvaient se rendre ensemble à des réceptions comme si elles étaient des égales. Quant à Mme Dorsett, qui les accompagnait présentement, Regina n'avait pas échangé plus de douze mots avec elle, la matrone ne communiquant que par des haussements de sourcils, des pincements de lèvres et des raclements de gorge. Ce dernier cas était réservé aux comportements les plus indécents, comme le fait de s'asseoir trop près d'un gentleman. Un peu plus tôt dans l'après-midi, elle avait à cet égard déployé un bout de ruban sur le sofa et avait veillé à ce que Regina et ses prétendants prennent place de part et d'autre de celui-ci.

Regina n'était pas certaine d'être faite pour de telles règles de bienséance. Tout cela lui semblait prodigieusement assommant.

Par ailleurs, elle s'inquiétait de décevoir tout autant son père que son époux. Elle n'avait pas grandi en ayant l'exemple de la manière de se comporter au sein du mariage, et elle redoutait d'avoir quelques soucis sur le plan de l'obéissance.

Mais toutes ses préoccupations se dissipèrent quand elle aperçut le séduisant gentleman qui caracolait vers elle sur un cheval noir.

Oh, il montait merveilleusement. Tandis qu'il faisait s'arrêter sa monture, elle ne put détacher les yeux de ses cuisses puissantes, soulignées par l'étoffe tendue de son pantalon.

Il ôta son chapeau et lui sourit. C'était un sourire dévastateur, capable de faire voler en éclats les résistances d'une femme – et de réduire en cendres l'absurde ruban de Mme Dorsett.

— Mademoiselle Leyland.

Elle esquissa une génuflexion tremblante.

— Milord.

Elle se demanda pourquoi elle était à ce point essoufflée, comme si elle venait de courir vers lui pour se jeter dans ses bras en une étreinte qui les lierait à jamais.

— Me feriez-vous l'honneur de m'autoriser à me promener à côté de vous ? s'enquit-il.

— Oui, je serais ravie que vous vous joigniez à moi.

Tandis qu'il descendait de cheval, elle caressa délicatement les naseaux et le chanfrein de l'impressionnant animal.

— Comment s'appelle-t-il ?

— Shakespeare.

Avec un petit rire, elle regarda Knightly. Sous la lumière vive du soleil, ses yeux étaient d'un bleu incroyablement clair et étincelant, ce qu'elle n'avait pas remarqué sous les éclairages quelque peu assourdis de la salle de bal. Elle n'avait pas souvenir d'avoir déjà vu une nuance de bleu aussi marquante.

— Je m'attendais à Zeus, Tonnerre ou quelque chose d'un peu plus guerrier.

Le sourire de Knightly s'élargit jusqu'à creuser une petite fossette dans sa joue droite. Oh, Seigneur, Regina avait terriblement envie d'y poser les doigts, puis les lèvres. Fallait-il que chaque détail de sa personne l'attire à ce point ?

— Pour être honnête, je lis plus que je ne guerroie.

Il lui proposa son bras et, tandis qu'elle mettait la main dessus, un ostensible raclement de gorge s'éleva.

Regina se tourna légèrement et fit de rapides présentations. Knightly inclina la tête vers la matrone et la femme de chambre.

— Mesdames.

— Vous ne devez pas vous toucher, déclara Mme Dorsett avec sévérité.

— Comme vous voudrez.

— Comme le veut monsieur son père, corrigea la matrone.

Knightly fit signe à Regina d'avancer.

— Après vous.

Tenant les rênes, les mains dans le dos, il fit marcher son cheval à côté de lui, obligeant ses accompagnatrices à les encadrer. Heureusement, Millie s'était précipitée pour se positionner à droite de Regina, contraignant Mme Dorsett à se placer à gauche de l'imposant cheval.

— Elle a une excellente ouïe, eut le temps de murmurer Regina.

— Je ne suis pas aventureux au point de dire quelque chose qu'elle pourrait rapporter à votre père.

Il n'avait pas remis son chapeau et d'épaisses boucles brunes retombaient sur son front. Regina ressentit des picotements au bout des doigts tant l'envie la démangeait de caresser les cheveux de Knightly et de les replacer en arrière.

— On nous observe, fit-elle remarquer.

— Je suis sans cesse observé, répondit Knightly, avec détachement. On finit par s'y habituer, à force.

— Ils vous regardent pour d'autres raisons qu'ils me regardent moi. Ils me jugent et ne me trouvent pas à la hauteur.

— Vous l'ont-ils dit ?

Regina cilla.

— Eh bien, non.

— Dans ce cas, comment pouvez-vous être certaine de la raison pour laquelle ils vous regardent ? Ils pourraient tout simplement être fascinés par votre beauté... comme je le suis.

Elle réprima un rire, mais ne put dissimuler un sourire.

— Oh, vous êtes doué, incroyablement doué.

Les yeux de Knightly se voilèrent.

— Vous pensez que ce sont des flagorneries ?

— Je pense que vous essayez de me charmer, et peut-être de m'attirer dans votre lit. Mais je sais tout à votre sujet, lord Knightly : vous avez la réputation d'apprécier la chasse, tout en vous donnant beaucoup de mal pour éviter la capture. Je dirais que vous n'êtes pas du genre à rester.

— J'aime les femmes, il est vrai, mais je ne vois pas cela comme un défaut.

Regina constata qu'il ne semblait pas le moins du monde offensé par ses paroles, ce qui signifiait que c'était la vérité. Au moins, il n'essayait pas de nier.

— Et puis, qui sait, vous serez peut-être celle qui me donnera envie de rester.

— J'en doute. Vous allez hériter d'un duché. Vous n'allez pas prendre pour femme une bâtarde. Je suis certaine que votre père vous a inculqué l'importance de la lignée.

— En toute honnêteté, mon père m'ignore complètement.

Il baissa légèrement la tête.

— À l'origine, je n'étais pas celui qui devait hériter. Il préférait de loin mon frère aîné et lui consacrait tout son temps et son attention, jusqu'à ce que mon frère trouve la mort dans un accident. Aujourd'hui, mon père ne sait toujours pas quoi faire de moi.

Elle ignorait ce détail de sa vie.

— Je suis désolée. Étiez-vous proche de votre frère ?

— Infiniment.

— N'étiez-vous pas jaloux qu'il hérite de tout et vous de rien ?

— J'ai toujours été indépendant et déterminé à réussir par moi-même. Même à présent, je n'accepte rien de mon père.

Regina s'immobilisa et le contempla.

— Vous voulez dire que vous... travaillez ?

Il eut un rire à la fois profond et suave, qui évoqua à Regina un mélange de velours et de soie.

— Je ne travaille pas de mes mains et à la sueur de mon front, quoique je ne blâme aucunement ceux qui y sont contraints. Malheureusement, il existe des tâches déplaisantes qui doivent être accomplies pour faire progresser la société. En revanche, j'investis dans diverses entreprises. Sans fausse modestie, je dois reconnaître que la plupart de mes investissements se sont avérés extrêmement profitables. En conséquence de quoi, je suis autonome et tout à fait libéré de l'obligation de faire ce que mon père pourrait me demander en échange d'une pension dont je n'ai nul besoin.

— Comme vous êtes chanceux ! Je m'inquiète par trop de ce que mon père pourrait souhaiter. Cependant, la raison n'en est pas l'argent.

Impossible de lui dire qu'elle aspirait plus que tout à obtenir l'approbation de son père et redoutait d'échouer. Contrairement à ses autres filles, elle ne serait pas présentée à la reine ou acceptée par la bonne société sur la base de ses propres mérites.

Sans le soutien de son père et sans sa dot, elle ne valait pas grand-chose.

— Cela vous rend-il heureuse de lui faire plaisir ?

— Quand j'étais plus jeune, c'était le cas. Mais son récent souhait de me voir mariée...

Elle n'acheva pas sa phrase et secoua la tête.

— En tout cas, sans sa détermination à ce que je prenne un époux, nous ne serions pas en train de nous promener ici.

— N'en soyez pas aussi certaine. Vous m'intriguez, mademoiselle Leyland.

— D'après les bruits qui courent sur vous, de nombreuses femmes vous intriguent.

— M'en faites-vous le reproche ?

— Je pense que vous vous lassez aisément. Je veux un homme loyal avant tout autre chose. Je n'ai pas la nature conciliante de ma mère. Jamais je n'accepterai de passer en second.

Il l'observa un long moment.

— Je vous adresse mes condoléances pour votre deuil récent. Il se trouve que j'ai eu l'occasion d'assister à une représentation théâtrale de votre mère.

Étrangement, Regina n'avait jamais songé qu'elle pourrait rencontrer aujourd'hui des gens ayant vu jouer sa mère sur scène.

— Vous a-t-elle fait pleurer ?

Mère lui avait souvent dit que son plus grand talent était de faire exprimer les émotions des personnes qui ne les manifestaient que rarement.

Il sourit.

— Elle nous a tous fait tomber amoureux d'elle. J'avais quatorze ans à l'époque et, à cet âge, un garçon ne pleure pas. Avec des camarades, nous nous sommes glissés hors du pensionnat un soir. J'ai acheté une rose à une vendeuse à la sauvette. Durant la pièce, je l'ai tenue par la corolle pour éviter les épines. Après la représentation, nous sommes allés dans les coulisses, qui étaient absolument bondées. Elle avait tellement d'admirateurs. Nous avons été bousculés. Sans doute ai-je écrasé sans le vouloir la fleur si délicate. Quand nous nous sommes enfin approchés et que j'ai pu lui tendre ma rose, votre mère a avancé sa main et les pétales se sont détachés un à un dans sa paume ; seule la tige lui est restée entre les doigts. J'étais mortifié, le visage brûlant de honte. C'est un miracle que je ne me sois pas enflammé. Elle a dû comprendre ce que j'endurais, car elle a souri gentiment et m'a déclaré : « Vous m'avez donné la meilleure part, et c'est tout ce qui compte. »

Était-ce cela aussi que sa mère avait ressenti pour le comte de Bremsford ? Il ne lui avait pas donné le mariage ni même la respectabilité, mais il lui avait donné la meilleure part de lui en lui offrant son amour.

— Merci d'avoir partagé cette histoire avec moi. Hormis avec mon père, je ne parle jamais d'elle.

— C'était un plaisir. J'espère que cela vous a quelque peu réconfortée.

— Assurément. Et votre mère, est-elle toujours en vie ?

Il détourna le regard.

— À dire vrai, je n'en suis pas absolument certain.

Les yeux de Knightly vinrent se poser de nouveau sur elle. Incapable de déchiffrer ce qui se reflétait dans ses prunelles si bleues, elle se demanda s'il allait s'en tenir là. Mais sa curiosité l'emporta sur la discrétion.

— Comment pouvez-vous l'ignorer ?

— Quand j'avais sept ans... une nuit... elle... s'est enfuie. Je ne l'ai plus jamais revue depuis.

— Je crois que le fait de ne pas savoir me rendrait folle.

— C'était difficile au début, comme toute perte peut l'être. Assisterez-vous au bal donné par les Wolfford ?

Le changement de sujet était brutal, destiné sans aucun doute à éviter un souvenir douloureux.

Regina acquiesça de la tête.

— Oui. Je suis plutôt nerveuse, car ce sera ma première apparition à un événement organisé par la bonne société. Mon petit bal ne peut assurément pas s'y comparer.

— Ne soyez pas nerveuse. Je serai là. Maintenant que vous savez que vous pouvez compter sur moi, j'espère que vous me garderez votre première valse.

Elle lui sourit.

— J'en serai infiniment heureuse.

— Je vais devoir partir. J'ai un rendez-vous. Merci de m'avoir fait la grâce de votre compagnie cet après-midi.

Il remit son chapeau et salua ses accompagnatrices.

— Mesdames, ce fut un plaisir.

Reportant son attention sur Regina, il ajouta à voix basse :

— Vous avez désormais conscience que je tiens mes promesses. Sachez donc que je vous embrasserai à un moment ou un autre de la soirée.

Avant qu'elle ait eu le temps de réagir, il sauta en selle.

Médusée, Regina le regarda s'éloigner au trot, en proie à une folle impatience.

Dans cinq jours, elle recevrait son premier baiser.

5

Sa bouche quitta la mienne pour glisser lentement et de façon provocante le long de mon cou, laissant une suave humidité sur son passage. Il s'aventura plus bas, jusqu'à atteindre mon décolleté et le renflement de mes seins. Tandis qu'il y posait ses lèvres chaudes, il émit un doux ronronnement. Celui-ci exprimait de la satisfaction et de l'approbation. À cet instant, et pour la première fois de ma vie, je n'eus pas l'impression d'être inférieure et incapable, en aucune façon. C'était une sensation incroyablement libératrice. Une récompense. À ses yeux, j'étais la perfection.

Anonyme, *Mes désirs secrets, une autobiographie*

*

8 juin 1875

Le Cavalier mit son cheval au galop, mû par un besoin impérieux de s'éloigner au plus vite de son passé. Et c'était d'autant plus étrange qu'il s'y dirigeait tout droit.

Cette route, il l'avait empruntée quantité de fois quand les braves gens – y compris le chaperon de Regina – étaient profondément endormis. Elle pouvait alors se glisser hors de la maison pour le retrouver dans les bois, où il l'étendait sur un lit de mousse et de feuilles...

Certains soirs, quand il se sentait particulièrement audacieux, il grimpait dans le grand orme devant la fenêtre de sa chambre et frappait au carreau jusqu'à ce qu'elle accoure pour lui ouvrir. Parfois même, il l'emmenait à Londres pour qu'elle passe la nuit avec lui dans son lit.

Durant les cinq années qui s'étaient écoulées, il s'était efforcé de ne pas penser à elle. Mais depuis cette rencontre au Twin Dragons, chaque rendez-vous, chaque caresse, chaque parole murmurée, soupir et gémissement n'avaient cessé de tourner dans son esprit.

Et lire ce fichu livre n'avait assurément aidé en rien.

Il s'approcha de la propriété, cernée par une haute clôture en fer forgé. Le portail était ouvert, ce qui laissait penser que Regina était sortie en calèche. Peu importait. Il attendrait son retour, que celui-ci ait lieu aujourd'hui, cette nuit ou demain. Il l'affronterait et obtiendrait d'elle la vérité, même si cela devait le tuer.

Il mit son cheval au trot, puis au pas. Il n'était pas nécessaire que Regina voie son désespoir, à supposer qu'elle soit présente. En outre, il avait besoin de quelques minutes pour retrouver son calme et le contrôle de lui-même.

Il n'était pas certain de comprendre le jeu que jouait Regina, mais il le découvrirait et déterminerait la meilleure façon de gagner. La stratégie requérait un esprit clair, et c'était un don qu'il maîtrisait depuis longtemps. C'était ce qui expliquait pourquoi il était si talentueux en matière d'investissements. L'émotion n'était jamais de la partie. Il avait rencontré davantage de succès dans ses affaires depuis qu'il avait été contraint de trahir Regina, car il avait totalement enterré toute forme de sentiments. Il ne vivait plus désormais que pour prendre des décisions professionnelles raisonnées.

Le manoir apparut devant ses yeux, et il lutta pour ne pas se remémorer sa première visite, et la façon dont Regina avait retenu son intérêt, avant de lui dérober son cœur.

Il arrêta son cheval à proximité du perron, descendit de sa selle et attacha les rênes à un anneau métallique qui pendait à un poteau orné d'une tête de cheval en fonte noire – s'il était besoin de clarifier l'usage de l'objet.

Après avoir gravi les marches, il souleva le heurtoir et s'en servit pour annoncer son arrivée. Quelques minutes plus tard, le majordome qui l'avait accueilli quantité de fois par le passé ouvrit la porte. Le Cavalier lui tendit formellement sa carte, même s'il était connu en ces lieux.

— Lord Knightly pour Mlle Leyland, déclara-t-il.

— Elle n'est pas à la maison.

« Pour vous », eut-il l'impression d'entendre l'homme murmurer sous cape.

— Dans ce cas, j'attendrai.

Il adressa un regard déterminé au majordome, jusqu'à ce que ce dernier cède et recule pour lui permettre d'entrer.

Le Cavalier passa devant lui et se dirigea vers le petit salon, conscient de l'écho des pas du domestique qui s'éloignaient, ce dernier allant probablement prévenir la lady « qui n'était pas à la maison » de la présence d'un visiteur.

Il s'arrêta devant le sofa recouvert de velours couleur rouille où il s'était tant de fois assis pour prendre le thé, dans le cadre de la visite respectable d'un gentleman autorisé à rencontrer une jeune fille à marier. Ils avaient organisé plusieurs de ces rendez-vous protocolaires pour empêcher quiconque de soupçonner qu'ils en avaient d'autres, d'un genre beaucoup plus scandaleux. Curieusement, il avait apprécié ces moments passés sous le regard inquisiteur de Mme Dorsett, faits de conversations paisibles portant sur des sujets anodins, de sourires timides et de séances de lecture à haute voix. Les après-midis pluvieux étaient les plus agréables. Installés près de la fenêtre, ils observaient les gouttes rouler sur la vitre, dans un silence complice...

Un crissement attira son attention vers le fond de la pièce, où un mur de livres offrait un plaisant arrière-plan à un bureau en bois de rose. Entre ses pieds délicatement sculptés, une petite fille, étendue sur le ventre, faisait énergiquement courir un crayon sur un bloc de feuilles. Elle agitait ses jambes relevées, de sorte que sa jupe bleue ne la couvrait pas comme il aurait fallu, mais l'innocence de son âge faisait qu'il n'y avait pas matière à s'en offusquer. Une cascade de boucles brunes dissimulait son visage.

Le Cavalier s'avança posément et s'accroupit à sa hauteur.

— Bonjour, jeune demoiselle.

Elle releva vers lui d'immenses yeux bleus et lui sourit.

— Bonjour.

— Comment t'appelles-tu ?

— Ari. J'écris une histoire. Tu veux la lire ?

Elle n'avait visiblement pas peur de se retrouver face à un inconnu. Parce qu'elle vivait dans un monde protégé et n'avait pas la notion du danger ? Ou bien parce qu'il n'était pas rare que des gentlemen attendent une audience dans le petit salon ?

Les questions se bousculaient dans la tête du Cavalier. Que faisait ici cette fillette ? À qui était-elle ? Elle avait la couleur de ses yeux à lui, et leur forme en amande appartenait incontestablement à Regina.

Était-ce une simple coïncidence ?

Quel âge avait-elle ? Quatre ans ? Cinq ans ? Il ne lui semblait pas possible qu'elle ait six ans, mais il ne prêtait guère attention aux enfants, et il n'avait pas le moindre talent pour déterminer convenablement leur âge. Quoi qu'il en soit, il avait étrangement à cœur de ne pas la décevoir.

— Oui, bien sûr, répondit-il. Avec plaisir.

La fillette rampa pour sortir de sous le bureau, se retourna pour attraper sa feuille et enfin se mit en tailleur sur le tapis, ce qui, supposa le Cavalier, signifiait qu'ils n'allaient pas s'installer plus confortablement. Résigné, il s'assit également à même le sol et extirpa ses bésicles de la poche intérieure de sa veste. Puis il tendit la main et s'émerveilla de la petitesse de la menotte de la fillette quand celle-ci lui donna délicatement sa page d'écriture.

Son histoire n'était rien d'autre qu'une suite de lignes, de boucles et de vagues.

— Bonté divine, dit-il avec sérieux. Je n'ai pas apporté les bonnes lunettes. Avec celles-ci, je ne peux pas lire une écriture aussi élégante que la tienne.

— Je peux lire pour toi.

— Merci, ce me serait très agréable.

Il lui rendit sa feuille. Puis, à sa grande surprise, elle se colla contre lui, si petite et pourtant remarquablement envahissante, comme si elle avait annexé tout l'espace autour de lui, le réclamant et le faisant sien.

— Le chien était seul. Il voulait un ami. La petite fille était seule. Elle voulait un chien.

Elle leva vers lui des yeux emplis d'espoir.

— Est-ce qu'elle aura un chien ? demanda le Cavalier.

Elle secoua la tête.

— Pas avant ses six ans.

— Quel âge a-t-elle aujourd'hui ?

Elle montra quatre doigts et en replia un.

— Tout ça.

— Trois ans.

Elle acquiesça, avant de sourire d'un air malicieux et de relever le quatrième doigt.

— Jusqu'à la semaine prochaine.

Elle plissa le front, comme si elle essayait de définir quand ce serait exactement, car elle n'avait probablement fait que répéter ce qu'on lui avait dit. Puis son petit visage s'illumina, comme si le soleil avait soudain jailli de derrière un sombre nuage dans le seul but de l'éclairer.

— Tu veux venir à mon anniversaire ?

Le Cavalier ignorait quoi répondre à cela, d'autant qu'il était occupé à faire des calculs dans sa tête, évaluant le passage du temps et la possibilité que le fait de ne pas avoir conclu ce mariage ait pu causer à Regina un affront bien plus grave que ce qu'il aurait imaginé.

Toutefois, il semblait que la malicieuse fillette n'avait pas besoin de réponse. Se précipitant de nouveau sous le bureau, elle gribouilla sur une nouvelle feuille. Quand elle eut terminé, elle se hâta de la lui tendre fièrement. Ce devait être son invitation, bien qu'il n'y ait guère de différence avec l'histoire qu'elle avait « écrite » précédemment.

Le Cavalier la prit avec le plus grand sérieux et la plia pour la glisser dans sa poche.

— Merci beaucoup, dit-il en s'inclinant poliment.

— On aura un gâteau aux fraises.

— Tu aimes les fraises ?

Elle hocha vigoureusement la tête.

— Et les chiens.

Il sourit.

— Tu sembles y penser beaucoup.

— Arianna !

L'air aussi coupable l'un que l'autre, adulte et enfant tournèrent la tête et virent Regina se ruer vers eux, telle une guerrière sur le champ de bataille.

— Nous t'avons cherchée partout, jeune fille.

Le ton était implacable, et le Cavalier eut l'absurde idée qu'il ne serait pas opposé à ce que Regina se comporte avec une telle autorité au lit. Mais il est vrai qu'il avait toujours été à son entière disposition, veillant à combler ses moindres désirs.

Dépliant son corps, il se mit prestement debout.

— J'ai écrit une histoire, maman.

En entendant ce simple mot, en comprenant ce qu'il impliquait, le Cavalier sentit son estomac se nouer et ses jambes vaciller. Regina avait un enfant.

Il le suspectait, mais n'avait pas vraiment voulu croire que c'était la réalité. Autrefois, il avait rêvé d'un avenir avec elle incluant des enfants.

La fillette se précipita vers Regina avec la détermination d'un ange exterminateur et lui tendit la feuille qu'elle avait présentée un peu plus tôt au Cavalier.

Avec un sourire, Regina passa une main dans les boucles brunes d'Arianna.

— Nous la lirons plus tard, d'accord ? Maintenant, tu dois aller avec Nanny.

Le Cavalier se rendit alors compte qu'une autre femme était entrée dans le petit salon. La nurse s'avança et, posant la paume sur l'épaule de la fillette, guida celle-ci vers la porte.

Alors qu'elle allait franchir le seuil, Arianna se retourna vers le Cavalier.

— Tu oublies pas mon anniversaire.

Ce ne fut qu'au prix d'un immense effort que le Cavalier réussit à parler sans que sa voix trahisse le déluge d'émotions qui le submergeait, si puissant qu'il menaçait de le laminer.

— Je n'oublierai pas.

Quand la petite fille et sa nurse eurent disparu dans le hall, Regina reporta son attention sur lui.

— Que diable faites-vous ici ?

Son ton cassant laissait entendre qu'elle n'était pas du tout enchantée de sa présence. Évidemment, il ne s'attendait pas à ce que ce soit le cas mais, toujours sous le choc après avoir découvert qu'elle avait un enfant, il avait l'impression que tout lui parvenait de très loin, à travers un épais brouillard.

— Elle m'a lu son histoire.

L'expression de Regina se radoucit.

— À propos d'un chien, je suppose.

— Est-elle ma fille ?

Son intention n'était pas de poser la question aussi brutalement. Il avait prévu d'aborder le sujet avec prudence, en y mettant les formes, mais il lui avait été impossible de contenir les mots qui se bousculaient pour franchir ses lèvres, exigeant d'être libérés.

— Puisqu'elle vous a déjà appris que son anniversaire approchait, je pensais que vous auriez été capable de faire le calcul, en vous basant sur la dernière fois où nous nous sommes vus. Sans doute n'avez-vous pas oublié que c'était en juin. Je puis vous assurer que je ne l'ai pas portée pendant douze mois.

— Elle a les yeux bleus.

— Vous n'imaginez pas être le seul homme aux yeux bleus.

— Si l'on considère mon... incapacité à tenir ma promesse, j'aurais cru que vous auriez évité les hommes aux yeux bleus.

— Avez-vous évité les femmes aux yeux bruns ?

Au début, il avait avidement recherché leur compagnie, se noyant dans leur regard où il espérait retrouver l'adoration, l'amour et l'admiration qu'exprimait celui de Regina. Puis il avait commencé à les éviter comme la peste, car elles ne faisaient rien pour effacer les souvenirs qu'il avait de Regina. Souvenirs qui le hantaient jusque dans ses rêves.

— Qui est son père, alors ?

Elle haussa les épaules.

— Le matador espagnol. Ou le sculpteur italien. À moins que ce ne soit l'artiste parisien. Ou l'horloger allemand.

À chaque mention, la mâchoire du Cavalier se serrait un peu plus, et il dut faire un effort pour la détendre et trouver un ton neutre, de sorte qu'elle ne se rende pas compte à quel point il était affecté par ce qu'elle venait de raconter.

— J'avais entendu dire que vous avez mis à profit votre voyage en Europe pour tester autant d'hommes que de recettes de cuisine.

Chaque histoire qui lui avait été rapportée avait été comme un coup de couteau supplémentaire en plein cœur.

Elle lui adressa un sourire triomphant, insinuant ainsi qu'elle avait conscience qu'il avait souffert et qu'elle s'en réjouissait. Il ne pouvait l'en blâmer. Il méritait la punition qu'elle lui imposait.

— Que faites-vous ici, Knightly ?

— Je sais, sans aucune réserve ni doute, que vous êtes Anonyme.

Dès qu'elle avait vu au Twin Dragons qu'il s'était procuré un exemplaire du livre, Regina avait anticipé que Knightly déduirait qu'elle en était l'autrice. Sa seule surprise tenait au fait qu'il avait mis plusieurs jours à se présenter chez elle. Elle était par ailleurs pleinement consciente qu'il ne partirait pas sans lui avoir dit ce qu'il en pensait. Peut-être avait-il l'intention de la faire chanter, encore qu'elle ne pouvait l'imaginer se livrer à un acte aussi répréhensible.

Elle se redressa de toute sa taille et leva son menton d'un air hautain, donnant l'impression qu'elle le regardait de haut alors qu'il était beaucoup plus grand qu'elle.

— Et après ?

— Vous avez menti.

— Vous m'avez demandé si j'avais lu le livre. Je ne l'ai pas lu, je l'ai écrit.

Après tout, il avait bien menti en prétendant l'aimer.

Il rit, et elle se souvint combien ce son l'emplissait autrefois de joie. Lorsque son écho se dissipa, il garda le sourire, tandis qu'une lueur d'affection adoucissait son regard.

— Vous seule pouvez jouer sur les mots de cette manière.

Il la connaissait si bien. Le cœur de Regina se serra quand elle songea à tout ce qu'ils avaient partagé, combien il avait su la faire se sentir précieuse et chérie.

— Que voulez-vous, Knightly ? répéta-t-elle.

— Chidding est-il au courant de son existence ?

Hormis son père et les domestiques, personne ne savait pour Arianna. En revanche, seules Regina et sa loyale Millie savaient que la fillette était née en mars, soit neuf mois après la date à laquelle Regina aurait dû se marier. Elle avait décidé de prétendre que la petite était née en juin afin d'éviter qu'on ne puisse croire qu'elle était de Knightly. C'était une façon de protéger son enfant d'une cruelle déception et aussi d'empêcher que Knightly apprenne la vérité. Puisqu'il n'avait pas voulu d'elle, pourquoi voudrait-il de sa fille ? De toute façon, il ne la méritait pas.

Lentement, elle secoua la tête.

— J'ignore encore si je peux lui faire confiance. Je redoute sa réaction. Comme on dit, chat échaudé craint l'eau froide. Comptez-vous le lui révéler ?

— Qu'en pensez-vous ?

— J'en pense que je ne vous connais pas. L'homme pour lequel je vous prenais ne m'aurait jamais abandonnée le jour où nous devions nous marier. Pourquoi l'avez-vous fait ?

Knightly lui tourna le dos et se dirigea vers la cheminée. Un bras posé sur le manteau, il fixa le foyer vide.

— Pour vous protéger.

— En me brisant le cœur ?

Il se crispa, puis laissa échapper un soupir.

— De deux maux, cela m'a semblé le moindre.

Il lui fit de nouveau face.

— Je suppose que Chidding ignore également que vous êtes l'autrice de cette scandaleuse autobiographie.

— Il l'ignore, et je n'ai pas l'intention de le lui dire. Je nierai jusqu'à mon dernier souffle avoir écrit ce livre.

— Dans ce cas, pourquoi l'avez-vous écrit ?

Elle avait décidé que la vengeance n'était pas un plat qui se mangeait froid, mais plutôt brûlant – avec des mots enflammés et des passages torrides destinés à tourmenter le lecteur et à attiser sa curiosité. Avec vérité, conviction et expertise. Quand elle avait choisi de soumettre le manuscrit à un éditeur, elle se souciait peu que le monde sache qu'elle en était l'autrice. Mais, à la dernière minute, elle l'avait envoyé de façon anonyme par le biais de son fidèle avocat, qui était également chargé de collecter ses gains. À présent, les gens se demandaient s'il s'agissait de souvenirs ou d'un roman. Assurément, c'était une fiction, le résultat d'une imagination perverse. Mais si c'était vrai, ce devait être le récit d'une femme bafouée.

Elle avait été bafouée.

— J'ai grandi en étant l'objet de remarques méchantes et de spéculations. C'est devenu d'une rare violence quand j'ai été rejetée. J'ai été honnie quand vous avez annoncé partout que j'avais changé d'avis.

— Je suis désolé de cette erreur d'appréciation, Regina. J'ai cru que ce serait plus facile si les gens pensaient que vous m'aviez trouvé des défauts, plutôt que le contraire.

— Quels défauts m'avez-vous trouvés ?

— Aucun, mes raisons n'avaient rien à voir avec vous.

Secouant la tête, elle ricana.

— Peu importe. Je voulais que vous sentiez la douleur du châtiment qui m'a été infligé.

Toutefois, elle ne s'attendait pas à ce que le livre soit étiqueté comme indécent. Certes, l'écriture pouvait être provocante, suggérant la fornication, mais elle n'avait pas décrit en détail les scènes intimes. Elle avait gardé cela pour elle, incapable d'en partager la teneur, parce que c'était quelque chose qui l'avait totalement bouleversée.

— Eh bien, la douleur a été vive. Et je peux à peine me rendre à mon club sans entendre des chuchotements dans mon dos. Je ne peux pas davantage mener mes affaires avec le succès d'autrefois, quand les entrepreneurs sont plus intéressés de savoir si je suis lord K que de signer des contrats. Les spéculations dont je suis l'objet deviennent pénibles. Je veux que vous écriviez, en tant qu'Anonyme, une lettre au *Times* déclarant que je ne suis pas lord K.

— Nous voulons tous des choses, Knightly, et nous ne les obtenons pas toujours.

Un muscle joua sur sa mâchoire. Il avait exactement la même mimique quand il répandait sa semence en elle. Lorsqu'elle était amoureuse de lui, elle avait mémorisé chaque détail de sa physionomie, ses expressions, ses gestes... aujourd'hui, tous ces minuscules souvenirs la faisaient souffrir.

— C'est une tâche assez simple, Regina. Ce n'est pas comme si je vous demandais d'escalader une montagne.

— Je préférerais encore escalader une montagne, répliqua-t-elle avec un sourire suave. En fait, je l'ai déjà fait, et je trouve cela infiniment plus plaisant que d'écrire une lettre.

— Vous avez écrit un livre terriblement embarrassant.

Elle haussa un sourcil.

— Où voulez-vous en venir ?

Un coin des lèvres de Knightly s'étira, créant cette fossette solitaire qui avait toujours fasciné Regina. Autrefois, elle y aurait déposé un baiser. Elle soupçonnait qu'un changement de tactique se préparait. Il allait probablement essayer de la charmer, puisqu'elle ne cédait pas à ses demandes.

— Vous vous rendez compte, il me semble, que vos indices fort peu subtils laissant entendre que le personnage de lord K s'inspire de moi me rendent en quelque sorte... légendaire.

Elle avait malheureusement négligé cet aspect des choses.

— C'est totalement injuste. Vous êtes vu comme un héros et moi comme une dévergondée, à supposer, bien sûr, que la femme du récit s'inspire de moi, ce qui n'est absolument pas le cas. Elle n'est qu'un pur produit de mon imagination.

Il s'éloigna de la cheminée en deux grandes enjambées, de sorte qu'il aurait suffi qu'il tende le bras et qu'elle se penche à peine pour que ses longs doigts élégants lui caressent la joue.

— Donc, si lord K vous demandait quelque chose, vous ne le feriez pas ?

— Autrefois, je l'aurais peut-être fait, mais plus maintenant.

Regina sentit la colère irradier en elle. Cela ressemblait tellement à Knightly de la circonvenir, de l'entraîner dans une conversation aimable, lui faisant oublier quel redoutable gredin il était, lui faisant croire à des promesses d'une éternité d'amour et de bonheur.

— Ne comprenez-vous pas que vous êtes la canaille ? Vous vous êtes servi de votre charme pour séduire une jeune fille innocente, et faire en sorte qu'elle tombe amoureuse de vous, qu'elle vous donne tout ce qu'elle avait de plus cher. Puis vous l'avez abandonnée, sans remords ni honte, lui brisant le cœur. Maintenant, partez et laissez-moi en paix.

Elle se tourna vers la porte.

— Si vous ne vouliez pas de moi dans votre vie, vous n'auriez pas écrit ce livre de telle façon qu'il ne pouvait échapper à mon attention.

Elle pivota sur ses talons.

— J'ai écrit ce livre pour exorciser les derniers souvenirs de notre histoire qui continuaient à empoisonner mes espoirs et mes rêves. Et cela a fonctionné. Chaque mot suintait le mépris et la haine que j'avais pour vous. Chaque phrase vous déracinait de mon cœur. Chaque paragraphe nettoyait mon âme. Chaque passage servait à me rappeler la fiction que vous aviez créée pour nous, un amour qui n'avait pas de réelle existence. J'ai déversé tous les souvenirs que j'avais de vous sur le papier, jusqu'à ce qu'il n'en reste plus un dans ma tête. Je ne vous demande pas d'excuse, d'explication ou de repentance. Vous ne faites plus partie de mon univers. Je ne pense pas à vous, je ne rêve pas de vous, et vous ne me manquez pas. Je suis libérée de vous, totalement et définitivement. Bonne journée, milord.

Pivotant de nouveau sur ses talons, elle quitta la pièce avec toute la dignité dont elle était capable, avant que Knightly décrypte que chaque fichu mot qu'elle avait prononcé n'était qu'un mensonge.

En vérité, plutôt que de lui tourner le dos, elle brûlait de se jeter dans ses bras.

Pauvre sotte qu'elle était.

6

« Je veux vous étendre sur l'herbe et vous faire l'amour », murmura-t-il d'une voix enjôleuse. Tandis que son souffle brûlant caressait mon oreille, j'imaginai la délicieuse fraîcheur de la prairie verdoyante dans mon dos, et le feu de sa peau pressée contre la mienne.

Anonyme, *Mes désirs secrets, une autobiographie*

*

12 juin 1875

Il était rare que Regina reçoive des invitations pour des bals. En tout cas, cela ne s'était pas produit depuis le décès de son père un an plus tôt, depuis qu'il n'était plus là pour jouer de son influence et la protéger. De fait, elle était quasiment certaine que l'héritier du comte, son demi-frère, avait fait savoir qu'il n'assisterait pas aux événements où elle serait présente, et considérerait défavorablement toute personne lui adressant une invitation.

Cependant, la duchesse de Thornley, qui avait été abandonnée bébé devant la porte d'une nourrice et avait par la suite eu la chance de faire un beau mariage, n'était pas du genre à se laisser intimider ni à être l'otage des jeux de pouvoir. Regina l'avait rencontrée deux ans plus tôt, quand son père, en dépit d'une santé déclinante, l'avait emmenée au bal donné par les Thornley. En effet, lorsque Regina était rentrée d'Europe, son père s'était de nouveau employé à lui trouver un protecteur. Sans Arianna, Regina l'en aurait dissuadé, mais elle avait conscience qu'il quitterait ce monde en étant plus apaisé s'il la savait dûment établie.

Quoi qu'il en soit, elle n'était pas stupide au point de refuser une invitation délivrée à sa porte, d'autant que celle-ci pourrait fournir au vicomte Chidding une occasion de lui faire la cour en public.

Ce soir, elle était donc à cette réception très fréquentée, et discutait avec lady Rosemont, sœur de la duchesse et épouse du comte de Rosemont, ainsi qu'avec lady Aslyn, qui s'était mariée à Mick Trewlove, le frère de la duchesse.

— Enfin, Fancy, vous êtes propriétaire d'une librairie, pour l'amour du ciel, murmurait lady Aslyn à sa belle-sœur. Comment se fait-il que vous ne parveniez pas à obtenir un livre que je désire lire plus que tout ?

— Aslyn, vous devez comprendre qu'on ne peut plus trouver un seul exemplaire nulle part, répondit la duchesse sur le ton de la confidence. Avant même que j'aie pu demander à ma gérante de mettre quelques livres de côté pour nous, elle avait vendu tous nos exemplaires de *Mes désirs secrets*. Honnêtement, ce récit a déferlé sur le pays comme une tornade. J'ai parlé avec l'éditeur, et il m'a assuré qu'il allait en faire imprimer d'autres… quand ce sera sans risque.

— « Sans risque » ?

Fancy regarda autour d'elle, comme si elle craignait d'être entendue, et baissa davantage la voix.

— Il redoute d'être arrêté pour obscénité.

Regina se retint de lever les yeux au ciel. Son avocat lui avait déjà fait part des inquiétudes de l'éditeur. Le livre avait été mis en vente seulement deux mois auparavant, il en était à sa cinquième réimpression – visiblement, la popularité potentielle de ce texte avait été totalement sous-estimée –, et si l'éditeur n'avait pas encore été emprisonné, tout laissait à penser qu'il ne le serait jamais. Peut-être évoquait-il des peurs inexistantes pour accroître l'aura licencieuse du livre, et ainsi augmenter les ventes.

— À quel point est-ce obscène ? demanda Aslyn.

— Fort peu, répondit Regina sans réfléchir.

— Vous l'avez donc lu ? s'enquit Fancy.

— Non, je n'ai pas lu le livre, mais j'ai entendu dire que ce n'était pas exagérément détaillé s'agissant des rencontres les plus intimes. Ce sont les mésaventures d'une femme qui tombe amoureuse d'un... débauché, d'après ce que j'ai cru comprendre.

— Étant moi-même tombée amoureuse d'un homme de ce genre, intervint Aslyn, je n'ai aucun mal à imaginer qu'un tel récit puisse constituer une lecture captivante. Je soupçonne les puritains de monter cette affaire en épingle et de lui faire une mauvaise réputation sans même savoir de quoi il retourne.

— Eh bien, moi, je crois que ce sont précisément ces personnes-là qui achètent le livre et le rendent si difficile à dénicher, décréta Fancy.

Regina laissa échapper un rire discret.

— Le pensez-vous vraiment ?

— Assurément. Nous avons tous des aspirations secrètes. Un livre est une porte qui s'ouvre sur une diversité de mondes, et personne ne devrait avoir honte de ses choix de lecture.

— Je suis de votre opinion.

— Nous avons une cliente qui écrit systématiquement le titre du livre qu'elle souhaite que nous lui trouvions. Jamais elle ne le dit à voix haute, de crainte, j'imagine, que quelqu'un n'entende. C'est incroyablement triste qu'elle ne sente pas suffisamment à l'aise pour partager avec d'autres la satisfaction que lui procurent ses lectures.

— Mais au moins peut-elle accéder à ces livres, commenta Aslyn. Le livre que je veux n'est pas disponible, et c'est terriblement contrariant. Cela pique d'autant plus ma curiosité de découvrir ce qui fait que certaines personnes le considèrent offensant.

— D'après ce que j'ai compris, dit Fancy, certains le voient comme un danger, car l'héroïne n'est pas mariée et se comporte comme si elle l'était, en ayant des relations charnelles. Comme vous le savez, la bonne société ne tolère pas ce comportement. Certains craignent que cet ouvrage n'encourage les dames seules à entretenir des liaisons illicites.

— Les gens ne sont pas supposés s'entretuer, fit remarquer Regina, et pourtant personne ne crie à l'obscénité devant les romans policiers.

— Je n'y avais jamais pensé de cette façon, reconnut Fancy. Imaginez-vous comment réagirait mon frère Beast si les romans policiers qu'il écrit étaient bannis ? Je crois qu'il provoquerait un débat à la Chambre des lords lorsque son tour viendra d'y siéger.

— Je suis plus intriguée que jamais, dit Aslyn. Fancy, il faut absolument que vous m'en procuriez un exemplaire.

— Je vais reprendre contact avec l'éditeur. Peut-être en a-t-il mis quelques-uns de côté, ne serait-ce que pour organiser la pénurie et faire monter artificiellement la demande. Si ce n'est pas le cas, je connais quelques officines où on peut trouver des livres interdits à la vente.

— Faites-vous allusion à un marché parallèle ? s'enquit Regina.

— Absolument. Toutefois, sachez que je ne trempe pas là-dedans. Ma famille a travaillé trop dur pour gagner sa respectabilité, et je n'ai pas envie de voir ma librairie envahie et mise à sac par un policier drapé de moralité, ou qui que soit la personne en charge de ces lois.

— Détruire votre librairie serait une honte, déclara Aslyn. C'est une boutique tellement ravissante et si accueillante. Y êtes-vous déjà allée, Regina ?

— Pas encore, mais je me suis promis de le faire dans un avenir proche.

— Je n'y suis guère ces derniers temps, observa Fancy. Mais si vous me faites savoir quand vous avez l'intention de vous y rendre, je veillerai à être présente.

Regina sourit. C'était si agréable d'avoir des amies. Elle aurait tellement aimé connaître ces ladies quand elle était plus jeune. Elles étaient incroyablement bienveillantes. Mais il est vrai qu'elle n'avait encore jamais rencontré de membres de la famille Trewlove qui portent un jugement sur qui que ce soit.

— Vous êtes tellement aimables…

Un doux frisson la parcourut soudain, et elle sut qui venait d'approcher sans bruit avant qu'il prenne la parole. Elle avait toujours perçu d'instinct quand il était à proximité, l'attirant irrésistiblement, comme la lune agit sur les marées.

— Mesdames. Mademoiselle Leyland.

Regina avait conscience que Knightly ne voulait pas se montrer insultant en s'adressant à elles de la sorte, mais ne faisait que respecter les usages. Les deux autres étaient des ladies – l'une par son mariage, l'autre par sa naissance. Et Regina était une demoiselle, en l'absence de mariage, et du fait d'une naissance douteuse. Elle ne savait pas pourquoi leurs ancêtres avaient décidé qu'il était nécessaire de faire la distinction, ni comment ils avaient déterminé ce qu'était un comportement poli. En tout cas, elle avait très envie d'être discourtoise en ignorant tout bonnement le gredin.

Cependant, en agissant ainsi, elle pourrait donner l'impression qu'il avait une quelconque importance. Mieux valait l'affronter avec dédain afin que les choses soient claires et qu'il comprenne qu'il ne comptait absolument pas.

— Milord, dirent ses deux amies à l'unisson.

Regina s'était quant à elle retournée lentement, ne montrant aucune réaction à sa présence, si ce n'est un léger haussement de sourcils. Intérieurement, elle bouillait de colère. S'il était incontestablement séduisant en tenue de ville, Knightly était splendide dans son costume de soirée. Et il le savait parfaitement.

Ses yeux céruléens étaient fixés sur elle, et elle commençait à avoir chaud sous son intense observation. Il lui sembla que cela durait une vie tout entière, mais il n'avait pas dû s'écouler plus de quelques secondes quand il prit la parole en inclinant la tête.

— Mademoiselle Leyland, me ferez-vous l'honneur de m'accorder une valse ?

— En aucune façon.

Le regard de Knightly s'enflamma brièvement. De toute évidence, il ne s'attendait pas à un refus, surtout devant témoins.

Il reporta son attention sur les deux ladies.

— Pourrions-nous bénéficier d'un moment en tête à tête ?

— Ce ne sera pas nécessaire, décréta Regina en se levant. L'air fétide qui souffle depuis votre arrivée m'indispose.

— Je vous en prie, rien qu'une danse.

— Vous vous trompez si vous pensez que je suis prête à vous accorder quoi que ce soit. En outre, votre soudain besoin de m'approcher en permanence dépasse mon entendement. Je ne sais pas comment être plus claire, milord, mais je ne veux plus avoir affaire à vous.

— Regg...

Elle le poussa brutalement, l'empêchant de prononcer le diminutif qu'il avait toujours été le seul à utiliser, et le fit vaciller en arrière. Elle s'en voulut d'avoir perdu le contrôle d'elle-même et de sentir le feu de sa colère se transformer en brasier.

— J'en ai terminé avec vous, et ce depuis des années.

Soulevant ses jupes, elle se dirigea à la hâte vers la porte-fenêtre ouvrant sur la terrasse et donnant au-delà sur les jardins. Elle avait besoin d'air frais, et elle espérait que Chidding n'avait pas été témoin de son mouvement d'humeur. Elle avait déjà valsé une fois avec lui et il avait réservé la danse de clôture. Il était charmant et drôle, avec des cheveux cuivrés et des yeux sombres. Que ce soit physiquement ou sur le plan du caractère, il ne lui rappelait en rien Knightly.

Quand elle fut dehors, elle dévala les marches, puis ralentit le pas afin de ne pas donner l'impression qu'elle s'enfuyait. C'était pourtant ce qu'elle faisait. Elle fuyait les souvenirs qui l'encombraient toujours. En les couchant sur le papier, elle avait cru s'en débarrasser, mais ce n'était que provisoire. Les retrouvailles avec Knightly les avaient fait resurgir, ainsi que les émotions qui s'y rattachaient. La joie. L'humiliation.

L'humiliation l'avait brisée, mais la joie avait été exquise, du genre à inspirer des sonnets, des chansons et des livres. Elle aspirait de tout son cœur à la connaître de nouveau, bien qu'elle soit à peu près sûre que cela ne se produisait qu'une seule fois dans toute une vie. Si elle aimait bien Chidding, se sentait à l'aise avec lui, elle savait qu'elle ne tomberait pas éperdument amoureuse de lui. Ni lui d'elle.

De temps en temps, il arrivait que cette idée l'attriste, mais elle comprenait la nécessité des sacrifices.

Une bonne partie de son existence n'avait été faite que de cela ; une fois de plus ou de moins ne changerait pas grand-chose.

Tandis que ses pensées empruntaient de sombres chemins, elle décida de faire de même et s'écarta du sentier éclairé pour traverser la pelouse. Le halo des lampes à bec de gaz offrait une source de lumière suffisante pour qu'elle s'aventure à travers le jardin sans trébucher sur un parterre ou arracher la soie de sa jupe sur un buisson d'épineux. Elle ne voulait pas retourner dans la salle de bal en ayant l'air de sortir d'une étreinte amoureuse.

Elle s'arrêta près d'un orme à la taille imposante. Derrière se trouvait le mur d'enceinte en briques de la propriété londonienne du duc. Un mur de briques très semblable à celui contre lequel Knightly l'avait un jour plaquée tandis qu'il dévorait sa bouche. Pourquoi fallait-il que tout lui rappelle cet homme ?

Même les fleurs dans cette zone du jardin avaient une odeur de santal... Miséricorde, le bougre l'avait suivie !

Si elle courait suffisamment vite, trouverait-elle l'élan pour se hisser de l'autre côté du mur ? Mais fuir Knightly n'était pas la solution, cela ne l'avait jamais été.

— N'allez-vous donc pas me laisser en paix ?

— Je vous dois une explication pour ce qui s'est passé ce matin-là.

Ni les paroles ni les actes de Knightly n'avaient jamais eu aucun sens pour elle. Ce soir, une fois de plus, elle n'y comprenait plus rien.

Elle se retourna brusquement.

— Après toutes ces années, vous avez intérêt à ce qu'elle soit fichtrement bonne.

— Je me souviens d'un temps où vous ne profériez pas de grossièretés.

— Il y a beaucoup de choses que je ne faisais pas autrefois. Je n'étais qu'une enfant alors, mais ce n'est plus le cas. Quoi qu'il en soit, je vous écoute. Pourquoi exactement avez-vous changé d'avis à propos du mariage ?

— Ça, je ne peux pas l'expliquer.

— Je n'en suis plus à me vexer parce que vous m'avez trouvé des défauts. Vous pouvez donc faire la liste de tout ce qui chez moi vous apparaissait comme étant inapproprié.

— Bon sang, Reggie, c'est donc cela que vous avez pensé pendant toutes ces années ? Croyez-moi, le fait que je ne sois pas allé au bout de ce mariage n'a rien à voir avec vous.

— Ha !

Elle pressa une main sur sa bouche devant ce cri de protestation inattendu. Elle ne souhaitait en aucun cas qu'on la découvre en train de tenir un conciliabule avec Knightly, et que cela revienne aux oreilles de Chidding.

Serrant les poings le long de son corps, elle fit un pas en avant et dit d'un ton sarcastique :

— Peut-être était-ce votre plan depuis le début de m'humilier publiquement, de montrer au Tout-Londres que j'avais visé trop haut.

Le Cavalier n'aurait pas dû suivre Regina. Il aurait dû quitter le bal au moment où il s'était rendu compte qu'elle était là. Après tout, elle avait exposé son opinion lors de leur dernière rencontre, et il aurait fallu qu'il s'en tienne à cela. Mais devant la colère et la douleur qui faisaient vibrer sa voix, et l'humiliation qui la faisait trembler tout entière, il avait l'impression d'avoir fait un bond dans le passé et de revivre cet horrible matin où il lui avait brisé le cœur. De toute évidence, Regina se trouvait aussi replongée dans leur histoire, bombardée par des émotions censées ne plus exister. Les années ne lui avaient pas apporté de réconfort, n'avaient pas effacé les souvenirs.

Il détestait qu'elle souffre ainsi. Si seulement il avait pu lui éviter la cruauté de se retrouver prisonnière de cette inextricable toile d'araignée que les circonstances avaient tissée autour d'eux.

Il devait la libérer, et il n'y avait qu'un moyen pour y parvenir. Dans l'obscurité, il serait plus facile d'affronter le passé et d'expliquer à Regina de quelle manière il entendait tout réparer. Impossible de revenir sur la décision qui avait été prise ce jour-là, mais il pouvait faire en sorte d'apaiser les choses entre eux.

— J'ai fortuitement appris quelque chose à mon sujet, et j'ai compris que vous ne seriez jamais véritablement heureuse avec moi. J'ai voulu vous épargner un avenir qui aurait été fait de plus de larmes que de sourires.

— Qu'avez-vous appris sur vous ? Que vous êtes un lâche ?

Le Cavalier ne put s'empêcher de sourire. Il l'avait trouvée extraordinaire avant, mais il était encore plus impressionné maintenant par son intelligence, son sens de la repartie et sa capacité à ne pas flancher. Cela lui donnait envie de tout lui avouer, mais il avait juré d'emporter son secret dans sa tombe. La vie d'autres personnes dépendait de sa discrétion.

— C'est à peu près ça.

Regina laissa échapper un soupir de frustration.

— Cela fait trop longtemps que j'ai quitté la salle de bal. Il faut que j'y retourne.

Elle esquissa un mouvement pour partir.

— À quel point tenez-vous à Chidding ? s'enquit-il.

Le regard de Regina revint se poser sur lui.

— Je vous demande pardon ?

— Au Twin Dragons, vous ne sembliez pas le moins du monde gênée par son absence de fortune. Évidemment, je suppose qu'on peut le considérer comme séduisant, ce qui expliquerait...

— Je ne me soucie absolument pas de son apparence, l'interrompit-elle. Je veux de la respectabilité pour moi et pour... Arianna. Je n'ai pas envie pour elle d'une enfance faite de moqueries et d'insultes comme ce fut le cas pour moi. Et je ne veux pas la cacher.

Fermant brièvement les paupières, elle secoua la tête.

— Je me rends compte que c'est exactement ainsi qu'elle vit en ce moment, dans le plus grand secret. Mes domestiques sont infiniment loyaux. Ils ne la trahiront pas mais, comme vous avez pu le remarquer, elle est à un âge où elle devient malicieuse et tente de se rebeller contre les limites que j'essaie de lui fixer.

Elle planta son regard dans le sien.

— En dépit de sa pauvreté, la réputation de Chidding est irréprochable. Il a accumulé les dettes en se battant pour maintenir son domaine à flot. Je trouve cela admirable. Quand nous sommes ensemble, il est toujours infiniment prévenant et ne cherche pas à profiter de la situation. D'ailleurs, nous ne nous sommes pas encore embrassés.

Levant les yeux au ciel, elle soupira.

— Je me demande bien pourquoi je vous confie cela, alors que vous n'êtes nullement concerné.

— Je peux intercéder en votre faveur auprès de lui.

Elle grommela, et le Cavalier eut l'image d'un chien tirant sur sa chaîne.

— Je n'ai pas besoin de votre entremise. Je n'ai pas besoin de vous. Je me suis passée de vous pendant cinq ans, et je m'en suis fort bien portée.

— Laissez-moi vous poser une question : êtes-vous pressée de vous marier ?

— Si c'est une proposition, vous pouvez aller brûler en enfer !

Il rit. Il l'avait aimée avant qu'elle fasse montre d'un tel tempérament, mais la personne qu'elle était devenue lui plaisait davantage, si une telle chose était possible. S'il avait le moindre bon sens, il ferait en sorte de l'éviter plutôt que de risquer de tomber plus amoureux encore d'elle. Mais il est vrai qu'il n'avait guère de bon sens quand cela concernait Regina.

— Savez-vous comment ses amis l'appellent ?

Elle soupira d'impatience.

— Je suis certaine que vous allez me le dire.

— La tortue. Cet homme est remarquablement lent à prendre des décisions. Je suppose que, pour le bien de votre fille, vous apprécieriez qu'il accélère quelque peu.

— Avez-vous un plan pour faire en sorte que cela se produise ?

— Effectivement. Nous allons retourner dans la salle de bal, et vous danserez avec moi.

— Dans quel but ?

Il ne pouvait en vouloir à Regina de se montrer suspicieuse.

— Pour le rendre jaloux.

Elle ricana, doucement pour que personne ne l'entende, et il se souvint des nombreuses fois où il avait dû étouffer ses gémissements de plaisir pour protéger sa réputation. Tout ce qu'il avait toujours voulu, c'était la protéger. Au lieu de quoi il l'avait détruite.

— Notre passé est bien connu. Personne ne croira que vous souhaitez me courtiser.

— Sauf si je semble avoir des regrets... et être encore amoureux de vous.

— Eh bien, je n'ai aucune envie de donner l'impression que je m'intéresse toujours à vous.

Il fit un pas vers elle.

— En dépit de la façon dont cela s'est terminé entre nous, les braises de la passion ne sont certainement pas encore complètement éteintes.

— Étant donné que plusieurs seaux d'eau froide ont été jetés dessus, il ne reste plus que des cendres.

Ah, mais le phénix renaissait forcément de ses cendres. Il n'exprima pas cette pensée, car rien n'avait changé, et il ne pouvait toujours pas lui donner ce qu'elle méritait.

— Dans ce cas, valser avec moi ne devrait vous faire aucun effet.

— Je ne vois pas ce que vous avez à y gagner.

— Être soulagé de ma culpabilité.

— Comme si j'avais un quelconque intérêt à atténuer vos souffrances.

— Danser avec moi ne fera que les augmenter. Si le livre ne vous a pas suffi, vous pourriez vous venger un peu.

— Je ne vous fais pas confiance.

— Qui est lâche, maintenant ?

Il avait conscience qu'il la poussait dans ses retranchements, et qu'elle ne pourrait pas s'empêcher de relever le défi.

— Fort bien, une seule valse. Et je retourne dans la salle de bal la première.

Elle n'attendit pas sa réponse et passa devant lui, l'enveloppant d'un parfum de gardénia, avant de disparaître dans les ténèbres.

Il prit son mal en patience, comptant les secondes avant de pouvoir la suivre, et fit un détour dans le jardin pour arriver d'une autre direction.

Même si Regina refusait de le reconnaître, elle avait plus que jamais besoin de protection. C'est pourquoi il ferait en sorte qu'elle soit mariée avant la fin de la saison.

7

« Vous méritez mieux qu'un sol gelé, dit-il. Vous méritez un lit douillet, réchauffé par le feu de la passion que nous éprouvons l'un pour l'autre. »

Anonyme, *Mes désirs secrets, une autobiographie*

*

12 juin 1875

Depuis son retour en Angleterre, Regina s'était habituée à ce que son carnet de bal ne soit pas rempli lors des rares occasions où elle assistait à ce genre d'événement. En dépit des efforts que son père avait déployés pour la marier, le comportement de Knightly faisait qu'elle représentait un risque – d'une façon ou d'une autre. Ceux qui croyaient que Knightly avait dit vrai et qu'elle avait changé d'avis la trouvaient audacieuse, mais redoutaient qu'elle ne récidive. Et ceux qui croyaient que c'était Knightly qui avait refusé que le mariage ait lieu étaient persuadés qu'elle avait un problème.

En dépit de son manoir et de son revenu annuel, elle était considérée comme une marchandise avariée.

La description était cruelle, mais elle ne l'avait jamais contestée, car pour elle c'était la vérité.

Arianna en était la preuve. Clamer qu'elle était pure et ensuite démontrer le contraire à un homme qui avait l'intention de demander sa main ne ferait que le dissuader de le faire, sans compter que cela lui vaudrait une réputation de menteuse et de manipulatrice.

Elle avait donc appris à mener ses batailles. Et d'ailleurs, elle aurait dû se défendre avec plus de détermination face à Knightly dans le jardin. À la place, elle avait baissé pavillon. Mais cela ne signifiait pas qu'il ne pouvait pas perdre. Elle serait irascible et déplaisante pendant la valse. Et elle se comporterait tout à fait autrement lorsqu'elle danserait avec Chidding, de sorte que tout le monde constate la différence de traitement qu'elle accordait aux deux hommes.

Knightly les avait de toute évidence observés. Était-il jaloux ? Quelle était la raison de cette ruse élaborée visant à lui faire épouser un autre homme ? Voulait-il se donner l'opportunité de passer du temps avec elle, de la courtiser ? Il ne pouvait pas vraiment souhaiter l'assister dans sa quête d'un foyer plus sûr pour Arianna. Ou bien si ?

Quant aux braises de la passion qu'il avait évoquées, Regina ferait en sorte qu'elles ne se ravivent pas. D'ailleurs, elle n'en ressentait pas les effets. Tout cela appartenait au passé. Ce n'était absolument pas pour ce motif qu'elle tournait constamment les yeux vers la porte-fenêtre. Quand ce diable d'homme daignerait-il se montrer pour qu'ils en terminent avec cette stupide danse ?

Soudain, elle sentit sa présence dans son dos et se demanda depuis combien de temps il l'observait.

Il vint se placer à côté d'elle.

— Je ne vous ai pas vu arriver, déclara-t-elle d'un ton de reproche.

— Je suis entré par une porte latérale menant à la salle de jeu.

— Enfin, ce qui compte, c'est que vous soyez là. Allons-y, qu'on en finisse.

— Je n'aime guère cet air. Attendons la danse suivante. C'est une valse également.

— Dans ce cas, peut-être pourriez-vous vous éloigner.

— Cela servirait notre cause si les gens pensaient que nous sommes sur le chemin de la réconciliation.

— Mais ce n'est pas le cas.

Avec un soupir, elle ferma un instant les paupières.

— J'étais débarrassée de vous, Knightly. Et je veux que ça demeure ainsi.

Elle rouvrit les yeux et le fixa.

— Ne comprenez-vous pas à quel point c'est difficile pour moi ?

Son regard exprimant un remords sincère, il leva sa main gantée vers sa joue.

— Je le comprends, Reggie, bien plus que vous ne pouvez l'imaginer. Si je m'étais rendu compte plus tôt que nous ne pouvions pas être ensemble, je vous aurais évité ce matin de désillusion dévastatrice. Je vous aurais épargné les larmes et la transformation de votre amour en haine. Je ne peux pas modifier le passé, mais je peux m'assurer que vous épousiez l'homme qui vous convient.

Écartant son visage pour échapper au contact de ses doigts, elle secoua la tête.

— Je ne vois pas comment vous pourriez garantir les actes d'un autre homme, alors que vous n'avez pas été capable de garantir les vôtres. Peut-être changera-t-il également d'avis à la dernière minute.

— Il ne le fera pas.

— Comment pouvez-vous en être aussi sûr ?

— Parce que je pense que ma situation est totalement unique.

Elle commençait à s'irriter qu'il persiste à parler par énigmes. Qu'avait-il appris sur lui-même qui soit susceptible de rendre leur union impossible ?

La musique se tut, et il lui tendit la main. Quand sa paume gantée toucha celle de Knightly, Regina se rendit compte qu'elle se trompait. Les braises n'étaient pas totalement éteintes, et une petite étincelle se produisit, comme si quelqu'un avait soufflé dessus.

Mais elle allait les ignorer, les priver d'oxygène.

Cependant, ce fut terriblement difficile quand ils se mirent à glisser sur le parquet. Outre Chidding, elle avait dansé avec quelques gentlemen plus tôt, mais aucun ne bougeait avec l'élégance et la souplesse de Knightly.

— Aimez-vous la façon dont j'ai noué ma cravate ? demanda-t-il après un moment. Ou bien essayez-vous de déterminer le moyen le plus rapide de vous débarrasser de moi ?

Elle releva la tête, et il sourit.

— Je pensais bien que cela vous ferait me regarder.

— J'ai accepté de danser avec vous, pas de faire la conversation, et encore moins de badiner.

— Vous êtes encore plus belle qu'il y a cinq ans. La maturité vous va bien.

Lui aussi était beaucoup plus beau, avec de petites rides au coin des yeux, bien que ce ne soit pas des marques creusées par le bonheur ou la joie. Elle se demanda quels défis avaient ainsi sculpté son visage. Puis elle se maudit de s'interroger à son sujet. En quoi cela pouvait-il bien la concerner ?

— Était-ce difficile de voyager seule à travers l'Europe ?

— J'avais ma femme de chambre avec moi.

Elle inclina la tête, et ne put contenir un léger sourire.

— Et j'étais débarrassée de la mégère.

Il sourit.

— Mme Dorsett.

— Absolument. Sans chaperon, je me sentais infiniment plus libre. Mais surtout, je pouvais être qui je voulais. Personne ne me connaissait. Ça m'a permis d'explorer divers aspects de ma personnalité, y compris certains dont j'ignorais l'existence.

Elle avait ainsi découvert qu'elle possédait une plus grande force intérieure qu'elle ne le croyait possible.

— Comment votre père a-t-il réagi à... au cadeau que vous lui avez rapporté ?

Elle n'avait pas besoin qu'il clarifie la nature du cadeau. Elle n'aimait pas non plus la façon dont son cœur s'était adouci à l'égard de Knightly en raison du mot qu'il avait employé pour décrire Arianna.

Oui, sa fille avait été un cadeau. Quand elle avait appris qu'elle attendait un enfant, elle avait éprouvé une joie incommensurable. Certes, elle avait ressenti un peu d'appréhension, mais ne l'avait pas vécu comme une catastrophe. Elle s'était demandé si sa mère aurait elle aussi été ravie à la perspective de ce bébé, et également ce qu'elle aurait pensé en voyant l'histoire se répéter.

Parfois, Regina aurait voulu bénéficier des conseils d'une personne ayant vécu une expérience similaire, encore qu'elle-même s'aventurait en terres inconnues, car sa mère avait au moins pu compter sur le soutien de l'homme qu'elle aimait.

— Il était fou de joie, répondit-elle.

Elle se rappelait encore l'allégresse de son père et la lumière qui s'était allumée dans son regard. Il était déjà malade depuis un moment, et la vue d'Arianna avait semblé lui apporter un regain de vitalité, mais juste pendant un court laps de temps. Sa maladie était tellement avancée que rien ne pouvait empêcher qu'elle ait raison de lui.

— Mon père croyait que chaque enfant devait être aimé, qu'il soit né dans les liens du mariage ou en dehors. Il l'a gâtée tant qu'il le pouvait, comme il l'avait fait avec moi. J'aurais seulement voulu qu'il lui reste plus de temps à passer avec elle, avec nous deux. Mais je pense que nous ne sommes jamais préparés à ce que quelqu'un que nous aimons nous soit enlevé. Vous avez perdu votre mère quand vous étiez enfant, si je me souviens bien.

— La vie est rarement juste ou dépourvue de défis. J'admire la façon dont vous les affrontez.

— Je ne veux pas de votre admiration. Je veux votre absence. Je regrette déjà d'avoir accepté cette valse.

Cette maudite fossette apparut de nouveau.

— Je vais faire en sorte de tempérer ce regret. Quand Chidding vous a-t-il approchée pour la première fois ?

Regina songea qu'il n'y avait aucun mal à le lui dire.

— Peu après le décès de mon père, Chidding est venu à la maison me présenter ses condoléances. Puis, quand ma période de deuil officiel s'est terminée, il m'a apporté un livre de poèmes. Il m'en a lu quelques-uns dans le jardin.

Cela avait été une journée charmante. Le printemps s'achevait, laissant place à l'été. Les fleurs étaient en pleine éclosion. Les oiseaux s'époumonaient dans les arbres. Une brise légère rafraîchissait l'atmosphère et soulevait les cheveux de Regina, libérant quelques fines mèches de leurs épingles. Chidding les avait doucement, presque timidement, remises derrière ses oreilles. Puis il avait rougi.

Elle n'imaginait pas les joues de Knightly devenir écarlates d'embarras. En tout cas, elle n'avait jamais rien vu de tel.

— Donc, il comptait les jours pour être avec vous.

Cette affirmation paraissait plutôt mélodramatique, cependant Regina éprouva une grande satisfaction à répondre :

— Il semblerait. Chidding m'apprécie. Il s'intéresse à moi.

En prononçant ces mots, elle s'aperçut qu'elle avait envie que Knightly soit jaloux de l'intérêt qu'un autre gentleman lui portait.

— Depuis quand ?

— Nous avons fait connaissance à Hyde Park un après-midi, et nous sommes promenés dans les allées.

— Vous ne lui avez pas dit que vous préfériez monter à cheval ?

Chevaucher à travers le parc était une activité qu'elle avait pratiquée avec Knightly, et elle n'avait pas souhaité remplacer ce souvenir. Pas plus qu'elle n'avait voulu comparer les deux hommes, car elle savait que Chidding n'aurait pas été à la hauteur dans ce domaine. Mais, en ce qui concernait ce qui était préférable pour Arianna et elle, son cœur n'avait pas voix au chapitre.

— J'ai découvert que les promenades à pied étaient plus propices à la discussion. J'adore converser avec lui. Il est très versé en littérature, et maîtrise aussi quantité d'autres sujets.

— C'est sans aucun doute un lecteur, dans ce cas. Je me demande s'il a parcouru votre livre.

Regina sentit ses joues s'empourprer. Elle n'avait jamais imaginé qu'une personne de sa connaissance puisse lire ce qu'elle avait écrit – hormis Knightly, cela va sans dire.

— Le sujet n'a pas été abordé.

Et il ne le serait pas. En tout cas, pas à sa requête. Elle n'avait pas honte de ce qu'elle avait couché sur le papier, mais elle se rendait soudain compte que les livres créaient un échange passablement intime entre l'auteur et le lecteur. Comment un écrivain pourrait-il ne pas mettre une part de lui dans son travail ? Contre toute attente, une forme de vulnérabilité s'empara d'elle.

— Vous ne m'avez jamais dit ce que vous en avez pensé.

N'aurait-elle pas pu tenir sa langue avant de prononcer ces mots ? Elle ne se souciait aucunement de son opinion.

— Vous êtes née pour écrire.

Le regard de Knightly reflétait une honnêteté absolue.

— Vous m'avez fait ressentir ce que vivaient les personnages. Le fait que j'aie moi-même expérimenté ces situations n'a aucunement influé sur les sensations que j'ai éprouvées. J'ai été complètement emporté. Vous écrivez avec une sincérité que peu d'écrivains ont le courage d'exposer. Cependant, vous avez modifié la conclusion de notre histoire.

— Je voulais que vous soyez identifiable, mais pas moi. Et qui peut affirmer que vous n'avez jamais abandonné une lady dans une station de chemin de fer après lui avoir promis de vous enfuir avec elle ?

Knightly l'observa longuement.

— J'ai ressenti chacune des émotions de l'héroïne comme si j'avais été moi-même victime de la trahison de lord K. Vous auriez dû indiquer votre nom sur le livre.

— Considérant l'accueil qu'il a reçu de la part de certaines personnes, il est probablement préférable que je ne l'aie pas fait.

D'autant qu'elle ignorait comment Chidding pourrait y réagir.

— De surcroît, vous m'avez dit un jour que vous étiez un actionnaire anonyme dans certains de vos investissements. Un peu de mystère ne peut pas faire de mal. Il est même possible que ça ait ajouté à la popularité du livre, puisque quantité de gens se mettent martel en tête pour découvrir l'identité de l'auteur... ou celle de lord K.

— Vous en avez fait un personnage extrêmement attirant, jusqu'à la fin où sa vraie nature – enfin, telle que vous l'avez imaginée – est révélée.

— Je ne pense pas qu'il pouvait en être autrement. Il n'a démontré ni honneur ni décence quand il l'a abandonnée par une froide nuit d'hiver.

Elle avait aussi modifié la saison durant laquelle se déroulait l'histoire, afin que cela ne corresponde pas à l'époque de leur liaison.

— J'ai commencé à écrire une suite où je mettrai en scène sa mort.

Il afficha un large sourire, et elle se rappela combien elle fondait autrefois pour ses sourires.

— Dans des conditions horribles, à n'en pas douter. Douloureuses et lentes. Vous voulez qu'il ait le temps d'éprouver des remords sincères, de reconnaître ses erreurs, sans toutefois avoir la possibilité de les réparer.

— C'est ce que vous êtes en train de faire ? Essayer de réparer vos erreurs ?

Il s'assombrit.

— Parfois, nous sommes confrontés à des choix impossibles.

Comme si elle n'en avait pas pleinement conscience. Épouser Chidding était une décision de la plus haute importance. Cela impliquait pour elle de renoncer à l'opportunité de connaître un autre grand amour, pour faire en sorte que sa fille soit mieux acceptée par la bonne société qu'elle ne l'avait été.

— Vous arrive-t-il de regretter les choix que vous avez faits ? demanda-t-elle.

— Seulement parce qu'ils vous ont blessée, mais, si j'étais de nouveau confronté au même dilemme, je ne pourrais pas choisir différemment.

— Qu'avez-vous choisi, Arthur ?

La musique se tut, et ils cessèrent de bouger. Les doigts toujours enroulés autour des siens, Knightly porta sa main à ses lèvres.

— Bonne nuit, Reggie.

— Vous partez ?

— Ma mission ici est terminée.

Plutôt que de l'escorter hors de la piste de danse, il se tourna légèrement et offrit sa main à Chidding, qu'elle n'avait pas vu approcher.

— J'ai été surpris que vous dansiez avec lui, commenta Chidding tandis qu'elle suivait des yeux la silhouette de Knightly qui s'éloignait.

Comme la musique recommençait, Chidding la prit dans ses bras et l'entraîna dans un tour de piste aussi inattendu qu'enthousiaste, et Regina fut certaine que cela ne manquerait pas de faire jaser.

— C'était simplement en souvenir du bon vieux temps, répondit-elle.

— Toutes les femmes ne seraient pas aussi magnanimes que vous.

— Ma mère m'a dit un jour que la rancœur donnait des rides. De surcroît, il ne signifie plus rien pour moi depuis longtemps. Danser avec lui fut un peu comme se faire arracher une dent. Le processus est pénible, mais quel soulagement quand c'est terminé.

Il lui adressa un sourire bienveillant.

— Dans ce cas, je n'ai pas besoin d'être jaloux.

— Soyez assuré qu'il appartient au passé, et je n'ai pas l'intention de l'en faire sortir.

— À la maison, et vite ! lança le Cavalier à son cocher.

Il souhaitait s'éloigner le plus vite possible de Regina, avant de regretter un choix qu'il avait été contraint de faire, mis au pied du mur par un homme qui ignorait ce qu'était l'amour, la bonté et la décence.

Tandis que sa calèche filait vers Londres, le Cavalier ferma les paupières et inhala la fragrance de gardénia qui s'attachait à lui. Elle se serait probablement dissipée quand il arriverait à son domicile, mais elle l'accompagnait pour le moment, atténuée mais possédant néanmoins le pouvoir de réveiller ses souvenirs.

Tenir de nouveau Regina dans ses bras avait été tout à la fois le paradis et l'enfer. La confier à Chidding s'était avéré une torture sans nom. En dansant avec elle, il avait espéré démontrer qu'il avait toujours du respect pour elle, qu'il l'appréciait encore. Il voulait que les invités comprennent qu'elle était digne de leur attention et de leur courtoisie. Il avait remarqué que seuls deux gentlemen avaient dansé avec elle, contrairement à son premier bal où tous les célibataires de Londres s'étaient bousculés pour obtenir une danse. Il savait qu'il était responsable de cette situation. Il avait fait d'elle une paria, alors qu'elle méritait d'être traitée comme une reine.

La calèche s'arrêta enfin devant sa maison. Il en descendit d'un bond, gravit les marches du perron et franchit la porte en coup de vent. Il tendit son chapeau, sa canne et ses gants à son majordome qui s'était approché. Puis il se dirigea à grandes enjambées vers sa pièce préférée, la bibliothèque, où Regina s'était extasiée devant ses livres, où elle lui avait lu des histoires romantiques, et où il l'avait courtisée avec des sonnets.

Fonçant vers le cabinet contenant les spiritueux, il se servit un grand verre de scotch, qu'il but d'un trait, savourant la chaleur qui lui brûlait la gorge avant de s'insinuer dans sa poitrine, lénifiant la douleur qui y résidait.

Après avoir de nouveau rempli son verre, il alla vers la cheminée et s'installa dans un profond fauteuil de cuir capitonné. Glissant deux doigts dans la poche intérieure de sa veste, il caressa le ruban vert qu'il avait un jour subtilisé à Regina. Le colifichet avait commencé à se déliter ; probablement finirait-il par tomber en poussière. Alors peut-être son souvenir s'évanouirait-il aussi et son tourment cesserait.

Mais il avait appris que la vie se déroulait rarement comme on s'y attendait.

Il était le suppléant, le deuxième sur la liste d'accession au titre de duc. Cela ne le dérangeait pas, car cela signifiait pour l'essentiel que son père l'ignorait, sauf quand ce dernier le convoquait dans son bureau, et que la paume du duc entrait en contact avec sa joue. Puis il était renvoyé sans même savoir ce qu'il avait fait pour déplaire à son géniteur.

Il n'avait jamais parlé des gifles à sa mère, craignant que le duc ne la frappe également. Il ne lui accordait pas beaucoup d'attention non plus. Peut-être parce qu'elle était infiniment discrète et silencieuse, ou qu'elle avait l'apparence de quelqu'un qui n'était pas tout à fait de ce monde. Elle regardait toujours dans le vague, avec un petit sourire. Quand elle venait le border, après que sa nurse l'eut couché, elle s'asseyait sur son lit et lui racontait des histoires de princesses tombant amoureuses du palefrenier, du jardinier ou du garde-chasse. Il aimait par-dessus tout ces moments, car il se dégageait alors de sa mère une incroyable sérénité.

Son frère, Francis, de quatre ans son aîné, s'était vu honorer du titre de comte de Knightly – l'un des nombreux titres dont pouvait se prévaloir leur père – et recevait l'éducation due à un futur duc, bien qu'il ait beaucoup de mal avec les chiffres et les lettres qui fascinaient tellement Arthur.

Le duc était très contrarié qu'Arthur avance plus vite dans ses études que Francis. Arthur essayait d'expliquer à Francis combien tout était facile, lui donnant de petites astuces pour reconnaître les mots et calculer rapidement. Mais Francis préférait monter à cheval, jouer avec les chiens et faire des combats à l'épée – même si les épées étaient en bois.

Alors qu'il avait sept ans, Arthur avait été réveillé au milieu de la nuit par les cris de sa mère. Il s'était glissé hors de son lit, avait traversé la pièce sur la pointe des pieds et avait entrebâillé la porte. Il avait vu deux hommes qui emmenaient sa mère à travers le hall. Vêtue de sa seule chemise de nuit, elle se débattait et hurlait, essayant de résister tandis qu'elle était traînée vers l'entrée. Il aurait voulu se précipiter pour l'aider, mais le duc était là. Les bras croisés, il observait la scène sans bouger. Assurément, si sa mère avait eu des ennuis, son père serait intervenu. Arthur avait refermé la porte sans bruit, regagné son lit et fixé le plafond pendant que les larmes roulaient sur ses joues.

Le lendemain matin, au petit déjeuner, tout en plongeant sa cuillère dans son œuf à la coque, le duc avait annoncé : « Votre mère est tombée malade. Vous ne la reverrez plus. »

Arthur avait ouvert la bouche pour demander plus de détails, mais Francis avait attiré son attention en écarquillant les yeux et en secouant la tête. Il n'avait donc rien dit. Il savait que les gens mouraient souvent quand ils tombaient malades. Sa mère était-elle décédée, alors ?

Plus tard, Francis lui avait expliqué que sa maladie était la raison pour laquelle leur mère semblait avoir toujours l'air ailleurs : « Elle ne va pas bien, mais on ne peut rien faire pour elle. C'est dans sa tête, tu vois, mais il ne faut pas en parler. »

Arthur ne voyait pas, mais le sujet n'avait plus jamais été abordé.

Quand il avait eu seize ans, sa vie avait pris un autre tournant dramatique. En avance dans ses études, il avait été accepté à Oxford. La veille de son départ, Francis lui avait fait boire du gin, puis il l'avait convaincu d'aller galoper sur la lande en pleine nuit. En voulant faire sauter son cheval au-dessus d'un mur de pierre, Francis avait perdu l'équilibre, chutant lourdement, et s'était brisé le cou.

L'héritier naturel n'étant plus, Arthur Pennington était devenu comte de Knightly. « Ç'aurait dû être toi », avait marmonné son père quand Francis avait été inhumé dans le caveau familial du domaine ducal.

Arthur aurait souhaité être à la place de son frère. Pendant tant de nuits et tant de jours, il avait erré dans un état second à travers Oxford, un peu comme sa mère arpentait autrefois la maison. Il ne voulait pas être comte, ne voulait pas être duc, mais la loi ne permettait pas à son père de le remplacer. Elle ne permettait pas non plus à Arthur de se soustraire à ses obligations.

Un soir, toutefois, il avait décidé, puisque le duc ne souhaitait plus entendre parler de lui, de ne plus rien lui devoir. Il s'était mis à travailler encore plus dur qu'avant, déterminé à tracer son propre chemin, à gagner beaucoup d'argent, à posséder son propre domaine, et à ne plus jamais rien demander à son père.

Puis il avait fait la connaissance de trois garçons qui voulaient aussi acquérir leur indépendance. C'est ainsi que les Joueurs d'échecs étaient nés.

Les yeux rivés sur le foyer vide de la cheminée, le Cavalier but une nouvelle gorgée de scotch. Même s'il faisait confiance aux Joueurs d'échecs, il y avait des choses qu'il ne leur avait pas dites. Des choses qu'il avait faites et qu'il ne pouvait se résoudre à reconnaître à haute voix. Des choses dont il était coupable, et pour lesquelles il devait faire amende honorable.

Mais ce soir, peut-être avait-il fait un pas vers la rédemption.

— Tu rentres de bonne heure.

Tournant la tête, il sourit à la femme aux cheveux gris en chemise de nuit et peignoir qui était entrée dans la pièce. À ses yeux, elle était encore beaucoup trop maigre.

— Bonsoir, Mère.

Posant son verre, il se leva et se dirigea vers le cabinet des spiritueux.

— Un brandy ?

— Volontiers, dit-elle en s'installant dans le fauteuil faisant face à celui qu'il venait de quitter.

Après lui avoir tendu son verre, il regagna sa place et regarda sa mère boire une gorgée d'alcool avec une expression de contentement. Il s'émouvait souvent de constater que des choses aussi simples pouvaient lui procurer une telle joie.

— De mon temps, les bals ne se terminaient pas avant l'aube, commenta-t-elle.

— C'est toujours le cas. Celui de ce soir bat toujours son plein, j'en suis sûr.

Il haussa les épaules.

— Le but que je poursuivais a été atteint.

— De quel but s'agit-il ? Si c'était de te trouver une épouse, j'imagine que tu serais resté jusqu'à la fin.

— Pourquoi les mères sont-elles toujours si anxieuses de voir leurs enfants mariés ? Vous devriez m'accompagner de temps en temps.

Elle secoua la tête.

— Je me suis tenue trop longtemps à l'écart de la société. De plus, je n'ai nulle envie de rencontrer ton père.

— Nous n'assistons pas aux mêmes événements mondains.

— Comment est-ce possible ?

Il but une longue gorgée de scotch, puis tapota son verre du bout des doigts.

— Je lui fais parvenir une missive pour lui dire à quelle soirée je me rends, et il prend garde de ne pas s'y montrer.

— C'est un duc. On s'attend à ce qu'il fasse une apparition à toutes les réceptions d'importance.

— Regardez autour de vous, Mère. Ma résidence londonienne est plus vaste et plus luxueuse que la sienne. Mes coffres sont davantage remplis. Ne pensez-vous pas que mon influence est plus grande ?

— Je pense qu'il a fait en sorte que tu le haïsses avec une véhémence encore plus forte que la mienne, et je redoute que ce ne soit motivé par autre chose que le traitement qu'il m'a fait subir. À cet égard, j'aimerais que tu me dises comment tu as obtenu que je puisse sortir de cet horrible endroit.

Cet « horrible endroit » n'était autre qu'un asile d'aliénés. Le Cavalier avait été médusé d'apprendre combien il était facile de faire enfermer quelqu'un, surtout une femme, et ce pour la moindre peccadille. Parce qu'elle était trop silencieuse, trop bruyante ou bien avait été surprise en train de se donner du plaisir. Il ignorait ce que son père avait évoqué pour justifier que sa mère devait être tenue à l'écart de la société. Il ne savait même pas, il y a quelques années encore, qu'elle était toujours en vie.

— Je n'aurais pas pu être libérée sans son accord, car il demeure mon mari quoi qu'il en soit.

— Vous ne devriez pas vous soucier de cela. Certes, il y a mis des conditions, mais c'est un prix que j'étais prêt à payer.

Pas au début, toutefois. Au début, il avait hésité. Il en éprouvait toujours de la culpabilité. Comment avait-il pu, ne serait-ce qu'un instant, faire passer ses désirs et ses besoins avant le bien-être de sa propre mère ?

— Cela a-t-il un lien avec la raison pour laquelle tu ne t'attardes plus aux bals ?

En effet, cela influait énormément sur son comportement.

— Je n'ai pas obtenu que vous soyez libérée de cet endroit pour que vous viviez comme une recluse.

Sa mère rit doucement.

— Dans ce cas, tu n'aurais pas dû faire de cette maison un lieu aussi plaisant.

C'était un jeu auquel ils jouaient en permanence, l'un ou l'autre changeant de conversation pour ne pas répondre à une question ou éviter un sujet inconfortable.

Des secrets. Ils en avaient tous les deux. Regina aussi, mais il était à peu près certain de les avoir tous découverts.

Sirotant son scotch, il se cala plus confortablement dans son fauteuil. Il ne pouvait nier que sa résidence bénéficiait des dernières avancées en matière d'équipement, et que la décoration avait été pensée avec soin, même si la demeure paraissait parfois un peu vide. Tant qu'il en serait le propriétaire, aucun enfant ne courrait jamais dans ses couloirs en riant, aucune femme ne lui murmurerait des mots doux dans le noir après qu'il lui eut fait l'amour.

Il n'avait jamais fait venir une de ses maîtresses ici, car le souvenir de Regina flottait encore entre ces murs. Parfois, il lui semblait percevoir son parfum dans sa chambre, chose impossible assurément. Les draps étaient changés quotidiennement, ainsi que les bouquets de fleurs, qui n'avaient jamais le temps de faner. Toutes les semaines, les sols étaient frottés à la brosse et les meubles étaient cirés ; rien d'elle ne pouvait subsister après toutes ces années.

Cependant, il ne pouvait pas entrer dans une pièce sans s'attendre à ce que Regina l'y accueille. Il se demanda si Chidding ressentirait un jour la même chose, si les souvenirs de Regina domineraient toute sa vie. Mais dans son cas, l'heureux homme n'aurait pas à s'appuyer sur des souvenirs, puisque Regina ferait partie de sa réalité. Il bénéficierait de sa présence, de sa passion, et peut-être même de son amour.

À supposer que le Cavalier n'ait pas totalement détruit le cœur de Regina en faisant montre d'un cruel dédain qu'il n'éprouvait pas. Il voulait provoquer sa colère et sa haine pour lui permettre de survivre à la douleur dévastatrice due à la trahison qu'il avait été contraint de lui infliger.

— Es-tu lord K ?

Plongé dans ses pensées, le Cavalier avait oublié la présence de sa mère. Combien de fois l'avait-il surprise à regarder dans le vide – ou ce qu'il croyait être le vide ? Il se demandait maintenant si elle ne se remémorait pas tout simplement des souvenirs qui la rendaient plus heureuse que le monde dans lequel elle vivait.

Sa question, toutefois, fit s'envoler ses réflexions, telles des feuilles d'automne emportées par une bourrasque.

— Comment avez-vous entendu parler de lord K ?

— Eh bien, même si je vis à l'écart de la société, je me tiens informée grâce aux journaux et aux magazines. Récemment, j'ai lu dans la rubrique mondaine une chronique qui disait à peu près ceci : « Ceux qui le connaissent bien pensent qu'il ne peut s'agir que du comte de Knightly. » Le rédacteur ajoutait que tu étais un grand séducteur, il y a quelques années, connu pour briser les cœurs. Et puis il y a le livre, naturellement.

— De quoi parlez-vous ?

— J'ai commencé à le lire et, au début, ça me plaisait beaucoup, car j'apprécie les histoires d'amour. Mais le gentleman me faisait trop penser à toi, en apparence comme en comportement, et j'ai donc arrêté, estimant qu'il valait mieux que je ne connaisse pas tous les détails. Dis-moi, l'autrice est-elle une de tes anciennes conquêtes ?

— Comment avez-vous fait pour vous procurer un exemplaire ?

— J'ai un accord avec une librairie voisine qui me met de côté toutes les nouveautés susceptibles de me plaire. J'aime tellement m'évader à travers la lecture. Ça m'a terriblement manqué quand j'étais ailleurs.

« Ailleurs ». Son euphémisme pour désigner les vingt années durant lesquelles le duc l'avait fait disparaître de son existence, de la société, du monde.

— Eh bien, est-ce toi ? insista sa mère.

Il avait envie de nier, mais il ne tenait absolument pas à ce que sa mère termine le livre. Cette idée le tétanisait. Il ne s'attendait certes pas à ce qu'elle le croie radicalement chaste mais, pour l'amour du ciel, elle n'avait pas besoin de connaître tous les détails de sa vie amoureuse ni la manière dont il séduisait les femmes.

— Cela remonte à des années, quand j'étais jeune et stupide.

— L'aimais-tu ?

De tout mon cœur. De tout ce qui constituait mon être à l'époque. Quel mensonge ! Il l'aimait encore. Il y avait tant de raisons à cela : tout d'abord, la façon dont elle l'avait affronté, lui faisant comprendre qu'elle ne se souciait plus de lui. Mais aussi parce que la bonne société pouvait penser que les circonstances de sa naissance faisaient d'elle une personne infréquentable, et qu'elle ne l'acceptait pas. Elle se rendait dans leurs clubs de jeu et les délestait de leur argent. Elle assistait à leurs bals sans se laisser intimider. Son père n'était plus là pour la protéger, mais elle avait appris à se défendre toute seule. Elle savait ce qu'elle voulait et elle allait le chercher, quitte à se battre de haute lutte pour l'obtenir.

Ce que voulait Regina était offrir à sa fille une vie différente de la sienne, et elle ferait tout pour s'assurer que la petite soit acceptée. Il était possible qu'il l'aime plus que tout en raison de cette vigilance, et aussi pour sa capacité à comprendre la véracité d'une situation et tout faire pour la changer si elle n'était pas acceptable.

— C'était il y a longtemps, répéta-t-il plutôt que de dire la vérité.

— Ce n'est pas une réponse, Arthur.

— Je n'ai pas de réponse satisfaisante.

Ni pour vous ni pour moi.

— J'en ai lu assez pour savoir que cette jeune fille ne correspondait pas aux critères que la société attend de l'épouse d'un lord.

Il ne put s'empêcher d'esquisser un sourire.

— Non, elle n'y correspondait en rien.

— L'aurais-tu épousée si tu n'avais pas été l'héritier ?

Oui, avec bonheur, mais sa mère en aurait durement payé le prix. En effet, s'il n'avait pas été l'héritier, jamais son père ne lui aurait offert de passer un pacte avec le diable.

8

De sa main chaude, il prit ma joue en coupe. Il avait retiré ses gants, en prévision du moment où il me toucherait sans doute. Même l'obscurité environnante ne pouvait empêcher nos regards de se croiser. Je me demandai s'il pouvait lire dans le mien la tentation que j'avais de céder à mes désirs.

Anonyme, *Mes désirs secrets, une autobiographie*

*

15 juin 1875

Regina ne put retenir un sourire en voyant grandir l'excitation d'Arianna à mesure que l'heure de la fête approchait. Elle était triste cependant que les invités de sa fille ne soient autres que des poupées installées par ses soins à la plus petite des tables du jardin. Elle se sentait souvent coupable de tenir Arianna à l'écart du monde, même si c'était pour son bien.

Plus que tout, elle voulait éviter que sa fille n'ait à porter en public le fardeau d'être née en dehors des liens du mariage. Et il en serait ainsi jusqu'à ce qu'elle épouse un homme qui traiterait Arianna comme si elle était de sa chair et de son sang, qui toiserait sévèrement quiconque oserait hausser un sourcil devant elle, réglerait son compte à toute personne prononçant un mot malveillant. Qui s'assurerait qu'elle soit éduquée dans les meilleures écoles, invitée à des fêtes où elle s'amuserait avec des enfants de son âge et acceptée pour elle-même et pas pour sa dot.

Tant que le père de Regina avait été en vie, elle avait su qu'il protégerait sa petite-fille de la cruelle réalité de sa naissance. Mais quand le comte de Bremsford avait rendu l'âme, tout était parti à vau-l'eau. L'héritier légitime – son demi-frère – ne voulait absolument pas entendre parler d'elle, et il ignorait qu'elle avait un enfant. Les options de Regina étaient limitées : s'installer ailleurs et prétendre qu'elle était veuve, ou rester ici et se marier.

Quand lord Chidding lui avait récemment manifesté son intérêt, elle l'avait considéré comme une réponse à ses prières, encore que son soulagement aurait été de courte durée s'il avait découvert Arianna dans le petit salon comme l'avait fait Knightly. Elle ne voulait pas admettre combien elle avait été heureuse de le voir, assis par terre à côté de sa fille.

Et portant ses lunettes, qui plus est.

Cet accessoire avait toujours eu le pouvoir de faire naître un délicieux pincement au creux de son estomac. Sans ses lunettes, il était beau comme un dieu. Mais quand il les avait sur le nez, il était hypnotisant, un sage connaissant toutes les réponses, un homme avisé qu'on ne prendrait jamais pour un hurluberlu. Quelqu'un à qui elle pourrait confier son âme… et son corps.

Elle lui avait fait le don des deux, et il l'avait traitée avec tant de soin, tant de tendresse, qu'elle avait osé lui offrir son cœur. Il l'avait comblée de bonheur, avant de faire éclater la bulle de joie dans laquelle

elle flottait. Le retour à la réalité avait été terrible, et elle en était sortie contusionnée et brisée.

Ses blessures avaient finalement cicatrisé. Du moins le croyait-elle, jusqu'à ce qu'elle danse avec lui à ce maudit bal. Elle avait senti ses plaies la tirailler, mais la douleur avait été plus difficile à supporter, car elle s'accompagnait cette fois d'un intense désir d'avoir de nouveau Knightly dans sa vie.

Avait-il raison ? Si elle avait écrit ce livre, était-ce pour le faire revenir au centre de son existence ?

— Tu es venu ! s'écria soudain Ari, arrachant Regina à ses pensées.

Sa fille se mit à courir, et elle voulut la suivre. Mais elle resta figée sur place en découvrant Knightly, qui tenait à la main un panier en osier pourvu d'un couvercle.

Il marchait à grandes enjambées, l'air confiant, mais s'arrêta quand Arianna arriva à sa hauteur, jetant ses petits bras autour de ses jambes et levant vers lui un regard d'adoration.

— Que faites-vous ici ? s'enquit-elle d'un ton sec.

Il eut l'audace de lui adresser un sourire éblouissant, avant de plonger la main dans sa veste et d'en sortir un bout de papier qu'il lui tendit.

— J'ai reçu une invitation.

Elle n'eut pas besoin de prendre le papier pour reconnaître les gribouillis d'Arianna. Constatant qu'elle ne s'en saisissait pas, Knightly le fourra dans sa poche et baissa les yeux vers la petite.

— J'ai quelque chose pour toi.

Il mit un genou à terre, tel un chevalier présentant ses hommages, ce qui était exactement ce qu'elle avait pensé quand il avait fait la même chose pour elle avant de lui demander de lui faire l'honneur de devenir sa femme.

Ce souvenir lui coupa le souffle. La chaleur et l'espoir qu'il y avait alors dans le regard de Knightly, l'amour – ou ce qu'elle avait pris pour de l'amour – dont il l'avait enveloppée. Tout cela l'avait convaincue que les histoires qui finissent bien n'étaient pas réservées aux contes de fées.

— Qu'est-ce que c'est ? l'interrogea Ari en tapant dans ses mains et en sautillant d'excitation.

Il abaissa les anses du panier et désigna le couvercle.

— Ouvre et tu verras.

Mais Regina entendait les grattements et les légers gémissements. Elle aurait voulu emporter le panier au loin, consciente qu'Ari allait immédiatement donner tout son amour à Knightly. Mais elle n'avait pas le courage de refuser ce petit bonheur à sa fille alors que, quelques minutes auparavant, elle se désolait qu'il n'y ait aucun invité de son âge pour son anniversaire.

La gorge nouée de larmes contenues, elle observa les doigts d'Ari soulever le couvercle avec précaution. Puis une truffe noire, de grands yeux noirs et une fourrure brune apparurent.

Les yeux de la petite s'écarquillèrent.

— Un chien ! s'écria-t-elle.

Elle regarda son invité.

— Il est à qui ?

— À toi, ma puce. Joyeux anniversaire.

Ari tourna la tête vers Regina.

— Maman ?

Ce simple mot, prononcé d'un ton incertain, sous-entendait un millier de questions.

— C'est un cadeau, Ari. Tu peux l'accepter, mais pense à remercier ce gentleman.

— Merci, dit sa fille en plongeant les mains dans le panier.

Elle en sortit un épagneul tout frétillant – à en juger par sa petite taille, il ne devait pas avoir plus de quelques semaines – et le cala dans ses bras.

— Il s'appelle comment ? s'enquit-elle.
— C'est une fille, l'informa Knightly.
— Comment tu le sais ?
— C'est vrai, ça, intervint Regina avec ironie. Comment le savez-vous ?

Peut-être pourrait-elle le faire rougir, comme le timide Chidding.

Mais bien sûr, rien qui soit en relation avec le sexe ou le corps n'était de nature à faire rougir l'immoral lord Knightly. Il se permit même de lui adresser un sourire entendu, le scélérat.

— Elle me l'a dit durant notre voyage. Nous avons parlé de beaucoup de choses. Tu pourras lui donner le nom que tu veux, ma chérie.

Regina aurait souhaité le réprimander pour l'emploi de ce terme affectueux avec sa fille. C'était pourtant tout à fait innocent, mais elle ne pouvait s'empêcher de penser à toutes les fois où Ari n'entendrait pas son père la gratifier de petits noms gentils.

Ari la regarda.

— Maman ?

— Nous en parlerons plus tard, quand tu mangeras ton gâteau. En attendant, va jouer avec ton nouvel ami.

Du coin de l'œil, Regina vit Knightly déployer sa magnifique silhouette et sentit une crispation familière au creux de son ventre. Cela faisait trop longtemps qu'elle était chaste. Jusqu'à cet instant, elle ne s'était pas rendu compte qu'elle avait besoin qu'un autre homme détourne son attention du désir qu'elle avait pour Knightly.

Il s'approcha, l'enveloppant de sa merveilleuse odeur de santal.

— Vous pouvez engager quelqu'un pour s'occuper du chien. Je paierai.

— Ce ne sera pas nécessaire. Cet animal permettra à Ari d'apprendre le sens des responsabilités.

— Une leçon que je n'ai jamais apprise, d'après vous.

— En tout cas, vous ignoriez ce que c'était il y a cinq ans.

— Combien de temps faudra-t-il pour que nous laissions le passé derrière nous ?

Elle haussa une épaule.

— Une bonne centaine d'années, je pense.

Il eut un rire sinistre, comme s'il ne s'attendait pas à une autre réponse de sa part.

— Pouvons-nous au moins déclarer un cessez-le-feu aujourd'hui ? Pour son bien.

— Je ne comprends pas pourquoi vous êtes venu. Elle n'est rien pour vous.

— Mais elle est tout pour vous.

Regina prit sur elle pour conserver son sang-froid.

— Vos belles paroles n'ont plus aucun effet sur moi. N'essayez pas de lui faire du mal ou de vous servir d'elle pour m'atteindre, Knightly. Sinon, je vous détruirai.

Elle avait mis toute sa conviction dans ses mots, et Knightly n'en parut pas surpris.

— Aurais-je dû ignorer sa demande ? N'en aurait-elle pas souffert ?

— Elle n'a que quatre ans. Je doute qu'elle se souvienne de vous avoir invité.

— Comment en être sûr ? Mieux vaut s'en tenir à la prudence, ne croyez-vous pas ?

Regina ne savait qu'en penser, si ce n'est que sa fille semblait remarquablement heureuse tandis qu'elle jouait avec le chiot.

— Vous auriez dû me demander mon avis avant d'apporter cette créature, déclara-t-elle d'un ton de reproche.

— Vous auriez refusé.

Il se pencha vers elle, une lueur moqueuse dans le regard.

— Elle m'a déjà prévenu qu'elle était censée attendre d'avoir six ans pour avoir un chien.

— Je ne vous permettrai pas d'avoir une mauvaise influence sur elle.

— Et sur vous ? Puis-je avoir une mauvaise influence sur vous ?

— Il y a belle lurette que vous n'avez plus aucune influence sur moi, quelle qu'en soit la nature.

— Est-ce un défi que vous me lancez ?

— Si c'était le cas, auriez-vous la cruauté de l'accepter ?

Elle connaissait déjà la réponse. Ou en tout cas, elle avait cru la connaître autrefois. L'homme qu'elle avait imaginé qu'il était, celui dont elle était tombée éperdument amoureuse, n'avait pas une once de cruauté en lui, jusqu'à ce matin où ils auraient dû se marier.

Comment avait-elle pu si mal le juger ?

La mâchoire serrée, Knightly regarda Ari, qui se roulait dans l'herbe avec son chien, les cheveux en bataille et la robe déjà souillée de terre.

— Non, répondit-il posément.

Mais il sembla à Regina que le passé était revenu la frapper de plein fouet.

9

Juin 1870

Il n'était pas dans la nature du Cavalier d'être cruel, cependant on ne lui avait pas laissé le choix.

Tandis qu'il observait le parvis de l'église, il se dit qu'il aurait peut-être pu, avec plus de temps, trouver un autre moyen de se sortir de cette situation diabolique dans laquelle il s'était retrouvé piégé. Mais le temps ne jouait pas en sa faveur.

Dans quelques minutes à peine, il était supposé échanger des vœux et prendre femme.

Regina méritait mieux que ce qu'il pouvait lui offrir à présent. Elle ne méritait assurément pas la détresse qu'il allait lui infliger.

Il ne pouvait pas lui demander de renoncer à la légitimité et à la respectabilité, alors qu'elle en avait déjà été privée pendant vingt-deux années. Il ne pouvait pas exiger d'elle qu'elle sacrifie tout ce qu'elle avait ardemment souhaité, et qu'il ne pouvait plus lui donner aujourd'hui.

Il avait toujours fait en sorte d'avoir suffisamment d'argent pour être totalement libéré de l'influence de son père. Pourtant, ce vil personnage s'était montré encore plus odieux que ce que le Cavalier aurait pu imaginer. Au fil des années, il lui avait trouvé des excuses. Cela n'avait pas dû être facile de perdre son fils aîné. Mais il comprenait maintenant que cet homme possédait une cruauté intrinsèque contre laquelle il n'avait aucune arme pour se défendre.

Aujourd'hui, le Cavalier était au cœur d'une guerre qu'il n'avait pas vue venir, une guerre qui ferait une victime innocente. On lui avait ordonné de décider quelle personne il laisserait sur le champ de bataille, l'abandonnant dans de grandes souffrances.

C'était un choix impossible.

Dans un premier temps, il avait dit au duc d'aller brûler en enfer. Aveuglé par la colère, il s'était jeté dans sa calèche. Mais, bercé par la rotation des roues et le claquement des sabots des chevaux, il avait senti la culpabilité l'envahir peu à peu. Le temps d'arriver à destination, il avait compris qu'il devait changer de position pour être en mesure de continuer à supporter de vivre avec lui-même. Il savait aussi que, s'il ne le faisait pas, il ne pourrait plus jamais se réjouir ni être heureux.

Il devait libérer Regina sans lui en révéler précisément la raison. Tenir sa langue était l'unique façon de la protéger. Le duc avait été suffisamment explicite.

Regina serait blessée, en colère et mortifiée, mais s'il ne possédait pas la capacité d'atténuer le coup qu'il lui porterait, il pouvait au moins en assumer la responsabilité.

Après avoir pris une profonde inspiration pour se donner du courage, il gravit les marches et entra dans le vestibule.

— Tu es en retard, dit le Roi. Qu'est-ce qui t'a retenu ?

À côté de lui, ses amis affichaient des mines inquiètes.

— Je ne vais pas me marier.

Le Roi, qui d'ordinaire contrôlait sans peine ses émotions, écarquilla les yeux.

— C'est un peu tard pour une telle décision. L'église est pleine à craquer.

Il n'y avait rien d'étonnant à cela. Tout le monde était arrivé tôt pour s'assurer d'être bien placé. Ce n'était pas tous les jours qu'un lord épousait une roturière. Étaient-ils venus pour assister à une débâcle, de la même façon que la foule se masse pour regarder un équilibriste marcher sur un fil, non par admiration devant sa dextérité, mais en anticipant sa chute ?

L'idée qu'ils soient là pour voir l'échec de Regina le révulsait. Pourtant, il était sur le point de leur offrir précisément ce qu'ils cherchaient.

— Qu'est-ce qui t'a fait changer d'avis ? demanda la Tour.

Il n'avait pas changé d'avis ; son cœur battait toujours pour elle. Et celui de Regina ? Se briserait-il ? Qui en recollerait les morceaux ? Quelqu'un s'en chargerait sûrement un jour. Cet homme serait le plus heureux sur terre. Le Cavalier le méprisait déjà de chaque parcelle de son être, tout en étant reconnaissant à la perspective que cet individu lui apporte de la joie.

— Je suis arrivé à la conclusion que nous n'étions pas faits l'un pour l'autre. Notre histoire n'aurait pas pu fonctionner. En tout cas, pas sur le long terme.

— Pourtant, tu as revêtu ta tenue de marié, comme si tu avais l'intention d'aller jusqu'au bout.

Fichu la Tour et son sens de l'observation !

— Donc, la décision a dû être prise durant le trajet jusqu'ici, insista son ami.

C'était exact, mais le Cavalier resta silencieux, la mâchoire douloureuse tant il la crispait de plus en plus pour contenir la vérité.

— Tu n'es pas enclin à la lâcheté, mais ne pourrait-il s'agir de la crainte bien légitime que tout homme ressent à l'idée de perdre sa liberté ? Une crainte qui s'envolera dès que tu verras ta femme s'avancer vers l'autel.

— Ma décision est prise. Maintenant, excuse-moi, mais je dois m'entretenir avec elle.

Il s'engagea dans le vestibule, contourna un pilastre et emprunta un corridor latéral, avant de s'immobiliser en découvrant Regina et son père sur le seuil du vestiaire. Il ignorait où se trouvaient les demoiselles d'honneur. Il s'agissait apparemment de jeunes filles avec lesquelles Regina était allée à l'école, mais dont elle n'était pas proche. Sans doute s'étaient-elles dispersées, évaluant leur chance de tomber nez à nez avec un lord. C'était de toute façon le cadet de ses soucis. Moins il y aurait de témoins, mieux ce serait.

Elle avait dû percevoir sa présence, car elle tourna la tête et lui adressa un sourire éblouissant. Son regard étincelait d'amour.

— Ça porte malheur de voir la mariée avant la cérémonie, déclara-t-elle sur le ton de la plaisanterie.

Il allait déposer à ses pieds la plus malheureuse des annonces.

— Que diable fichiez-vous, Knightly ? demanda le comte de Bremsford. Vous devriez être en train de l'attendre devant l'autel. Il est plus que temps que cette affaire arrive à sa conclusion.

— Pouvez-vous me laisser seul un moment avec Regina ?

Les yeux du comte lancèrent des éclairs, mais il se radoucit après avoir consulté du regard sa fille, qui répondit par un hochement de tête.

Bien évidemment, elle était d'accord. Elle s'attendait à une dernière déclaration d'amour, une promesse en privé, peut-être un cadeau pour prouver l'intensité des sentiments qu'il avait pour elle. Au lieu de quoi, il allait la détruire. Et comment, au nom du ciel, ferait-il ensuite pour vivre avec la conscience du mal qu'il lui avait fait ?

— Faites vite, ordonna le comte, avant de s'éloigner.

Regina esquissa une moue charmante.

— Vous ne pouviez pas attendre plus longtemps avant de me voir ? Ça ne fait pourtant que quelques heures.

En effet, il s'était glissé très tôt hors de sa chambre après qu'ils eurent fait l'amour dans le péché, pour ce que le Cavalier imaginait être la toute dernière fois. Il pensait alors que la prochaine fois qu'ils s'uniraient charnellement, ce serait avec le consentement de la loi et la bénédiction de l'Église.

Il s'avança et la prit dans ses bras, respirant son parfum et goûtant le bonheur de la serrer contre lui. Cette femme lui était infiniment précieuse. Et c'était en raison des sentiments qu'il avait à son égard qu'il devait se séparer d'elle.

— Arthur ?

L'inquiétude se percevait dans sa voix.

— Qu'y a-t-il ? Il s'est passé quelque chose ?

Il glissa un doigt sous son menton, releva son visage et déposa un baiser sur son front. Puis il laissa retomber ses bras le long de son corps et recula.

— Je ne peux pas vous épouser.

Un pli se forma entre ses sourcils. Elle cilla et cilla encore.

— Pardon ?

Prononcer ces mots une fois avait déjà été difficile, mais les répéter…

Seigneur, il aurait souhaité avoir le temps de préparer une sortie élégante de ce chaos. D'ordinaire, il aimait planifier, peser le pour et le contre, ne jamais agir à la hâte. Mais il était comme anesthésié par ce qu'il avait appris, par la peine effroyable qu'il causerait à Regina, et n'était plus du tout en mesure de réfléchir.

— Je ne peux pas vous épouser.

Pas seulement vous, mais aucune autre femme. Cependant, il ne le lui dirait pas, car elle voudrait immanquablement en savoir davantage. Or, son secret devrait être enfoui avec lui dans sa tombe. De surcroît, il ne souhaitait pas accabler Regina avec ses propres combats.

— Je ne comprends pas, dit-elle. Pour quelle raison ?

Avoue-lui la vérité. La vérité. La vérité.

Mais le choc qui lui avait été assené résonnait encore en lui, bouleversant l'essence même de son être, tel un tremblement de terre détruisant tout sur son passage, laissant derrière lui des trous béants où disparaissaient les âmes pour ne plus jamais remonter à la surface.

Il n'était pas celui qu'il avait toujours cru être. Avec cette révélation, il avait l'impression d'être comme brinquebalé par une mer démontée, sans espoir d'atteindre la terre ferme.

Le seul aspect solide de sa vie… il allait devoir y renoncer, car s'il embarquait Regina avec lui dans cette dangereuse traversée, elle se noierait aussi.

Le mariage dont elle avait rêvé ne pouvait avoir lieu. Et les enfants qu'elle désirait avoir ne verraient pas le jour, pas si elle restait avec lui.

Il aurait voulu être gentil et attentionné avec elle, mais il fallait qu'il anéantisse tout espoir qu'elle aurait pu conserver. Il souhaitait qu'elle le haïsse plutôt que de le pleurer, et que le feu de sa colère réduise en cendres les sentiments qu'elle avait pour lui. C'était l'unique façon pour qu'elle donne un jour son cœur à un autre que lui, même si cette pensée le rendait fou de douleur.

Il eut un ricanement amer, cet effort manquant de l'étrangler.

— Je me suis réveillé ce matin en me demandant ce qui avait bien pu me passer par la tête de vouloir me lier pour le reste de ma vie à une seule femme, quand il y en a tellement d'autres à séduire.

Le pli entre les sourcils de Regina s'accentua.

— Je ne comprends pas ce que vous dites. Vous m'aimez, et je vous aime. Pourquoi l'un de nous voudrait-il être avec quelqu'un d'autre ?

— Je ne vous aime pas. Je vous ai trouvée belle. J'ai apprécié la façon dont vous m'avez contemplé quand je vous ai fait des compliments. Et j'ai savouré plus encore les choses que nous avons faites ensuite.

Dans le regard expressif de Regina, la douleur et la colère explosèrent en un feu dévastateur.

— Vous n'auriez pas pu vous en rendre compte hier ? Ou la semaine dernière ? Ou même avant de demander ma main ?

Nulle larme ne coulait des yeux de Regina, et il aurait pu trouver cela rassurant s'il ne les avait entendues dans sa voix. Mais la réponse à ses questions était un « non » pur et simple, car le duc, qu'il avait essayé par tous les moyens de satisfaire durant ses jeunes années, avait délibérément attendu le moment où il savait qu'il causerait le plus de dommages à la réputation de son fils – sans la moindre considération pour la souffrance et l'humiliation infligées à cette adorable jeune femme, qui ne méritait rien de tout cela – pour lui livrer une saisissante vérité et lui proposer un pacte diabolique. Un pacte que le Cavalier lui avait tout d'abord envoyé au visage, et auquel il allait à présent devoir se résoudre.

— Ne prétendez pas que cela vous étonne. Vous m'avez dit un jour être parfaitement au fait de ma réputation de séducteur, qui s'amuse un temps et ne reste pas.

La douleur cuisante de la paume de Regina sur sa joue n'aurait pas dû le surprendre. Pourtant, ce fut le cas. Plus encore, car le coup s'était répercuté jusqu'à son cœur.

Il aurait voulu que Regina le frappe de nouveau, plutôt qu'elle demeure là, stoïque et déterminée à ne pas lui montrer sa souffrance. Mais elle se reflétait dans les profondeurs brunes de ses yeux. On y lisait l'incrédulité, la rage et, oui, même la haine.

Jamais il ne s'était senti aussi méprisable ni dégoûté de lui-même. C'était sans doute pour cette raison que le duc avait attendu la dernière minute pour rendre visite à son héritier, afin que celui-ci éprouve pour lui-même une haine égale à celle qu'il lui vouait.

Les larmes s'accumulèrent soudain dans les yeux de Regina. Et s'il avait espéré s'en épargner la vue, le Cavalier savait qu'il méritait de les contempler, afin qu'elles le hantent jusqu'à son dernier jour.

— Je vous hais, déclara-t-elle en commençant à lui tourner le dos. Je ne veux plus jamais vous revoir.

Évidemment, elle n'allait pas le supplier de l'épouser malgré tout. C'était sa façon d'être. C'était une femme fière.

— Je vais laisser à votre père le temps de vous escorter hors d'ici. Puis j'annoncerai aux invités que vous avez changé d'avis.

— Ainsi, ils me mépriseront pour avoir rejeté l'un des leurs.

De profil, elle observait ses doigts entremêlés, et il se dit qu'elle les avait croisés pour se retenir de le frapper de nouveau.

— Je préciserai que je suis l'unique responsable, que vous êtes arrivée à la conclusion que je ne ferais pas un bon mari, et que vous avez entièrement raison.

Elle tourna la tête vers lui.

— Comment ai-je pu me tromper à ce point sur vous ? L'homme qui se tient devant moi n'est pas celui dont j'ai partagé le lit il y a seulement quelques heures. Était-ce un mensonge depuis le début ? Dans quel but ? M'humilier... ainsi que mon père ?

— Non, ce n'est pas du tout ça. Vous ne seriez pas heureuse avec moi, Reggie. Croyez-le ou non, un jour vous resongerez à aujourd'hui, et vous serez soulagée de ne pas m'avoir épousé.

— Jamais je n'y repenserai. Ni à vous. Vous êtes mort pour moi.

10

Jamais comme maintenant je n'avais autant désiré que sa main quitte ma joue et glisse sur d'autres zones de mon corps, pour provoquer de petites éruptions de plaisir partout où il me toucherait.

Anonyme, *Mes désirs secrets, une autobiographie*

*

15 juin 1875

Le Cavalier était venu parce qu'il n'avait pas voulu décevoir l'enfant comme il avait autrefois déçu sa mère.

Le père de Regina avait été furieux – et à juste titre – quand il lui avait demandé de faire sortir Regina de l'église avant qu'il annonce à l'assemblée que le mariage n'aurait pas lieu. Le poing du comte était entré en contact avec la joue du Cavalier, avec une force à laquelle il ne s'attendait pas de la part d'un gentleman âgé. Ce dernier avait exigé une explication qu'il avait refusé de lui fournir. Le père de Regina avait alors menacé de le ruiner, de s'assurer qu'aucun père ne lui accorderait l'autorisation d'épouser sa fille.

S'il était encore en vie, sans doute le comte de Bremsford s'opposerait-il aujourd'hui à la présence du Cavalier. Mais, depuis que l'adorable fillette lui avait tendu son invitation, il n'avait cessé de penser à elle, s'interrogeant sur l'identité de son père. À présent, il pouvait à peine en détacher les yeux, tandis qu'elle jouait avec son cadeau, à quelques pas de sa mère.

— Comment les choses se sont-elles passées avec Chidding après mon départ ?

Il s'était efforcé de garder un ton neutre, sachant qu'aucune réponse ne le satisferait. Si cela avait été un échec, il serait déçu. Si cela s'était bien déroulé, il en serait touché en plein cœur.

— Eh bien, nous avons valsé. Il m'a offert une limonade. Pour être honnête, il ne m'a quasiment pas quittée jusqu'à la danse de clôture.

— Il marquait son territoire, donc. Il n'avait pas fait cela avant que nous dansions ensemble.

— Vous vous en attribuez le mérite ?

Il ne put s'empêcher de sourire devant son ton incrédule. Depuis qu'il s'était assis à sa table, au Twin Dragons, il prenait plaisir à la faire sortir de ses gonds. Il avait toujours pensé qu'elle était digne d'être au bras de n'importe quel lord, mais à présent, il estimait devoir faire le tri parmi ceux qui méritaient de l'accompagner. En tout cas, lorsqu'elle montait sur ses grands chevaux, elle était absolument splendide à contempler – mais à dire vrai, elle l'était en toutes circonstances.

— Quand le reverrez-vous ?

Il était difficile de savoir si Regina était contrariée qu'il ait éludé sa question avec une autre, mais elle affichait une petite moue boudeuse, et il se demanda si elle lui répondrait.

— Rien de formel n'a été décidé, dit-elle finalement.

— Mmm.

— Que signifie cette onomatopée condescendante ?

— Je suis simplement surpris qu'il n'ait pas prévu de passer du temps en votre compagnie. Au parc, au musée, ou bien lors d'une promenade à cheval dans votre domaine.

— Je pense qu'il n'est guère féru d'équitation.

— Et votre fille, monte-t-elle à cheval ?

— Pas encore, mais elle le fera.

— N'a-t-elle pas de poney ?

— Je croyais qu'il y en avait un dans votre panier. Quelle déception !

Il sourit, se demandant si elle s'adresserait désormais toujours à lui avec ce ton ironique et cassant. En même temps, il ne pouvait s'empêcher d'admirer la force dont elle faisait preuve. Il avait imaginé autrefois qu'elle avait besoin d'être protégée, mais la femme qui se tenait devant lui était capable de se défendre seule – ainsi que de défendre ceux qui lui étaient chers.

De toute évidence, il ne faisait plus partie de cette catégorie. La sensation de perte qu'il ressentit menaça de l'anéantir.

Il avait cru estimer le prix qu'il aurait à payer, mais il n'avait pas considéré que Regina se bonifierait avec les années. Elle était un chef-d'œuvre, rare et remarquable.

— Je connais un éleveur de chevaux qui s'y entend pour assortir montures et cavaliers. Quand vous serez prête à ce qu'elle ait un poney, je serais heureux de lui en offrir un.

— Même si elle vous a invité à son anniversaire, cela ne signifie pas que vous allez rester dans son quotidien.

— Quand vous serez mariée, je soupçonne que vous ne me reverrez plus – et elle non plus, par conséquent.

Ce serait douloureux pour le Cavalier de regarder un autre homme profiter d'une vie de famille à laquelle il aspirait tant et qu'il ne connaîtrait jamais.

Regina refusait de se laisser séduire par la vue de Knightly assis sur la petite chaise, les genoux remontés sous le menton. Elle s'était d'ailleurs réjouie de son air horrifié quand un valet avait déposé le gâteau sur la petite table et qu'il avait compris qu'il allait devoir célébrer l'anniversaire d'Ari parmi les poupées.

— Votre invitation ne précisait-elle pas les dispositions pour le repas ? s'enquit-elle, narquoise.

— Je pense avoir quelque peu négligé ce détail.

Il avait cependant été incroyablement gentil quand Arianna avait déclaré qu'il devait s'installer sur la chaise à côté de la sienne. Pour cette raison, Regina avait demandé au valet d'apporter un verre de scotch à Sa Seigneurie.

— Ainsi, vous acceptez un cessez-le-feu, murmura-t-il en se penchant vers elle.

— Seulement pour une heure.

Ari lui avait présenté ses poupées, et il avait affirmé à chacune d'elles qu'il était enchanté de faire leur connaissance. Regina avait eu la conviction qu'il ferait un excellent père, et elle s'était dit qu'elle serait bien avisée de tester Chidding sur ce plan. Mais une telle compétition ne ferait que la laisser insatisfaite d'un choix qu'elle était de toute façon contrainte de faire.

Elle avait besoin d'un homme sur qui elle pourrait compter, et non pas de quelqu'un qui la ferait encore se languir de ses caresses, de son odeur et de ses baisers.

Le chiot, sans doute épuisé de ses précédentes cabrioles, dormait aux pieds d'Ari.

— Monsieur, comment on va l'appeler ? demanda sa fille, juste avant d'enfourner une énorme bouchée de gâteau.

Persuadée qu'il n'était jamais trop tôt pour commencer à apprendre les bonnes manières et l'étiquette, Regina la reprit :

— Ari, tu dois t'adresser à lui en lui disant milord, et non monsieur, car c'est un comte, vois-tu.

— C'est quoi un comte ?

— Il s'agit d'un titre de noblesse.

— Ça veut dire quoi noblesse ?

— C'est...

Quelque chose qui n'aurait pas dû t'être refusé.

— Tu peux m'appeler le Cavalier, proposa son invité.

— Arthur, vraiment...

— Elle a quatre ans, Regina. Et elle m'a convié à son anniversaire, donc nous sommes amis. C'est tout à fait acceptable. À moins que vous ne vouliez passer l'après-midi à lui expliquer les arcanes de l'aristocratie.

Elle soupira. Cet homme avait le don de toujours tout compliquer.

— Nous ferons une exception pour aujourd'hui.

— Fort bien, décréta Knightly.

Puis il reporta son attention sur Ari.

— Et maintenant, pour ce qui est du nom de ton chien, tu peux choisir ce que tu veux.

La fillette réfléchit avec le plus grand sérieux et, voyant qu'elle ne parvenait pas à se décider, Knightly finit par se pencher à son oreille.

— Princesse ! s'exclama Ari.

— Ton grand-père m'appelait sa princesse, dit Regina d'un ton songeur.

Et c'était exactement ce qu'il avait fait d'elle, une princesse enfermée en haut d'une tour. Elle avait reproduit la même chose avec sa fille, mais elles sortiraient bientôt de cette prison dorée.

— Tu aimes bien, alors ?

— J'aime beaucoup.

— C'était son idée.

Arianna montra Knightly du doigt.

— Évidemment que l'idée vient de lui. C'est un nom magnifique, en tout cas.

Regina adressa un signe de tête à leur invité, qui lui aussi, en son temps, lui avait octroyé ce sobriquet.

— Bien joué.

— Un compliment. J'adore ce cessez-le-feu.

— Évitez de vous y habituer.

Avec un sourire attendri, elle caressa les boucles brunes de sa fille.

— C'est l'heure où les petites filles vont faire leur sieste.

— Il peut m'accompagner ? l'interrogea Ari en pointant une fois encore son doigt minuscule vers Knightly.

Ce dernier parut aussi surpris par la requête que Regina l'était elle-même.

— Absolument pas.

Avant que sa fille ait eu l'opportunité de protester et de faire un caprice, elle ajouta :

— Mais tu peux prendre Princesse avec toi.

Levant les yeux, Regina s'adressa à la nurse, qui venait d'arriver.

— Demandez l'aide d'un valet pour le chiot. Peut-être pourra-t-il dormir dans le panier.

Elle reporta son attention sur Ari.

— Et maintenant, fais-moi un câlin.

Sa fille se précipita vers elle, et Regina s'émut de son étreinte. Rien n'était plus magnifique. Quand elle eut fini, Arianna courut de l'autre côté de la table et jeta les bras autour du cou de Knightly.

— Je t'aime, dit-elle.

Stupéfait, il serra la fillette contre lui.

— Je t'aime aussi, ma puce, déclara-t-il d'une voix étranglée.

Et Regina lui en voulut de pouvoir prononcer si facilement des mots qu'il ne pensait pas.

Elle avait envie de se précipiter sur lui et de lui arracher sa fille. Elle ne rêvait que d'une chose : être débarrassée de lui une bonne fois pour toutes. *Le mariage.* Il lui avait dit qu'il sortirait définitivement de sa vie quand elle serait mariée. Plus que jamais, elle avait besoin de Chidding. Il ne fallait pas que Knightly continue à fréquenter sa fille, car il finirait par la décevoir et la blesser affectivement.

Heureusement, la nurse mit fin à son tourment.

— Venez, Mademoiselle. Nous allons faire visiter la nursery à Princesse.

— Oh, oui ! s'écria Ari.

D'ordinaire, Arianna aurait rechigné à faire la sieste, mais elle avait désormais une amie avec qui la partager. Regina la regarda s'éloigner en babillant - sans parvenir à déterminer si la fillette s'adressait à la nurse ou à Princesse - et attendit que le petit groupe ait disparu à l'intérieur de la maison pour se lever.

— La fête et le cessez-le-feu sont terminés. Fichez le camp.

Knightly se redressa à son tour. Lentement, très lentement.

— Allons faire une promenade à cheval.

Regina eut envie de hurler à pleins poumons.

— Ne pouvez-vous vous enfoncer dans le crâne que je ne veux plus rien avoir à faire avec vous ?

— Mais si vous souhaitez épouser Chidding, vous avez besoin de moi pour élaborer une stratégie. Il faut trouver un moyen de faire accélérer la tortue.

Elle eut un rire nerveux.

— N'êtes-vous pas familier des fables d'Ésope ? Ce sont la lenteur et la constance qui permettent de remporter la course. Vous étiez le lièvre, et vous avez perdu. Ne revenez plus ici.

Elle tourna les talons et commença à se diriger vers la maison.

— Sa naissance a-t-elle été difficile ?

N'ayant fait que quelques pas, Regina pivota vers lui. Knightly n'avait pas bougé.

— Pourquoi vous en souciez-vous ?

— Je ne peux m'empêcher de vous imaginer seule, et j'ai envie de casser la figure de son père, dont l'absence a dû vous rendre les choses tellement plus compliquées.

Elle le maudit pour la sincère sollicitude qu'elle perçut dans sa voix et la compréhension de ce qu'elle avait dû endurer.

— Je suppose que vous êtes venu à cheval, dit-elle en changeant brusquement de sujet.

— En effet.

— Shakespeare ?

Il acquiesça de la tête.

— Je dois aller m'habiller. Attendez-moi aux écuries.

S'il avait affiché un sourire triomphal ou s'était rengorgé, elle se serait enfermée dans la bibliothèque et immergée dans un livre, le laissant patienter pendant des heures.

Mais il se contenta d'un discret « merci », avant de s'éloigner.

Le Cavalier avait fait préparer la jument de Regina, puis il avait envoyé le garçon d'écurie vaquer à d'autres tâches afin d'avoir le privilège d'aider celle-ci à se hisser sur sa selle – tout en sachant qu'elle en profiterait pour s'élancer au galop avant qu'il ait eu l'opportunité d'enfourcher sa propre monture.

Il aurait voulu la serrer contre lui, mais il avait renoncé depuis longtemps au droit de goûter ses lèvres, de caresser sa gorge, d'entendre ses murmures et ses soupirs. Néanmoins, il prit son temps pour la soulever, savourant la sensation de sa taille sous ses paumes.

À présent, ils galopaient à travers champs. S'il y mettait un peu plus de volonté, il pourrait sûrement la battre, mais il ne se sentait plus lui-même depuis qu'Arianna lui avait dit qu'elle l'aimait, avec tant d'innocence et de conviction. Il en avait été bouleversé comme jamais.

Il avait prévu de partir dès que la fête serait terminée. Une fête, cela n'avait rien été de tel. Une fête, c'était de la joie, du monde, des amis et des proches rassemblés pour célébrer quelque chose. Pas des poupées aux yeux vides, pas une mère élevant sa fille toute seule.

Dans son rôle de mère, Regina était devenue une féroce déesse, une guerrière, une reine. Elle l'avait menacé de le détruire s'il faisait du mal à sa précieuse enfant, et il savait sans aucun doute qu'elle tiendrait sa promesse. Non qu'il ait l'intention d'infliger une quelconque souffrance à la petite. Au contraire, il voulait la protéger au moins autant qu'il souhaitait protéger sa mère, même si cette dernière n'avait pas besoin qu'on la défende.

Et qu'elle était en train de le distancer de plusieurs longueurs.

Revenant à des considérations plus immédiates, il incita Shakespeare à allonger son allure, et le cheval ne le déçut pas. Il avait toujours apprécié ces courses contre Regina. C'était une excellente cavalière, et elle avait le sens de la compétition.

Autrefois, leurs escapades se terminaient par une étreinte échevelée. Mais cet après-midi, Regina allait gagner la course. Même s'il n'avait pas été distrait par ses pensées au sujet d'Arianna, le Cavalier se sentait en position d'infériorité. Il était évident, à la façon dont Regina menait sa monture, qu'elle était déterminée à le battre.

Regina ne savait pas si elle avait déjà chevauché aussi vite et en se donnant autant de toute sa vie. Elle avait besoin d'échapper à la sensation des mains de Knightly autour de sa taille tandis qu'il la hissait en selle et au contact de ses solides épaules sur lesquelles elle s'était appuyée pour ne pas perdre l'équilibre.

Elle ralentit et guida sa jument vers un épais sous-bois, nourri par les eaux de la rivière toute proche. Sans doute ne devrait-elle pas y entraîner Knightly, mais elle se sentait irrémédiablement attirée par cet endroit, riche de souvenirs. Comment oublier cette nuit de pleine lune où ils s'étaient baignés nus dans le cours d'eau sombre et frais ?

Lorsque la rivière lui apparut, elle arrêta sa jument et attendit que Knightly arrive, descende de cheval et vienne vers elle. Une fois encore, ses mains furent sur sa taille, et les siennes sur ses épaules à lui.

Avec une lenteur incommensurable, comme s'il possédait la capacité d'étirer le temps à l'infini, il la fit descendre. Ils se regardèrent, le souffle haché à cause de la cavalcade… et peut-être d'autre chose.

— Reggie…

Elle se libéra et marcha vers le bord de l'eau. Il se joignit à elle et observa le courant. Quelque part au-dessus de leurs têtes des oiseaux pépiaient. Des rouges-gorges semblaient se disputer. Regina s'interdit de penser qu'ils formaient un couple – s'aimant et garnissant d'œufs un délicat nid fait de brindilles et de mousse – et qu'ils étaient à présent en désaccord.

Un écureuil vocalisait. Un poisson frappait l'eau de ses nageoires. La vie continuait, même quand elle-même se débattait en plein chaos, aimant et haïssant tout à la fois.

Elle se risqua à se détourner légèrement, jusqu'à ce qu'elle aperçoive le profil de Knightly, aux traits harmonieux mais fiers et décidés.

— Ce ne fut pas difficile, dit-elle d'un ton posé.

Il tourna vers elle un regard interrogateur.

— La naissance, clarifia-t-elle. Elle ne fut pas difficile. Enfin, je crois, mon expérience en ce domaine étant limitée. Certes, ce ne fut pas comme de participer à un pique-nique mais, quand je l'ai tenue contre moi, je me suis dit que je le referais volontiers.

— Je suis désolé que vous ayez eu à vivre cela toute seule.

— Ma femme de chambre, Millie, était avec moi. Et j'avais une sage-femme.

— Néanmoins, son père aurait dû être présent pour prendre soin de vous.

Elle lui adressa un sourire ironique.

— Les hommes ont évité la chambre des accouchées depuis la nuit des temps.

Il esquissa un sourire en retour.

— Je n'envisageais pas que son père ait assisté de si près à la naissance.

Elle laissa échapper un petit rire et y mit fin de façon abrupte. Il n'était pas question qu'elle l'autorise à alléger son humeur ou à la charmer.

— J'ai remarqué votre surprise quand Ari a affirmé son amour pour vous. Mais vous devez savoir qu'elle dit cela à tout le monde. À son âge, on ignore les conventions sociales et on s'exprime en toute liberté.

— Si seulement les adultes étaient ainsi.

— Je souhaiterais lui épargner certaines leçons de la vie susceptibles de tempérer son exubérance. Mais un parent ne peut protéger son enfant de tous les aléas, et c'est un constat qui me peine grandement.

— Je n'ai aucun mal à l'imaginer.

Il s'éclaircit la gorge.

— Je ne connais pas grand-chose aux jeunes enfants, mais votre fille semble particulièrement éveillée pour quatre ans.

— Elle est incroyablement intelligente, comme son père.

— Je pensais que vous ignoriez qui il était.

Regina savait pertinemment qui était le père de sa fille, car Knightly était le seul homme avec qui elle avait eu des relations intimes.

— Je n'ai pas pour habitude d'inviter des hommes stupides à partager mon lit.

Un muscle joua sur la mâchoire de Knightly. Elle aurait dû éprouver de la satisfaction à provoquer cette colère, à lui faire croire qu'il y avait eu d'autres hommes, et peut-être à lui faire ressentir de la jalousie. Non, il ne pouvait s'agir de jalousie, sinon il ne mettrait pas tout en œuvre pour qu'elle épouse Chidding.

— Il n'y a eu que les quatre que vous avez cités ? s'enquit-il finalement d'un ton acerbe.

Donc il était bel et bien jaloux. Le serait-il s'il n'avait pas encore des sentiments pour elle ? Dans ce cas, son obsession à vouloir qu'elle se marie n'avait aucun sens. Mais il est vrai que son comportement le jour où ils auraient dû se marier n'en avait pas eu non plus.

— Le nombre ne vous concerne pas. Je ne vous demande pas combien de femmes vous avez mises dans votre lit.

Il soupira, et elle fut surprise de constater qu'il n'exprimait aucune colère.

— Vous avez changé, dit-elle avec hésitation.

Il haussa un sourcil.

— Vous paraissez plus sérieux, insista-t-elle. On dirait qu'il n'y a plus de joie en vous.

Tournant les yeux vers la rivière, il soupira de nouveau.

— Je suppose que c'est un des effets de la maturité.

Il ne s'agissait pas du passage des ans, mais de tout autre chose. Regina ignorait précisément ce que c'était. Simplement, l'homme qui se tenait devant elle n'avait plus rien à voir avec celui qui s'était glissé dans sa chambre – en passant par la fenêtre – à quelques heures de leur mariage, celui qui lui murmurait à l'oreille des paroles audacieuses et lui promettait une vie entière de bonheur.

— À quel bal devez-vous assister prochainement ? demanda-t-il.

— Aucun, je n'ai pas reçu d'invitations.

Il se retourna pour lui faire face, l'air furieux.

— Maudit soit le snobisme de l'aristocratie.

Seigneur, était-il en train de la défendre ?

Après ce qu'il avait fait, l'ironie de son attitude la médusa. Mais elle s'était lassée d'essayer d'établir la vérité de ce lointain matin. Aussi, elle se retint de lui faire remarquer qu'il avait une part de responsabilité dans la mise à l'écart dont elle était victime.

— À présent que mon père n'est plus là, peu de voix s'élèvent pour prendre mon parti.

L'expression bougonne de Knightly creusa davantage les rides qui avaient commencé à s'installer sur son visage. Elle se demanda quelles étaient les contrariétés qui les avaient fait naître, tout en se reprochant d'éprouver de la curiosité pour ce qui avait peuplé son existence depuis leurs adieux à l'église.

— Je vous assure que vous recevrez des invitations.

— Le fils de mon père a fait en sorte que ce ne soit pas le cas.

Knightly afficha un sourire empli d'arrogance et de confiance en soi.

— Bremsford n'est pas de taille à lutter avec moi, Reggie.

Peu d'hommes l'étaient. En tout cas, elle n'en connaissait aucun, pas même Chidding. Mais il est vrai que le vicomte n'aurait jamais à se battre contre Knightly, puisque ce dernier semblait appeler de ses vœux son mariage avec lui. Chidding et elle mèneraient sans doute une existence paisible et harmonieuse – et certainement ennuyeuse comme la pluie.

— Vous me surprenez, admit-elle. Je me demande pourquoi vous vous en souciez.

— Me croiriez-vous si je vous disais que je n'ai jamais cessé de me soucier de vous ? Que tout ce que je veux, et que j'ai toujours voulu, c'est votre bonheur ?

— Vous avez une façon épouvantable de le démontrer.

Il leva le bras et posa sa paume en coupe autour de sa joue. Elle aurait dû s'écarter. Les ombres de la fin de journée les enveloppaient d'une douce intimité propice aux amants. Même si on ne pouvait plus les définir ainsi, ils l'avaient été autrefois.

Autrefois, elle avait recherché désespérément les recoins sombres où ils pourraient trouver refuge pour vivre ce qu'ils n'avaient pas le droit d'exposer en public. Aussi, elle resta comme elle était, le souffle court et le cœur tambourinant dans sa poitrine tel le marteau sur l'enclume d'un forgeron.

— Pendant cinq ans, j'ai lutté pour oublier chaque moment passé en votre compagnie, déclara-t-il d'une voix douce. J'y étais presque parvenu, puis vous avez publié ce fichu livre. Et même si toutes les anecdotes ne reflètent pas la vérité telle que je me la rappelle, certaines sont suffisamment familières pour réveiller ce que je croyais profondément endormi. Et elles ont été rédigées avec une telle passion…

Le pouce de Knightly s'abaissa pour caresser la courbe de sa lèvre inférieure.

— Savez-vous que je n'ai pas embrassé une seule femme depuis vous ?

Son regard intense la fascinait au point que Regina doutait de pouvoir reculer, même si elle en avait eu envie.

Maudit soit-il.

Jamais Chidding ne la contemplerait avec une telle sensualité et une telle envie. Et probablement n'éprouverait-elle rien si le vicomte lui exprimait son désir. Elle avait commis une erreur en se retrouvant seule avec Knightly et en croyant que son corps aurait effacé l'empreinte de leurs ébats passionnés. Même à cet instant, elle était consciente de la moiteur que le désir avait fait naître entre ses cuisses.

— Balivernes ! se força-t-elle à répondre. Je ne peux imaginer que vous soyez resté chaste pendant toutes ces années.

— Vous avez raison. Je ne suis pas un saint. Je n'ai pas dit que je n'avais pas eu de relations intimes avec des femmes, simplement que je ne les ai pas embrassées. Car je savais qu'aucune ne soutiendrait la comparaison avec vous, qui m'avez donné mes plus grandes joies.

Elle n'avait pas oublié sa capacité à la charmer avec des mots, mais elle s'était imaginé, à tort, qu'elle y était devenue insensible. Elle avait d'ailleurs une conscience aiguë du feu que ces paroles avaient éveillé en elle, et de la tentation qui mettait à mal sa détermination à résister à l'attirance que Knightly exerçait sur elle.

— Avez-vous embrassé votre Espagnol ? s'enquit-il.

— Oui.

— Votre Italien ?

La voix de Knightly avait baissé d'une octave.

— Oui.

La réponse de Regina était légèrement essoufflée.

— Votre Parisien ?

Un ton plus bas.

— Oui.

Très essoufflée.

— Votre Allemand ?

À peine audible.

— Oui.

À bout de souffle.

Il inclina la tête.

— Alors, mettez fin à mon tourment et embrassez-moi, en souvenir du bon vieux temps. Après tout, un baiser n'est qu'un baiser.

Avec lui, un baiser n'avait jamais été insignifiant.

— Vous seriez fou de croire que ce sera comme avant.

— Dans ce cas, prouvez-moi que je suis bel et bien un fou, la défia-t-il d'une voix suave comme le velours.

Oh, elle était à demi tentée de lui montrer qu'il ne signifiait plus rien pour elle à présent, absolument rien. Il n'avait même pas l'importance d'une particule de poussière.

Parfois, il lui arrivait de se remémorer leur dernier baiser. Celui-ci s'était résumé à un bref effleurement de leurs lèvres, car ils imaginaient qu'ils seraient mariés quelques heures plus tard et qu'ils auraient toute leur vie pour s'embrasser. Elle se rappelait encore combien elle était folle de joie à l'idée de se réveiller dans les bras de Knightly le lendemain matin, arrachée au sommeil par les premiers rayons de soleil entrant dans la chambre, prémices d'une chaude et belle journée. Ils n'auraient plus à se cacher ni à éprouver de la culpabilité parce qu'ils contrevenaient aux bonnes mœurs.

À bien y réfléchir, peut-être avait-elle besoin d'une fin digne de ce nom, un dernier adieu qui lui permettrait de démontrer que son cœur n'était plus engagé, qu'un baiser ne signifiait rien.

Elle hocha la tête de façon presque imperceptible, et les yeux de Knightly s'assombrirent, lourds de promesses et de passion.

Il inclina son visage, et cette maudite mèche effleura le front de Regina, juste avant que les lèvres de Knightly touchent les siennes. Prudemment d'abord, comme s'il tâtait le terrain. Regina faillit sourire, se demandant s'il s'attendait à ce qu'elle morde. Puis la pointe de sa langue dessina le contour de ses lèvres et sa traîtresse de bouche s'ouvrit pour l'accueillir. Toute pensée raisonnable la déserta alors, et elle se retrouva en proie à une vague de sensations qu'elle s'était contrainte à enfouir depuis que Knightly lui avait brisé le cœur et qui s'éveillaient soudain, comme tirées d'un profond sommeil.

Elle noua presque malgré elle les bras autour de son cou et glissa les doigts dans ses cheveux, dont elle n'avait pu oublier la douceur. Knightly la plaqua contre son corps et entreprit de la dévorer. Sa bouche était celle d'une bête féroce et vorace.

Bien qu'elle n'eût pas dû se laisser aller, elle était incapable de ne pas savourer l'urgence qu'il communiquait à leur étreinte. Elle le connaissait suffisamment bien pour percevoir la tension en lui, pour avoir une conscience aiguë de la retenue qu'il s'imposait.

Il voulait davantage. Il voulait tout, mais il se limitait à ce qu'elle lui offrait.

Il leva la main pour soutenir sa tête et l'incliner en arrière, s'accordant ainsi plus de latitude pour conquérir et dominer. Mais elle n'était plus une jeune fille innocente que l'on pouvait aisément assujettir. Son but était maintenant de le faire souffrir, de lui montrer, en étant audacieuse et enthousiaste, ce qu'il aurait pu avoir, de lui faire regretter ce qui serait effectivement leur dernier baiser.

Avec un gémissement modulé, elle attrapa la tête de Knightly et l'embrassa avec une ferveur dépassant la sienne. Sa langue avait un goût de fraise, de crème et de scotch, mais elle percevait sa saveur propre, celle qui l'avait rendue tellement dépendante autrefois. Tout chez lui l'attirait alors irrésistiblement, la fascinait, pourtant ce n'était que mensonge.

S'interdisant de penser comment les cinq années qui venaient de s'écouler pouvaient avoir modifié son corps – il n'avait assurément pas grossi et semblait au contraire plus musclé –, elle mit un terme à leur baiser.

Sans s'écarter, elle rejeta la tête en arrière pour mieux l'observer.

Ses yeux céruléens étaient voilés de désir. Sa respiration était courte. Son bras avait desserré son étreinte. Ses doigts n'effleuraient plus sa joue. On aurait dit qu'il se réveillait d'un long sommeil provoqué par du laudanum et qu'il commençait tout juste à reprendre ses esprits.

— Au cas où vous ne l'auriez pas compris, dit-elle, soulagée que sa voix ne trahisse pas son émotion, c'était un adieu.

S'écartant complètement de lui cette fois, elle pivota sur ses talons.

Il lui saisit le bras.

— Reggie.

Elle se libéra et lui adressa par-dessus son épaule son regard le plus hautain.

— Ne me touchez plus jamais.

Elle avait délibérément choisi cette crique parce qu'un orage y avait autrefois déraciné un arbre, offrant un marchepied idéal pour se hisser en selle.

Elle fit approcher sa jument, grimpa sur le tronc, dont le vent et la pluie avaient poli la surface, et s'installa sur le dos de sa monture. Le geste ne fut pas aussi élégant ou gracieux qu'elle l'aurait voulu, mais c'était sans importance.

Sans accorder un regard à Knightly, elle mit sa jument au trot.

Elle s'était trompée. Avoir conscience qu'il s'agissait du dernier baiser n'avait rien réglé. Au contraire, cela n'avait fait que lui donner l'envie de recommencer.

11

Sa bouche revint sur la mienne avec une ferveur et une faim qui me coupèrent le souffle et qui auraient probablement dû m'effrayer. Au lieu de quoi, je l'accueillis, sachant qu'il me serait impossible d'être un jour rassasiée de lui.

Anonyme, *Mes désirs secrets, une autobiographie*

*

15 juin 1875

Assis à une table du Twin Dragons, laissant ses amis discuter d'une opportunité d'investissement auprès d'une manufacture d'armes américaine, le Cavalier ne cessait de penser à l'après-midi qu'il avait passé avec Regina. Chaque mot, chaque regard, chaque occasion où ils s'étaient touchés, pour finir par ce baiser, était gravé dans sa mémoire.

Il s'attendait à ce qu'elle ne l'embrasse pas en retour, qu'elle reste sans réaction. Mais elle avait fait preuve d'une audace et d'une fièvre qu'il n'imaginait pas de sa part. Et en agissant ainsi, même si ce n'était peut-être pas son intention, elle lui avait infligé une cruelle punition en lui rappelant ce qu'il ne pourrait plus jamais avoir.

À présent, il était comme le personnage de son livre, prêt à faire tout ce que Mlle Regina Leyland lui demanderait. Or, ce qu'elle avait demandé – ou plutôt ce qu'elle avait exigé –, c'était qu'il ne la touche plus jamais. Au départ, il n'envisageait pas de le faire. Mais après qu'il l'eut fait cet après-midi, la pensée d'en être privé pour le restant de sa vie était de la pure torture – ce qu'il méritait probablement.

— Tu as laissé entendre que tu avais une faveur à me demander, dit le Roi.

Le Cavalier tourna les yeux vers son ami. Quand les autres avaient commencé à partir, il avait dit qu'il souhaitait s'entretenir quelques minutes seul avec lui, puis ses réflexions avaient dérivé.

— Oui. J'aimerais que tu invites Mlle Regina Leyland à ton bal.

Le Roi eut un léger sursaut d'incrédulité, avant de se pencher, les avant-bras sur les cuisses.

— Tu n'es pas stupide, le Cavalier. Tu dois savoir que cette personne appartenant à ton passé est très probablement l'autrice de ce livre qui déchaîne toutes les passions. Je ne compte plus les fois où on m'a demandé si mon cher ami lord Knightly était lord K. C'est fichtrement irritant.

— Comment réponds-tu à une telle impertinence ?

— Je leur dis que je n'en ai pas la moindre idée.

L'air vaguement coupable, le Roi regarda autour d'eux et murmura :

— Toutefois, Pénélope a réussi à s'en procurer un exemplaire.

— Je croyais que le livre était introuvable, sauf dans l'arrière-boutique d'une officine vendant sous le manteau des œuvres pornographiques.

— Ma chère Pénélope ne manque pas de ressources. Pourquoi penses-tu qu'elle était une si extraordinaire secrétaire ? Mais surtout, elle a commencé à le lire à haute voix pendant que nous étions au lit.

Le Roi s'éclaircit la gorge.

— C'est passablement émoustillant. Ceci mis à part, la description de ce lord K, aussi bien en apparence que dans ses manières, te correspond dans toute ta glorieuse arrogance.

— Moi, arrogant ? Je dirais plutôt sûr de moi.

— C'est la même chose.

Le Cavalier haussa les épaules.

— Il pourrait s'agir d'une lady qui a jeté son dévolu sur moi sans m'approcher et qui a couché sur le papier ses rêveries érotiques. J'ai eu quantité d'admiratrices au fil des années.

— Tu le crois vraiment ?

Il n'y avait personne en qui le Cavalier ait plus confiance qu'en le Roi, mais il rechignait à lui révéler la véritable identité de l'autrice.

— Chidding s'intéresse à Regina. Elle mérite d'épouser un homme bon et solide, et d'être heureuse. Je suis déterminé à favoriser leur mariage.

Avec un ricanement insolent, le Roi se cala contre l'épais dossier en cuir de son fauteuil.

— Il est évident que tu as encore des sentiments pour elle. Pourquoi ne l'épouses-tu pas ?

— J'ai fait le vœu de ne jamais me marier. Nous en resterons là. Vas-tu l'inviter à ton bal ?

Il fit un effort pour demeurer impassible sous le regard inquisiteur de son ami.

Finalement, le Roi se leva.

— Considère que c'est fait. Maintenant, excuse-moi, ma femme et le chapitre quatre m'attendent.

Le Cavalier rit jaune. Il ne savait pas s'il devait être chagriné ou flatté de ce que ce chapitre en particulier révélait de lui. L'autrice n'était pas entrée dans les détails, mais elle avait admis combien elle avait apprécié le parcours de sa bouche sur son corps.

Cependant, tout au long du récit, des indices laissaient à penser que rien n'avait été réel, qu'il s'agissait de séduction pure et simple.

Cela en faisait une fiction, même si elle ne s'en rendait pas compte.

La façon dont elle avait perçu leur histoire, persuadée qu'il s'était moqué d'elle, ne pouvait que le bouleverser. Elle n'avait pas entendu ses sanglots quand il avait compris qu'il ne pourrait pas l'avoir pour l'éternité. Elle n'avait pas vu le trou que son poing avait laissé dans le mur. Elle n'avait pas essuyé les larmes sur ses joues. Elle n'avait pas été témoin de son désespoir.

— Milord ?

Levant les yeux, il découvrit le demi-frère de Regina, légèrement penché vers lui.

— Bremsford, dit-il avec un signe de tête courtois.

— Puis-je me joindre à vous ?

N'ayant jamais beaucoup apprécié cet homme, il fut tenté de refuser, mais la curiosité lui fit indiquer le fauteuil que le Roi venait de libérer.

Le comte prit place. Il avait les cheveux blonds et les yeux bruns de Regina, mais la ressemblance s'arrêtait là. Ses traits formaient un assemblage incongru : le nez en bec d'aigle de son père et les lèvres quasi inexistantes de sa mère. Et son regard était par trop sournois et calculateur.

Un serveur s'approcha et déposa un verre de scotch devant chacun d'eux. Bremsford s'empressa de boire une gorgée et fit claquer sa langue, sans doute pour montrer son appréciation. Le Cavalier, quant à lui, ne toucha pas à son verre.

— Je me demandais si vous pourriez me confirmer que vous êtes bien lord K.

Lui opposant un regard sévère, le Cavalier secoua la tête en soupirant d'impatience.

— Bonté divine, Bremsford, ne me dites pas que vous vous abaissez à écouter les ragots. De surcroît, comment voulez-vous que je le sache ?

— J'ai entendu dire que vous brandissiez un exemplaire de ce livre outrageant autour des tables de jeu l'autre soir ; j'en ai donc déduit que vous l'aviez lu.

— On me l'a donné, et je n'avais pas de poche assez grande pour l'y glisser. Par conséquent, j'ai été contraint de le tenir à la main. Je ne le brandissais assurément pas.

— Mais l'avez-vous lu ? Si oui, vous pouvez sans doute confirmer que l'autrice de ce torchon est la bâtarde de mon père. Elle a toujours été vicieuse.

— Comment pouvez-vous connaître son caractère, milord ? Je me suis laissé dire que vous vous donniez beaucoup de mal pour l'éviter.

— J'en ai appris suffisamment à son sujet au fil des années. Sachez qu'elle écrivait des lettres interminables à mon père quand les responsabilités de ce dernier le tenaient éloigné de sa catin de mère. Quand vous l'avez - fort justement - évincée, elle est devenue une paria. Elle n'a aucune décence ni vergogne. Suis-je le seul à penser qu'elle a relaté votre intimité afin de salir votre réputation ? À l'évidence, son but était de vous faire perdre l'estime de vos pairs et de l'aristocratie tout entière.

— Si vous dites vrai, pourquoi ne l'a-t-elle pas fait plus tôt, au lieu d'attendre cinq ans ?

— Parce que Père était encore en vie, et elle n'aurait pas voulu lui causer de l'embarras. Elle ne pouvait pas avoir la certitude que son identité ne serait pas révélée ou que les ragots ne la désigneraient pas. Non, croyez-moi, elle a patienté pour éviter la censure de Père. Mais à présent, il n'est plus là, et vous êtes le seul à en pâtir. Qui peut dire que ce sera son dernier livre ? Elle pourrait très bien décider de faire carrière comme écrivaine, afin de compléter la pension pourtant importante que Père avait arrangée pour elle. Elle est d'une rare cupidité, voyez-vous.

C'était une bonne chose que le Cavalier ne se soit pas emparé de son verre de scotch, car la force avec laquelle il serrait le poing aurait brisé le cristal.

— Je ne l'ai jamais connue comme étant cupide. Au contraire, elle m'a toujours paru très généreuse.

— Assez généreuse pour vous ouvrir ses cuisses.

Le Cavalier se redressa d'un bond, saisit d'une main Bremsford par le col et le souleva de son fauteuil.

— Je ne tolérerai pas que vous lui manquiez de respect, déclara-t-il, l'autre main levée et prête à gifler l'impudent personnage.

Le demi-frère de Regina ricana.

— Ne soyez pas hypocrite, Knightly. Vous avez percé à jour sa vraie nature, et vous avez retrouvé vos esprits avant de faire la fatale erreur de l'épouser.

— Comme je l'ai dit à l'église, c'est elle qui a retrouvé ses esprits, et qui a compris qu'elle ne serait jamais heureuse avec moi. Elle n'est que pureté et bonté, et ne mérite rien d'autre que l'admiration.

— Personne n'a jamais cru ces balivernes. Elle avait tout à gagner en vous épousant : prestige, pouvoir, richesse. En retour, elle n'apportait rien dans ce mariage.

— Elle apportait sa propre personne, et ça valait bien plus que ce que j'avais à lui offrir.

— Quoi qu'il en soit, je suis persuadé qu'elle est Anonyme.

— Pas du tout.

Le Cavalier poussa Bremsford dans son fauteuil avec assez de force pour faire vaciller celui-ci. Craignant sans doute de basculer, le comte s'accrocha aux accoudoirs, comme s'il était à bord d'une embarcation malmenée par une tempête.

— Et je ne suis pas non plus lord K. Soyez assuré que je vous anéantirai si j'apprends que vous faites courir cette rumeur. Par ailleurs, si jamais vous receviez une invitation au bal du duc de Kingsland, n'en tenez pas compte. Sinon, c'est mon poing qui vous accueillera.

Sur ces mots, il pivota sur ses talons, ignorant tous les gentlemen qui s'étaient levés, l'air médusé. Tandis qu'il sortait en trombe de la bibliothèque – qui avait jusqu'alors eu valeur de sanctuaire à ses yeux –, il se demanda s'il pourrait à l'avenir y trouver l'apaisement et la satisfaction que cette pièce lui avait toujours procurés.

12

Dans l'obscurité de ce jardin, tandis que sa bouche dévorait la mienne et que ses mains voyageaient avec possessivité sur mon corps, je m'abandonnai aux glorieuses sensations qu'il faisait naître en moi,
Anonyme, *Mes désirs secrets, une autobiographie*

*

18 juin 1875

Le bal du duc de Kingsland était incroyablement protocolaire – sa femme était très douée pour organiser ce genre d'événements – et les invités étaient annoncés en haut de l'escalier à leur arrivée. Ainsi, le Cavalier sut exactement quand Regina franchit le seuil de la salle de réception. Non qu'il ait eu besoin d'entendre son nom être déclamé pour en avoir conscience. Il avait perçu sa présence, comme toujours. Bien sûr, le fait qu'il fixe l'entrée l'avait aussi aidé, car il était seulement là pour elle.

S'il n'avait pas réussi à ce qu'elle soit conviée à cette soirée, le Cavalier y aurait fait une apparition, mais son humeur n'aurait pas été la même.

Un peu plus tôt, il s'était inquiété de la possibilité que Regina ignore le carton doré à l'or fin que le duc avait fait porter chez elle par un de ses valets. Mais elle était bien là, et il put enfin s'autoriser un soupir de soulagement. La tête haute, défiant quiconque d'objecter à sa participation, elle était époustouflante dans une robe vert pâle qui dénudait ses épaules et révélait la naissance de ses seins – des seins dont la tendre lourdeur avait autrefois si bien empli ses mains.

Il serra les poings pour lutter contre le souvenir de ses paumes sur la peau soyeuse de Regina, de leurs deux corps enlacés dans une étreinte passionnée...

Non ! Il ne fallait pas penser à cela.

Se tenant aux côtés de la Tour et de deux autres gentlemen, n'écoutant leur conversation que d'une oreille, il observa Regina du coin de l'œil tandis qu'elle exécutait une gracieuse génuflexion devant le duc et la duchesse, qui lui souriaient très chaleureusement, montrant à quel point ils étaient ravis de sa venue. Songeant qu'il avait bien choisi ses amis, le Cavalier se promit de les remercier plus tard comme il se devait.

Regina avait à peine fait deux pas que Chidding s'approcha, l'air embarrassé et le sourire hésitant. Tandis que son prétendant signait son carnet de bal, le Cavalier se demanda si le vicomte se serait intéressé à elle s'il n'avait pas été désargenté. Regina méritait un homme qui soit plus intéressé par elle que par la vie aisée qu'elle pouvait lui procurer.

Sans doute devrait-il lui chercher un parti plus approprié, encore que Regina n'apprécierait probablement pas qu'il émette des doutes sur son actuel soupirant. Chidding n'était pas un mauvais bougre, mais il n'avait rien de particulièrement enthousiasmant. Peut-être Regina estimait-elle qu'elle avait eu son content de péripéties et aspirait-elle à une existence calme et rangée, où elle ne serait pas constamment la cible de ragots et de conjectures, où elle serait pleinement acceptée sans que sa naissance lui soit sans cesse reprochée.

— Qu'en penses-tu ? demanda la Tour.

Le Cavalier s'arracha à ses réflexions. Ce n'était plus à lui de se faire du souci pour Regina. Elle voulait Chidding et elle aurait Chidding.

— Pardon, j'étais distrait. De quoi parliez-vous ?

Le sourire de la Tour laissait entendre qu'il savait précisément ce qui l'avait distrait.

— Granard nous disait que Bremsford avait offert une récompense de mille livres à quiconque révélerait l'identité d'Anonyme.

Le Cavalier regarda le vieux comte, qui appartenait à la génération de son père.

— Est-il devenu fou ? En quoi cela peut-il bien l'intéresser ?

Encore que, s'il se référait à sa rencontre avec Bremsford, il lui était aisé de deviner que ce dernier cherchait tout bonnement à détruire Regina, par jalousie ou par pure méchanceté.

— C'est un homme de conviction, qui comprend le danger que présentent des écrits aussi salaces. Les choses que cette femme sans vertu autorise cet homme à lui faire...

Granard secoua la tête, horrifié.

— Vous l'avez donc lu ? s'enquit le Cavalier, non sans ironie.

Son interlocuteur rougit jusqu'aux oreilles.

— Uniquement à titre d'étude, afin de déterminer de quelle façon nous pourrions amender la loi sur les publications obscènes. Les pensées qu'exprime cette femme sont d'une totale indécence.

— Pourquoi ? Parce qu'elle dit éprouver du plaisir ?

— À titre personnel, je n'ai jamais constaté qu'une femme puisse éprouver un quelconque plaisir au lit.

— Dans ce cas, milord, c'est que vous vous y prenez mal.

Le Cavalier crut que les yeux du comte allaient lui sortir de la tête.

— Comment osez-vous, monsieur ! Pour dire une telle chose, il faut que vous soyez ce gredin de lord K.

— Si je dis cela, c'est parce que je sais que les femmes sont capables de ressentir du plaisir. Et elles le méritent. Elles ne sont pas là uniquement pour satisfaire nos besoins physiques ou nous faire des enfants. Elles ont des pensées, des sentiments, des besoins... et des désirs.

— Elles... Ce n'est... Nous ne..., bégaya le comte. Ce n'est pas l'endroit pour une discussion aussi sordide. Vous êtes écœurant, milord. Il n'est pas étonnant que votre père ne veuille plus vous voir.

Le visage écarlate, Granard s'en alla. Le gentleman qui l'accompagnait resta figé quelques secondes, avant de suivre son exemple.

— Bien joué, murmura la Tour avec une pointe de sarcasme. J'ai le sentiment que tu as lu le livre, auquel tu prétendais ne pas t'intéresser, et que tu t'es reconnu dans le personnage de lord K.

— Cette histoire est une fiction qui n'a rien à voir avec moi.

— Pourquoi refuses-tu avec tant de véhémence d'avouer que tu as servi de modèle à lord K ?

— Ça ne me gêne pas d'avoir inspiré ce beau et séduisant personnage. Ce qui me gêne, c'est que les gens cherchent à identifier l'autrice comme étant une de mes anciennes conquêtes.

— Les paris sont ouverts au White's, et il se dit que c'est Regina qui a rédigé ce livre.

Le Cavalier jura entre ses dents.

— Tu penses que c'est pour cette raison que Bremsford, ce sombre idiot, a offert une récompense ? Parce qu'il est à l'origine du pari ?

— Peut-être. Ou alors, comme tant d'autres, il est curieux. Il cherche à trouver la clé de l'énigme.

Quoi qu'il en soit, Bremsford représentait un danger pour le bonheur de Regina – et celui de sa fille – de toutes les manières concevables. Et cela, le Cavalier ne le permettrait pas.

Regina était toujours quelque peu mal à l'aise quand son nom était annoncé et qu'elle devait s'avancer dans une salle de bal. La musique continuait à jouer, les couples continuaient à danser, pourtant elle avait la désagréable sensation que tous les regards étaient rivés sur elle et que tout le monde la jugeait. C'était encore plus compliqué à présent que son père n'était plus à ses côtés.

Ce soir, elle se sentait exposée et fragile, mais déterminée à faire en sorte que son père soit fier d'elle. Et si elle avait appris quelque chose de sa mère, c'était de quelle manière masquer son appréhension, monter sur scène avec confiance, et offrir une représentation qui mettrait le public à ses pieds. Et aussi imaginer tout le monde sans vêtement.

Elle fit donc sa grande entrée, le menton levé et le sourire hautain, sans laisser deviner que ses paumes étaient moites sous ses gants, que son cœur battait à tout rompre et qu'elle avait l'impression de se jeter dans une bataille.

Elle avait à peine fait quelques pas que Chidding vint à sa rencontre avec un grand sourire, avant de s'incliner au-dessus de sa main sans la toucher, comme l'exigeait l'étiquette. Elle imagina qu'il pourrait faire la même chose avant de se glisser au lit avec elle.

Le vicomte était particulièrement strict quant au protocole, mais c'était ainsi qu'il avait été éduqué. Jamais il ne serait l'objet d'un livre salace, pas plus que son nom ne serait associé à un quelconque scandale. Mais il est vrai qu'elle était capable de créer suffisamment de scandale pour deux. Il lui restait seulement à déterminer si Chidding pourrait essuyer les tempêtes que la conduite mal inspirée de sa mère et les errements de son propre cœur feraient inévitablement s'abattre sur leur couple.

Se redressant, il dit avec une voix vibrant d'une joie sincère :

— Je suis très heureux que vous soyez là. Me ferez-vous l'honneur de votre première valse et de votre dernière ?

— J'en serais enchantée.

Il la complimenta sur sa beauté – comme s'il s'agissait de quelque chose sur quoi elle pouvait exercer un quelconque contrôle – et lui fit remarquer que le temps était agréablement clément pour la soirée, sans toutefois lui proposer une promenade dans le jardin.

Lorsqu'il s'éloigna pour aller saluer un groupe de gentlemen, Regina prit une coupe de champagne sur le plateau que lui présentait un valet et déambula lentement à la lisière de la piste de danse.

Reconnaissant quatre jeunes femmes qui avaient fait en même temps qu'elle leurs débuts dans le monde, elle leur adressa un sourire, qui ne fut retourné par aucune d'elles. Aujourd'hui, elles avaient toutes épousé de beaux partis, mais Regina savait qu'elles la considéraient autrefois comme une rivale, bien qu'elles aient été alors courtisées par des héritiers, tandis qu'elle n'attirait l'attention que des hommes d'un rang inférieur.

Elle détestait cette terminologie, car elle impliquait qu'un des fils était plus important que les autres. Pourquoi le premier-né était-il le seul à hériter ? C'était tellement injuste.

Regina était si plongée dans ses réflexions qu'elle sursauta quand une main se posa sur le haut de son bras.

Lorsqu'elle se retourna, un éclat de rire l'accueillit.

— Lady Letitia !

— Vous paraissiez aussi concentrée que si vous étiez à une table de jeu du Twin Dragons.

— Je méditais sur le triste sort des fils de second rang.

— Il semblerait pourtant qu'un héritier s'intéresse à vous. Le visage du vicomte Chidding s'est illuminé quand votre nom a été annoncé.

Plus de cent personnes devaient être assemblées dans cette pièce, et elle avait remarqué la réaction d'un gentleman en particulier ? Pourquoi observait-elle Chidding ? Avait-elle un faible pour lui ?

— Il m'a démontré une certaine sympathie, admit Regina. Ce n'est pas le cas de tout le monde.

— Parce que vous les battez tous aux cartes. Vous m'avez dépouillée de presque toute ma pension la dernière fois que je me suis assise à une table avec vous.

C'était stupide d'éprouver de la reconnaissance à l'égard de cette jeune femme pour l'unique raison qu'elle conversait avec elle, et de ressentir le besoin de faire quelque chose pour elle.

— Savez-vous que vous enroulez toujours une mèche de cheveux autour de votre index quand vous avez une paire de valets ou mieux ?

Son interlocutrice écarquilla les yeux.

— Je ne fais pas ça !

Regina haussa les épaules.

— Comme il vous plaira.

— Est-ce vrai ?

Lady Letitia plissa les sourcils et se mordilla la lèvre inférieure.

— Et vous faites cela aussi. Vous vous mordillez la lèvre quand vous avez une mauvaise main.

— Juste ciel, je crois que vous avez raison. Est-ce ainsi que vous parvenez à gagner ?

— Les joueurs en révèlent toujours beaucoup plus que les cartes.

— Et lord Langdon ? Comment devinez-vous son jeu ?

— Ah, lui, c'est autre chose. Il ne laisse transparaître aucun indice. C'est un joueur d'exception. Sans doute parce que sa famille est liée au propriétaire du club et qu'il a passé des années aux tables de jeu à perfectionner son impassibilité. D'après ce que j'ai compris, les origines de sa famille seraient encore plus scandaleuses que les miennes.

— Bien pires, assurément. Son père était connu sous le sobriquet de Prince des enfers, tandis que le vôtre, en dépit de ses péchés, avait conservé le respect de la bonne société.

« Ses péchés » dont Regina était le fruit. Malgré tous ses efforts, jamais elle ne pourrait effacer la souillure de sa naissance. Et elle avait condamné sa fille à connaître le même sort. Chidding serait-il capable d'éviter au moins les conséquences les plus désastreuses à Arianna ?

— Et qu'avez-vous à dire sur lord Knightly ?

— Pardon ?

— Livre-t-il des indices au sujet de ses cartes ?

Quand il savait qu'il avait une chance de gagner, il passait la main dans ses cheveux pour essayer de remettre en place ses mèches rebelles qui lui retombaient invariablement sur le front.

— Je ne puis partager tous mes secrets. Cela me désavantagerait, et j'aime tellement gagner.

— Qui n'aime pas cela ? dit lord Lawrence en se joignant à leur discussion.

Il adressa un signe de tête à Regina.

— Mademoiselle Leyland, j'espère que vous appréciez la réception donnée par mon frère.

— Assurément, milord.

— Fort bien. Pardonnez-moi d'interrompre votre conversation, mais...

Il offrit son bras à lady Letitia.

— Cette charmante personne m'a promis la prochaine danse.

Tandis que lady Letitia posait délicatement une main sur l'avant-bras de son cavalier, elle commença à tortiller de l'autre une mèche de ses cheveux. Ainsi, cette manie ne s'appliquait pas qu'aux tables de jeu. Peut-être s'imaginait-elle sur le point de gagner le cœur de lord Lawrence.

— Je crois qu'elle le trouve à son goût, dit une voix de femme dans son dos.

Regina se retourna et exécuta aussitôt une révérence.

— Votre Grâce.

La duchesse douairière de Kingsland lui sourit avec bienveillance.

— Mademoiselle Leyland. Je ne vous ai pas vue depuis fort longtemps, ma chère. Comment allez-vous ?

— Bien, Votre Grâce, merci. Et vous ?

— Je suis rentrée hier d'un charmant voyage d'un mois en Italie. Sinon, d'un point de vue général, je suis soulagée que mon fils aîné se soit enfin marié. Il ne me reste qu'à convaincre Lawrence de suivre l'exemple de son frère. Vous a-t-il demandé une danse ?

— Non, mais il semble très intéressé par lady Letitia.

— Il est intéressé par toutes les jeunes femmes. Je suis sûr qu'il vous demandera une danse. Il n'a sans doute pas souhaité le faire devant cette jeune personne, car il aime que chacune se sente spéciale à ses yeux. Mais il adore danser, contrairement à lord Knightly.

— Vraiment ?

Autrefois, celui-ci appréciait pourtant la danse. Non content de la faire virevolter à travers toutes les salles de bal, il valsait avec elle dans les jardins, et au clair de lune près de la rivière chez elle.

— Lors de ces réceptions, il est plus ornemental qu'utile. Bien que les femmes soient plus nombreuses que les hommes, il ne danse jamais. Je me suis pourtant laissé dire qu'il avait dansé une fois avec Pénélope avant qu'elle épouse mon fils, mais je suis à peu près certaine que c'était uniquement pour rendre celui-ci jaloux.

Comme si le simple fait de mentionner son nom avait suffi à le faire apparaître, Regina remarqua Knightly parmi un groupe de gentlemen. Semblant indifférent à la conversation, il avait le regard fixé sur elle. Soudain, il agit de la plus étrange des manières. Levant la main, il tira sur son lobe gauche. C'était un signal qu'ils avaient mis au point pour communiquer autrefois, et qui signifiait « Je vous attends dans le jardin ».

Quelle audace avait cet homme ! Après ce qu'elle lui avait déclaré près de la rivière, croyait-il vraiment qu'elle allait le rejoindre dans un endroit sombre et discret ?

— C'est un fort bel homme, n'est-ce pas ?

Regina reporta son attention sur la duchesse douairière.

— J'admirais seulement cette pièce, le papier peint, les miroirs, les lustres...

— Ma chère, je ne suis plus toute jeune, mais j'ai toujours toutes mes capacités intellectuelles, et je sais encore reconnaître une lueur d'intérêt dans les yeux d'une femme.

— Je vous promets que je n'éprouve aucun intérêt pour lui.

— Je suppose que je peux difficilement vous le reprocher après la façon dont il s'est comporté avec vous. Votre père m'avait confié la vérité sur cette histoire. J'en ai été profondément choquée, car je considérais Knightly comme un homme d'honneur. Le fait que votre père lui intente un procès pour rupture de contrat a clairement établi qu'il ne l'était pas.

Malheureusement, cela n'avait servi qu'à étayer la rumeur selon laquelle Knightly avait menti en prétendant que c'était elle qui avait changé d'avis, d'autant plus que Knightly avait accepté de payer un substantiel dédommagement sans manifester la moindre objection. Ce dernier avait alimenté la pension de Regina, augmentant ses intérêts et lui procurant un peu plus d'argent chaque année. Elle en connaissait le montant exact car, depuis son retour d'Europe, elle versait sur un compte ouvert pour Arianna l'excédent de revenus dû à la contribution de Knightly.

— Il vaut mieux qu'il se soit aperçu avant le mariage plutôt qu'après que nous n'étions pas faits l'un pour l'autre.

— Comme c'est courtois de votre part, ma chère. À votre place, je pense que j'aurais cherché à me venger, quoique cela puisse parfois se révéler à double tranchant.

Elle tapota légèrement l'épaule de Regina.

— Mais il semblerait que vous ayez un nouveau soupirant. Bonne chance à vous, mon enfant.

La duchesse douairière salua Chidding au passage tandis que celui-ci venait réclamer sa valse.

Lorsqu'il prit Regina dans ses bras, il s'assura d'observer une distance respectueuse, appropriée. Ils mèneraient une vie conforme aux usages de la bonne société, contrairement à la vie scandaleuse qu'elle avait eue depuis sa naissance.

— Trouvez-vous difficile d'assister à ce type d'événements ? s'enquit-il.

Regina s'en étonna. Elle s'attendait à ce qu'il lui parle de nouveau du temps qu'il faisait.

— Je suis acceptée par certains, rejetée par d'autres. Il en va ainsi avec l'aristocratie.

— Avez-vous envie de vivre parmi eux ?

Elle le souhaitait pour sa fille, et peut-être un peu aussi pour son père, pour prouver qu'elle méritait d'être prise en compte et respectée, et de s'élever dans la société, mais également à titre de rédemption pour sa mère. Elle voulait être invitée aux bals dont on avait refusé l'entrée à sa mère et surtout être acceptée pour elle-même.

— Mon père m'a engagée dans cette voie. Je suppose que je ne veux pas le décevoir, répondit-elle.

— Je n'imagine pas un instant que vous pourriez le décevoir. Je comprends aussi combien cela a dû être difficile pour vous de venir seule. Je ne m'étais pas rendu compte que vous seriez invitée, étant donné que…

Il n'alla pas au bout de sa phrase.

— Étant donné que quoi ? insista Regina.

Il rougit légèrement.

— Je sais que votre frère avait été convié.

— Il vous l'a dit ?

Chidding hocha la tête avec gravité.

— Au club, quand il m'a approché pour m'informer que je serais avisé de cesser de vous accorder mon attention.

Regina n'aurait pas pu être plus surprise si une licorne avait soudain traversé la pièce en franchissant les portes ouvrant sur la terrasse. Pas du comportement de son frère, mais du refus de Chidding de tenir compte de son avertissement. Le vicomte était un homme si effacé qu'elle avait douté de sa capacité à ne pas se laisser intimider, et elle s'en voulait un peu.

— Et pourtant, déclara-t-elle, vous dansez avec moi.

Il sourit.

— Et pourtant, je danse avec vous.

Parce qu'il l'appréciait, ou parce qu'il avait désespérément besoin de son argent ? Pourquoi était-elle aussi méfiante ? Peut-être parce qu'elle avait autrefois accordé inconditionnellement sa confiance et avait été cruellement trahie.

— Bremsford est-il présent ?

Elle ne l'avait pas aperçu, mais il y avait tant de monde qu'elle pourrait passer la soirée sans avoir identifié tous les invités.

— Non. Apparemment, il a eu une altercation au club avec Knightly, qui l'a menacé de représailles physiques s'il se montrait.

Cette rencontre avec Bremsford était-elle liée au souhait qu'avait exprimé son ancien amant de la retrouver dans le jardin ?

— Néanmoins, vous avez ignoré le conseil que vous a donné le fils de mon père et vous dansez avec moi. Ne craignez-vous pas qu'il l'apprenne ?

Chidding lui adressa un doux sourire.

— Je ne suis pas de ceux qui cherchent la bagarre, mais je ne permets pas non plus qu'on m'intimide. J'ai même une assez bonne droite si nécessaire.

Laissant échapper un petit rire, Regina le vit soudain sous un autre angle.

— Vraiment ?

— Je reconnais être quelqu'un de réservé, mais soyez assurée que j'ai à cœur de protéger les miens.

— Je suis ravie de l'apprendre, milord.

À présent, elle devait déterminer s'il était prêt à la considérer – ainsi qu'Arianna – comme faisant partie des siens.

— Je vous admire grandement, mademoiselle Leyland. Cela n'a pas dû être facile de venir ici sans escorte. Cependant, vous avez bravé la critique. Peut-être pourriez-vous, si vous souhaitez assister à un autre bal, me le faire savoir, afin que je vous accompagne, sous le chaperonnage d'une de mes cousines qui se trouve être veuve.

— C'est incroyablement généreux de votre part, milord. J'y songerai assurément.

La musique cessa, et il s'inclina pour la saluer.

— Je vais compter les minutes jusqu'à la danse de clôture.

Soudain, Regina s'aperçut qu'elle les compterait aussi.

Cependant, cela ne l'empêcha nullement de se glisser discrètement dans le jardin quelques minutes plus tard. L'air frais avait attiré de nombreuses personnes dehors. Certaines conversaient sur la terrasse. D'autres déambulaient dans les allées éclairées par des lampes à bec de gaz qui avaient dû coûter une fortune à installer. Sa résidence de campagne n'avait pas encore été modernisée et il fallait se guider à l'aide de lampes à huile et de bougies à la nuit tombée.

Elle passa à côté d'un couple qui était trop absorbé par sa discussion pour la remarquer et se faufila en évitant les allées balisées. Quand elle fut à bonne distance de la maison, masquée par les bosquets, Knightly sortit de l'ombre et la rejoignit.

— Je n'étais pas certain que vous viendriez, dit-il.

— Que me voulez-vous ?

— J'ai appris ce soir que Bremsford avait offert mille livres pour connaître l'identité d'Anonyme.

Elle hocha la tête, bien qu'il ne puisse probablement pas distinguer ses gestes dans l'obscurité.

— Je suis au courant. Mon avocat m'a rendu une discrète visite cet après-midi pour m'avertir que le fils de mon père était allé voir mon éditeur et avait insisté pour savoir qui avait écrit ce livre salace.

Elle avait eu envie de se cacher, de faire creuser des douves autour de son manoir, de s'enfermer à tout jamais entre les murs de sa résidence. Elle avait même envisagé de ne pas venir ce soir. Puis elle s'était dit qu'il était impératif de ne pas se laisser intimider. Si elle donnait l'impression de redouter d'être démasquée, Bremsford pourrait en conclure qu'il était sur la bonne piste.

— J'imagine que votre éditeur a gardé le secret.

— Seul mon avocat sait que j'ai écrit ce livre. Et vous, bien sûr.

— Pourquoi ce bougre de Bremsford tient-il tellement à découvrir qui a écrit cette fichue histoire ?

Regina se tordit les doigts. Cela ne concernait pas vraiment Knightly, mais elle éprouvait le besoin de se confier à quelqu'un, de partager le poids qui pesait sur ses épaules. Il s'était montré si gentil avec Arianna. De plus, elle était touchée par le souci qu'il se faisait pour elle.

— Le manoir et les terres… mon père ne les a pas mis à mon nom, mais les a placés en fidéicommis par mesure de sécurité. Les vingt mille livres prévues à l'origine pour constituer ma dot sont également dans un fonds d'investissement. Et ces dispositions s'accompagnent d'une clause que j'ignorais jusqu'à présent. Je pense que mon avocat ne l'a pas relevée, car c'était totalement ridicule. Et il n'a pas lu mon manuscrit avant de le déposer à ma demande chez l'éditeur.

Il lui fut difficile de continuer tant elle avait conscience de s'être conduite de façon stupide. Mais Knightly, naturellement, n'avait pas ces réticences.

— Quelle clause ? s'enquit-il, sans dissimuler son impatience.

Elle s'éclaircit la gorge.

— Si j'étais arrêtée, sans être nécessairement condamnée, pour un crime quelconque, y compris d'indécence, ou si mon comportement était contraire à la morale, l'intégralité de ces placements serait transférée à l'actuel comte de Bremsford.

— Sacré bon sang ! grommela Knightly entre ses dents.

— Oui, en effet.

— Un comportement contraire à la morale, murmura-t-il. Si Bremsford apprend l'existence d'Arianna...

— Heureusement, il ne pourra pas agir. La clause s'applique uniquement à mes éventuels actes après le décès de mon père. Tout ce qui s'est passé avant ne peut être retenu contre moi.

— Vous m'avez dit que votre père était heureux d'avoir une petite-fille.

— Assurément, mais il était terriblement triste que j'aie eu un enfant hors mariage. Il était également contrarié que je refuse de lui révéler l'identité de son père.

— Donc, ce ridicule codicille serait un moyen de vous punir *a posteriori* ?

— Oui, je suppose.

La découverte de cette clause avait profondément blessé Regina. Elle avait toujours pensé que l'amour de son père était inconditionnel, mais il avait mis une condition à sa survie. N'était-ce d'ailleurs pas là le comble de l'hypocrisie, alors qu'il avait lui-même conçu un enfant hors mariage ? Jamais elle n'aurait imaginé qu'il pourrait être cruel à ce point. Il est vrai qu'elle connaissait bien mal les hommes. Était-elle condamnée à ce que tous la déçoivent ?

— Sans le domaine et sans ma dot, je cesserai d'être un parti intéressant pour un lord désireux de renflouer ses finances.

Elle eut un rire amer.

— Parce que ma naissance est illégitime, mes parents ont exigé toute ma vie que je sois au-dessus de tout reproche. Et j'ai échoué misérablement, d'abord en perdant la tête pour vous, puis en voulant me venger. Ce soir, la duchesse douairière de Kingsland m'a dit que la vengeance était à double tranchant, et j'en ressens déjà les effets négatifs.

— Vous avez écrit un livre, Reggie, ce n'est pas un crime.

Elle aurait préféré qu'il n'utilise pas ce surnom. Cela lui évoquait par trop l'intimité qu'ils avaient partagée.

— Je devrais tout dire à Chidding, car il a le droit de savoir où il met les pieds s'il m'épouse, mais une somme de mille livres pourrait être terriblement tentante pour un homme en situation critique.

— Un homme ne peut vivre toute son existence avec mille livres.

— Vous avez commencé avec moins, et regardez où vous êtes aujourd'hui.

— Soyez honnête avec vous-même. Vous ne lui faites pas entièrement confiance. Comment pouvez-vous souhaiter l'épouser, dans ce cas ?

— Je me suis rendue à l'église pour épouser un homme en qui j'avais confiance et ça ne s'est pas très bien terminé, n'est-ce pas ?

Il soupira.

— Je suppose que non. Quoi qu'il en soit, nous devons trouver un moyen de vous sortir de ce mauvais pas. Bremsford vous soupçonne d'être Anonyme parce qu'il pense que je suis lord K. Il sait aussi que j'ai un exemplaire du livre et ne doute pas que je l'aie lu. Au club, l'autre soir, il souhaitait que je confirme que c'était le récit de notre histoire.

Était-ce cela qui avait mené à l'altercation ?

— Chidding a mentionné un incident au club.

— Je n'ai pas toléré quelque chose qu'il a dit, mais je n'ai aucunement affirmé que vous étiez l'autrice, et c'est sans doute pour cela qu'il a proposé la récompense. Il pense que c'est vous et cherche des preuves. Si nous continuons à donner l'apparence d'une réconciliation, il finira peut-être par croire qu'il s'agit de quelqu'un d'autre. La controverse au sujet du livre s'éteindra. Un autre scandale remplacera celui-ci, et Bremsford renoncera à poursuivre sa traque. Toutefois, si j'étais vous, je reconsidérerais votre projet d'écrire un deuxième tome.

Elle se demanda si Knightly discernait son sourire narquois.

— Mais imaginer votre mort dans d'atroces souffrances m'a procuré une telle joie.

— Cela pourrait vous faire courir un énorme risque, Reggie.

Il semblait tellement sérieux, et elle savait qu'il n'avait pas tort, mais elle se sentait faite pour le métier d'écrivain, et elle n'avait pas l'intention de laisser Bremsford prendre le contrôle de son existence.

— C'est pour l'essentiel une fiction, de toute façon. Si je continue à écrire et que mon histoire n'a aucune base réelle, il comprendra sans doute qu'il s'est trompé. En revanche, si j'arrête de faire quelque chose qui me plaît, alors il aura gagné, d'une certaine façon.

— Nous ne le laisserons pas gagner.

Elle ne pouvait manquer son sourire, sublimé par la lumière de la lune et des étoiles. Bien sûr, il avait la capacité de commander à la nature de l'éclairer si nécessaire.

— Et maintenant, ajouta-t-il, dites-moi une chose : accordez-vous à lord K de passer une dernière nuit avec la jeune femme à qui il a causé du tort, avant qu'il meure dans d'atroces souffrances ?

— Pourquoi en désirerait-il une ?

Son sourire disparut tandis qu'il hochait la tête.

— Nous devrions probablement rentrer. Vous reste-t-il des danses disponibles dans votre carnet de bal ?

Elle faillit ricaner.

— Elles le sont toutes sauf la dernière.

— Dans ce cas, je réserve la prochaine valse.

— Je préférerais que vous ne le fassiez pas.

— Voulez-vous convaincre les gens que le livre n'a aucun rapport avec nous ? De plus, cela empêchera Chidding de se reposer sur ses lauriers. Allons-y. Je vous retrouve à l'intérieur.

Elle ne devait pas. Elle aurait été plus avisée de lui rétorquer qu'elle pouvait éviter le désastre toute seule. Mais le fils de son père rôdait, animé de mauvaises intentions, menaçant la sécurité et l'avenir de sa fille. Elle était prête à tout pour protéger Arianna. Elle soupçonnait d'ailleurs Knightly d'en avoir conscience, mais il lui paraissait improbable qu'il cherche à en tirer avantage, parce qu'il était impossible qu'il veuille être de nouveau avec elle.

— Une seule danse, dit-elle.

— Une seule danse.

— Ça ne change rien entre nous.

— Vous avez été claire à ce sujet. Je ne risquais pas de mal l'interpréter.

— Fort bien. C'est d'accord pour la prochaine valse.

Le Cavalier avait un jour considéré que l'amour était le paradis. À présent, c'était l'enfer. Cela le tourmentait quand il était à proximité de Regina, et même quand il était éloigné d'elle.

Il savait que la vie demandait des sacrifices, mais ceux que Regina et lui avaient été contraints de faire étaient fichtrement excessifs.

Il attendit que les premières notes de la valse s'élèvent pour s'avancer vers elle et lui offrir son bras.

— Comment vous en sortez-vous avec le chiot ?

Le visage de Regina s'adoucit, comme il l'espérait.

— Oserais-je admettre qu'une certaine fillette avait besoin d'un animal de compagnie maintenant plutôt que pour ses six ans ? Elles sont vite devenues amies.

— Eh bien, j'avais un avantage à déterminer que ça pourrait être le cas. Dès la minute où nous nous sommes rencontrés, elle n'a pas cessé d'en parler. Je suppose qu'elle ne m'a pas réclamé.

— Tous les jours, sans exception.

— Que lui avez-vous dit ?

— Que vous êtes très occupé.

— Je pourrais prendre le temps...

— Je ne pense pas que ce serait sage.

Il hocha la tête. Avec le mariage de Regina, la fillette aurait un père, et il ne serait pas bon pour Arianna qu'un autre homme interfère.

Regardant autour d'eux pour s'assurer que personne ne pouvait les entendre, il lui fit remarquer, en baissant la voix par mesure de précaution :

— Si seulement trois personnes connaissent la véritable identité d'Anonyme, je crois que l'auteur est à l'abri des machinations de Bremsford.

Regina acquiesça.

— Je l'espère. Mais il semble déterminé à causer ma ruine. Je me suis souvent demandé, à supposer que la situation ait été inversée, si j'avais été légitime et lui non, si je l'aurais haï à ce point. J'ai toujours ressenti de la tristesse de n'avoir aucune relation avec lui ni avec les autres filles du comte. Je soupçonne qu'elles sont peut-être ici ce soir, mais je ne les ai jamais rencontrées.

— Vous avez pourtant joué aux cartes avec l'une d'entre elles, l'autre soir au Twin Dragons.

Médusée, Regina se trompa dans les pas et s'agrippa à lui, cherchant à se remettre en rythme.

— Il ne s'agit pas de lady Letitia, quand même ?

— Non, lady Warburton.

— J'imagine qu'elle s'est mariée pendant mon absence. Mon père n'a jamais mentionné son nouveau nom. Cependant, j'ai bien vu qu'elle me lançait des regards haineux chaque fois que je gagnais. J'ai cru qu'elle était mauvaise perdante. Mais pourquoi s'est-elle assise à ma table ? J'y étais avant elle.

— Elle ne vous a peut-être pas reconnue.

— Le croupier a dit mon nom. Elle aurait pu se lever et partir. Je me demande si elle m'espionnait pour le compte de Bremsford.

Elle soupira.

— J'ignore si je m'habituerai un jour à être détestée pour quelque chose dont je ne suis pas responsable.

— Je sais que ce n'est pas facile à vivre, mais je trouve réconfortant de penser que la personne à blâmer est celle qui vous déteste sans raison, et non vous-même.

Elle inclina légèrement la tête.

— Si je me souviens bien, votre père vous a plus ou moins rejeté.

— Il ne peut pas supporter ma vue.

— Parce que vous lui rappelez le fils qu'il a perdu ?

— Entre autres choses.

Des choses dont il ne discuterait avec elle. Il changea donc de sujet.

— Puisque les gens nous voient converser plus longtemps que nous ne l'avons fait lors de notre danse précédente, je pense que notre plan est bien lancé. Alors je propose, afin de rendre notre réconciliation plus crédible, que nous nous montrions au parc ensemble.

— Je ne suis pas sûre que ce soit nécessaire.

— Êtes-vous prête à prendre ce risque, Reggie ? Il n'y a rien de mal à ce que nous nous promenions un après-midi là où le Tout-Londres pourra nous voir.

Elle leva les yeux au ciel.

— Comme il vous plaira.

— Excellent. Demandez à votre cocher de vous déposer chez moi demain après-midi. Et mettez votre tenue d'équitation. Je vous ferai préparer un cheval.

— Et un pour ma femme de chambre, Millie. Elle me servira de chaperon.

— Votre femme de chambre monte à cheval ?

— Elle a été élevée dans une ferme, et je ne me suis jamais opposée à ce qu'elle prenne un cheval dans mes écuries pour faire une sortie de temps en temps.

La musique s'arrêta.

— Une heure en particulier ? demanda-t-elle.

— À votre convenance.

Tandis qu'il la raccompagnait au bord de la piste de danse, il se sentit comme un condamné à qui on venait d'accorder un jour de sursis.

13

Je ne pus m'empêcher de le toucher en retour. Ses cheveux sombres. Ses larges épaules. Son dos puissant. Son postérieur ferme et rebondi. Oui, j'osai même le palper à cet endroit. Ses attentions me libéraient de toute retenue.

Anonyme, *Mes désirs secrets, une autobiographie*

*

19 juin 1875

Le lendemain après-midi, tandis que sa calèche la menait dans le cœur de Londres, une étrange lassitude s'empara de Regina, la laissant apathique et presque sans volonté. Si elle aimait énormément monter à cheval, elle n'aspirait pas à cette sortie.

Elle n'avait presque pas dormi quand elle était rentrée chez elle après le bal. Chaque fois qu'elle fermait les yeux, Knightly était au-dessus d'elle, ses cheveux tombant sur son front à elle, le regard enflammé par la passion, la voix enrouée tandis qu'il lui assurait que tout allait bien se passer. Une intense chaleur s'était emparée de tout son corps et certains endroits s'étaient faits douloureux, appelant les attentions d'un homme. Elle avait essayé de penser à Chidding. Pourquoi n'était-ce pas son image qui lui venait quand elle était la proie de ces terrifiants désirs ? Parce qu'il ne l'avait pas encore embrassée ? Parce qu'elle n'avait aucune expérience sexuelle avec lui à se remémorer ?

La dernière chose dont elle avait envie était de passer du temps avec Knightly.

Non, la dernière chose qu'elle souhaitait, c'était perdre ses revenus. Que ferait-elle alors ? Sans doute pourrait-elle trouver du travail quelque part, pour un journal peut-être. Évidemment, son salaire serait bien inférieur à la rente annuelle qu'elle était habituée à recevoir. Elle ne pourrait pas conserver de domestiques, à part peut-être Millie, qui se contenterait sûrement d'être hébergée et nourrie. En échange de quoi elle pourrait s'occuper d'Arianna. Regina aurait besoin de quelqu'un pour veiller sur sa fille si elle-même devait travailler à l'extérieur.

Par ailleurs, il ne faudrait pas que quelqu'un apprenne qu'elle avait eu un enfant hors mariage. Ces situations étant très mal vues, personne ne l'engagerait. Elle pourrait prétendre être veuve. Elle l'avait envisagé quand elle était rentrée en Angleterre, mais elle n'était pas très douée pour le mensonge. C'était pourtant ce qu'elle s'apprêtait à faire, à la demande de Knightly, dans le but de les protéger, elle et sa fille.

Elle pourrait aussi se consacrer plus assidûment à ses travaux d'écriture. Elle avait perçu une jolie somme avec son premier livre. Si elle écrivait des romans d'amour ou d'aventures dont les héroïnes charmeraient les dames férues de belles histoires, sans doute pourrait-elle modestement gagner sa vie grâce à sa plume. Elle avait reçu, par l'entremise de son éditeur, qui les avait fait parvenir à son avocat, plusieurs lettres de lectrices adressées à l'auteur de *Mes désirs secrets*. Toutes louaient son style et l'encourageaient à poursuivre dans cette voie. Étonnamment, pas une seule femme ne s'était plainte de son livre. Toutes les critiques venaient des hommes. Peut-être se sentaient-ils menacés par une héroïne qui ne se laissait pas intimider et voulait mener sa vie selon son bon plaisir.

En dépit des contretemps, elle avait bien avancé sur le deuxième tome. L'écriture du premier avait été épuisante. Mais le deuxième, parce qu'il s'agissait en grande partie d'une fiction, constituait une expérience beaucoup plus plaisante. Par ailleurs, elle pourrait apporter quelques modifications à l'histoire, afin qu'elle soit sans rapport avec la précédente, et qu'on considère son ouvrage comme un roman. Cela méritait réflexion.

Elle pourrait demander son avis à Knightly... Non, elle ne ferait rien de tel. Il n'était pas son confident, pour l'amour du ciel. C'était un conspirateur associé, et rien de plus. Une fois que cette histoire avec Bremsford serait derrière elle, elle ne voulait plus jamais croiser Knightly.

Cette réflexion lui procura une sensation de perte qu'elle détesta. Maudit soit cet homme. Même quand elle était persuadée de le haïr, il avait la capacité à occuper bien trop ses pensées.

La calèche s'engagea finalement dans l'allée de Knightly, et elle tempéra l'impatience qu'elle éprouvait soudain à l'idée de le revoir, et qui n'était sans doute que la résurgence d'une vieille habitude, quand elle se réjouissait de passer des moments avec lui. Aujourd'hui, cela relevait plutôt du calvaire.

Elle ne regarda pas par la vitre et concentra plutôt son attention sur ses mains, qu'elle avait nouées nerveusement tandis qu'elle luttait pour calmer les battements désordonnés de son cœur et afficher un visage impassible. Si elle appréciait la volonté de

Knightly de l'aider, elle voulait qu'il soit clair que sa compagnie ne lui était pas agréable.

La calèche à peine arrêtée, la portière s'ouvrit, et il fut là, à lui tendre la main. Avait-il guetté son arrivée ?

— Avez-vous fait bon voyage ? demanda-t-il.

— Oui, merci.

Elle plaça sa main dans la sienne, et il referma ses doigts autour. Contrairement à lui, elle portait des gants en cuir, si bien qu'ils n'étaient pas peau contre peau. Mais cela n'en était pas moins troublant, et elle sentait son cœur battre à tout rompre.

Elle descendit gracieusement de la calèche, et il libéra aussitôt sa main, sans doute parce que Millie patientait pour descendre à son tour. Regina regarda Knightly saluer sa femme de chambre, avant de lui prêter assistance. Millie savait se faire discrète et s'adapter à toutes les situations. Elle ne s'attendrait pas à participer à la conversation. Elle serait vigilante mais discrète. Il ne lui viendrait certainement pas à l'idée de sortir un bout de ruban pour mesurer la distance entre Knightly et elle.

— J'ai fait préparer les chevaux, annonça Knightly.

Regina regarda dans la direction qu'il lui indiquait et retint son souffle. Elle reconnaissait naturellement Shakespeare, mais à côté du hongre se tenait une jument noire à crinière et queue blanches.

Impressionnée, elle s'avança lentement vers le singulier animal.

— Mon Dieu, elle est splendide. Je ne savais même pas que ça existait. Où l'avez-vous trouvée ?

— J'ai dit à un éleveur de ma connaissance que je voulais quelque chose d'unique. Il l'a trouvée pour moi.

Quand elle fut assez proche, Regina saisit la bride de la jument et lui caressa le front.

— Comment s'appelle-t-elle ?

— Reine. Ce devait être votre cadeau de mariage.

Elle tourna brusquement la tête vers lui, mais il avait les yeux baissés tandis qu'il enfilait ses gants. Cette jument était-elle la preuve qu'il avait bel et bien eu l'intention de l'épouser ? Qu'elle n'était pas la raison pour laquelle il avait changé d'avis ?

Il planta soudain son regard dans le sien, la figeant sur place.

— Vous pourrez l'emmener avec vous quand vous partirez, si vous voulez.

— Il n'est pas question que j'accepte un cadeau venant de vous.

— Vous lui rendriez service. Elle n'est pas montée aussi souvent qu'il le faudrait. Elle est très douce. Votre fille pourrait la monter.

Reine poussa légèrement l'épaule de Regina, et il sourit.

— Elle vous aime bien. Elle sait où est sa place.

Elle ne l'en détesta que plus, parce qu'il lui donnait envie de dire oui à ce surprenant cadeau, parce qu'il l'obligeait à s'interroger sur ce qui s'était réellement déroulé cinq ans plus tôt.

— Je souhaiterais que vous me révéliez la vérité à propos de ce qui s'est passé.

— Voulez-vous que je vous aide à vous mettre en selle ? éluda-t-il.

Regina aspirait de tout son être à comprendre pourquoi il se serait donné tant de mal pour lui trouver le cadeau idéal, sachant combien elle aimait monter à cheval, avant de lui briser le cœur. Cela n'avait aucun sens. Quel était ce secret qu'il cachait si jalousement ? En tout cas, elle n'avait pas l'intention de le supplier ou de le menacer pour le connaître. Après tout, elle lui dissimulait également quelque chose.

— Oui, s'il vous plaît, répondit-elle à sa demande.

Soudain, elle se rendit compte que la selle aussi avait été pensée pour elle. Un R entouré d'une couronne de fleurs était gravé dans le cuir. Que signifiait tout cela ?

— Regardez-moi, dit Knightly.

Elle plongea les yeux dans les siens, et tenta de déchiffrer les émotions qu'ils recelaient.

— Comme je l'ai déjà dit, ça n'avait rien à voir avec vous. Je suis incroyablement désolé, Regina, de vous avoir causé tant d'embarras. Mais je vous promets que vous n'en paierez pas plus longtemps le prix. Bremsford n'apprendra jamais la vérité. Les spéculations vont bientôt cesser. Vous aurez le mariage et le mari que vous méritez.

— Vous ne dites jamais « votre frère » quand vous parlez de lui.

— Ayant eu un frère, je sais que Bremsford ne mérite pas cette distinction. Un frère ne cherche pas à détruire sa sœur.

— Je crois qu'il est temps que nous... donnions notre représentation.

Avec un hochement de tête, il referma les mains autour de sa taille et la hissa en selle. Celle-ci était parfaite, s'ajustant à son corps comme si elle avait été conçue sur mesure. Elle ne voulut pas songer que la vie avec Knightly aurait été une succession de surprises comme celle-ci. Ni au nombre de fois où il aurait provoqué chez elle des larmes de joie. Et encore moins à tous ces matins où elle se serait réveillée en étant reconnaissante de le découvrir étendu à côté d'elle.

Tandis qu'il l'assistait, un garçon d'écurie, qui attendait à proximité, aida Millie à s'installer. Regina en profita pour regarder Knightly enfourcher sa monture, son pantalon moulant ses cuisses et son postérieur d'une façon qui mettait l'eau à la bouche.

Quand il fut prêt, il lui adressa un petit sourire et guida son cheval vers le portail. Elle l'imita et se positionna à côté de lui alors que Millie les suivait en veillant à respecter une faible distance.

— Croyez-vous vraiment que cela va porter ses fruits ? demanda-t-elle.

— Au pire, cela détournera l'attention du livre et fera parler de nous à la place. Il se dira que je pourrais avoir reconsidéré la chose et vouloir de nouveau vous épouser.

— Mais vous ne le voulez pas et ne le ferez pas.

— Souhaiteriez-vous que je le fasse ?

— Mon père m'a dit un jour que la confiance perdue ne se regagnait pas facilement.

— J'aurais volontiers affirmé que c'était un homme avisé, mais je ne peux oublier qu'il a fait rédiger cette clause stupide. Il devait pourtant connaître les sentiments de son fils à votre égard.

— Parfois, il m'arrive de penser que mon père avait la capacité de diviser sa vie en deux parties distinctes. Il avait deux familles différentes. À mon avis, il les aimait de la même façon. J'ai reçu son amour, et j'espère que les autres en ont bénéficié également.

— Vous êtes une femme remarquable, Reggie, pour être aussi généreuse. Mais Bremsford ne se trouve hélas pas dans d'aussi bonnes dispositions. Je crois au contraire qu'il est prêt à tout pour vous détruire.

— Savez-vous que je ne lui ai jamais parlé ? Le comte actuel, mon demi-frère. Je l'ai vu de loin, mais ça remonte à quelques années. Je doute de le reconnaître si nos chemins se croisaient maintenant.

Tandis qu'ils entraient dans le parc, Regina sentit que Knightly l'observait.

— Donc, votre frère ne vous connaît pas du tout ? Il connaît votre existence, mais pas la femme que vous êtes.

— Il ne m'apprécierait pas de toute façon.

— Il vous adorerait.

Elle rit doucement.

— Vous ne pouvez pas vous en empêcher, n'est-ce pas, Knightly ?

— M'empêcher de quoi ?

— De badiner, de faire des compliments.

— Je n'ai jamais rien dit que je ne pensais.

Il haussa les épaules.

— Sauf bien sûr quand je dis que je ne suis pas lord K et que j'ignore qui est Anonyme.

Alors, l'avait-il aimée quand il l'abreuvait de mots d'amour cinq ans auparavant ? La détestait-il désormais ? Ce qu'il faisait pour l'aider ne semblait pas démontrer que sa compagnie lui était désagréable. À moins que son soutien ne soit que l'expression de sa culpabilité.

Connaîtrait-elle un jour la vérité sur les motivations profondes de Knightly ?

Regina avait une allure royale tandis qu'elle chevauchait Reine. Le Cavalier avait toujours su qu'il en serait ainsi. C'était pour cette raison qu'il avait acheté la jument pour elle. Au fil des années, il avait envisagé de lui envoyer l'animal en guise d'excuses, mais il n'était pas sûr qu'elle accepterait le cadeau ni qu'elle comprendrait sa signification. Elle était furieuse contre lui, et à juste titre. Il n'avait pas oublié la haine qui s'était reflétée dans ses yeux emplis de larmes. Il savait qu'elle n'aurait pas reporté ses sentiments sur la jument, mais il n'était pas certain non plus qu'elle l'aurait aimée. Or, les animaux méritaient d'être aimés inconditionnellement.

Quoi qu'il en soit, il voyait à présent combien elle appréciait Reine, et il espérait qu'elle l'emmènerait quand leur excursion à Hyde Park serait terminée.

C'était là qu'était la place de la jument, avec la femme qui était née pour la monter.

Il se rappela la fierté qu'il avait toujours éprouvée d'avoir Regina à ses côtés. Il la ressentait à cet instant, qui gonflait sa poitrine, envahissait sa tête et faisait réagir une autre partie de son corps. Il ne fallait pas, mais comment aurait-il pu la regarder et ne pas avoir envie d'elle ? Il avait l'impression d'être comme une terre aride ayant grand besoin d'eau. Il pensait avoir dompté ses émotions et fait taire son désir pour elle, mais la proximité de Regina était une torture.

Tandis que leurs montures trottaient dans Rotten Row, il ne put s'empêcher de remarquer :

— Vous avez consacré un long passage de votre livre à décrire notre premier baiser.

Cette fichue scène du jardin, dont tout le monde faisait des gorges chaudes, s'étalait sur plusieurs pages.

Elle lui coula un regard en biais tandis qu'un léger sourire étirait ses lèvres pleines.

— Pour moi, c'était un moment d'éveil. Je n'avais pas imaginé que ça pourrait être aussi époustouflant. Sans doute ai-je voulu éclairer les femmes sur la façon dont ça se passe, vous submergeant tout entière et vous faisant perdre toute pensée raisonnable.

— Ce n'est pas ainsi pour tout le monde.

— Parce que les autres hommes ne sont pas aussi doués et expérimentés que vous ?

Après avoir rapproché un peu Shakespeare d'elle, il ôta son chapeau, car il ne voulait pas qu'une ombre quelconque empêche Regina de lire la vérité dans ses yeux.

— Ce que je vais vous dire n'a pour but que d'illustrer un propos, il ne s'agit pas de vantardise. J'ai embrassé de nombreuses femmes avant vous, pourtant cette nuit-là a été une révélation pour moi aussi, un choc qui m'a laissé pantelant. Vous avez pris possession de mon être.

Et de toutes mes nuits depuis.

Tandis qu'elle le contemplait avec stupéfaction, il remit son chapeau.

— N'est-ce pas ce que vous avez éprouvé en embrassant tous ces hommes que vous avez rencontrés en Europe ? Que c'était différent avec moi ?

Elle détourna un instant le regard, avant de reporter son attention sur lui.

— Je n'ai ressenti avec personne ce que j'ai ressenti avec vous, Knightly. C'est peut-être pour cette raison que j'ai souhaité me venger.

Il aurait voulu en savoir davantage sur ces hommes, mais cela ne le concernait pas, de même que Regina n'avait pas à se soucier des femmes qui avaient traversé sa vie depuis cinq ans. Il n'empêche que pas une ne pouvait se comparer à elle.

— Lord Knightly ! Mademoiselle Leyland !

Lady Letitia immobilisa son cheval à leur hauteur, les obligeant à s'arrêter également. Deux femmes l'accompagnaient, et elle fit rapidement les présentations. Après quoi elle remarqua :

— Quelle magnifique jument vous avez là, mademoiselle Leyland.

Regina rougit.

— Merci. Elle appartient à lord Knightly.

— Mais Mlle Leyland peut l'avoir si elle le souhaite, intervint-il.

Lady Letitia fronça le nez et eut un petit sourire entendu.

— Lui faites-vous la cour ?

— Non, dit-il.

— Absolument pas ! s'écria Regina avec conviction.

Cela fit rire lady Letitia.

— Vous formez assurément un beau couple.

— Pourtant, le passé est bel et bien derrière nous, affirma le Cavalier.

Lady Letitia se pencha si vivement vers lui qu'il fut étonné de ne pas la voir basculer de sa selle.

— Vous ne devinerez jamais ce que j'ai réussi à me procurer.

— *Mes désirs secrets* ?

L'enthousiasme de la jeune femme retomba.

— Eh bien oui, mais il est discourtois de deviner aussi facilement et de gâcher mon effet de surprise.

— J'ai dit cela tout à fait au hasard, je vous assure.

Le sourire réapparut sur le visage de lady Letitia.

— Mes amies et moi en discutions autour d'un thé hier après-midi, et je pense que je dois vous avertir que certaines dames sont déterminées à vous entraîner subrepticement dans les jardins afin de savoir si vous êtes lord K.

Il rit doucement.

— Elles devraient renoncer à cette idée, étant donné que je ne suis pas lord K.

— Mais doivent-elles renoncer également à se faire embrasser ? L'expérience pourrait être des plus agréables pour elles.

— J'en doute fort. J'ai lu le livre, moi aussi, lady Letitia. C'est à la passion inspirée par la femme qu'il embrasse que le héros réagit. C'est cela qui le submerge, qui fait taire la voix de la raison, qui attise un désir tellement fort qu'il est presque impossible de le satisfaire totalement. C'est plus qu'un simple baiser. C'est le souffle, la vie, l'amour. C'est un monde où les rêves osent s'exprimer et luttent pour devenir réalité.

— Mais à la fin, il l'abandonne, pas devant l'autel toutefois, sinon j'aurais pu croire que Mlle Leyland ici présente avait écrit ce livre. Il disparaît tout bonnement, la laissant attendre sur un quai de gare, anéantissant tous les espoirs qu'elle avait pu former d'une vie avec lui.

Il haussa les épaules.

— Certains rêves ne sont pas faits pour se réaliser.

— C'est le seul reproche que je peux faire à cette histoire. Je souhaitais de tout mon cœur qu'ils finissent ensemble.

— Au lieu de quoi il s'est comporté en scélérat du début à la fin, dit Regina.

Le Cavalier se retint de lui lancer un regard assassin.

— En avez-vous déniché un exemplaire également ? demanda lady Letitia.

Regina eut un sourire légèrement ironique.

— En effet.

— N'avez-vous pas trouvé que c'était intense ?

— Je suppose que c'était assez divertissant.

Lady Letitia posa une main sur son cœur.

— Je veux que lord K retourne vers elle. Je crois qu'ils sont destinés l'un à l'autre. Pourvu qu'Anonyme écrive une suite.

Elle jeta un coup d'œil vers ses amies.

— Eh bien, je dois y aller. Ce fut un plaisir de vous voir tous les deux, et ensemble, qui plus est, étant donné votre passé tumultueux. Ça me laisse espérer que lord K pourra être pardonné.

— Vous parlez de lui comme s'il existait vraiment, constata le Cavalier.

— Pour moi...

Elle observa ses amies.

— ... et pour nous toutes, il existe. Bonne journée.

Le trio s'éloigna, et le Cavalier regarda Regina.

— Vous devriez peut-être reconsidérer le décès de lord K et lui offrir, ainsi qu'à sa dame, la conclusion heureuse à laquelle aspire lady Letitia.

Le sourire de Regina se fit machiavélique.

— Oh, mais sa dame aura sa conclusion heureuse. Elle prendra grand plaisir à sa mort atroce.

Le rire tonitruant du Cavalier résonna à travers le parc, attirant l'attention sur eux.

Regina ne savait pas si Knightly avait trouvé sa réplique particulièrement amusante, ou s'il avait voulu s'assurer que tout le monde les remarque.

L'histoire qu'elle était en train d'écrire n'allait pas précisément dans le sens qu'elle avait envisagé. Il était impossible que son héros meure, car tout le guidait peu à peu vers une réconciliation avec son héroïne, et cela l'irritait considérablement. Chaque fois qu'elle imaginait une scène où il était supposé endurer une terrible péripétie, cela se terminait par un baiser. Une confrontation avec des voyous : un baiser. Une blessure infligée par un coup de couteau : un baiser. Une balle logée dans son épaule : un baiser. En tant qu'autrice, elle aurait dû avoir plus de contrôle sur ses personnages, mais ils semblaient être en désaccord avec l'orientation qu'elle voulait donner à son histoire, et elle se retrouvait à écrire des mots qu'elle n'avait jamais eu l'intention de coucher sur le papier. C'était terriblement vexant.

D'un autre côté, impossible pour elle de se résoudre à supprimer ces passages, car elle ressentait une forme de consolation et de joie à l'idée que, après toutes les épreuves qu'ils avaient endurées dans le premier tome, ses personnages se battent pour trouver un chemin vers la rédemption. Et elle n'était pas tout à fait certaine de posséder en elle ce qu'il fallait pour leur refuser une fin triomphante.

Si elle confiait cela à Knightly, sans doute éclaterait-il de rire sans retenue, se montrant sans pitié face à ses hésitations. Encore qu'elle aurait adoré entendre son rire. Elle avait toujours apprécié la manière dont il résonnait, librement, sans qu'il se soucie de ce que les autres pouvaient en penser.

Elle aurait tellement aimé pouvoir discuter de son écriture avec lui. D'ailleurs, il lui arrivait parfois de regretter que son nom ne soit pas sur la couverture. Ainsi, elle aurait pu partager son expérience d'écrivaine avec ses lectrices. Évidemment, cela aurait été un désastre. Bremsford, cet ignoble rat, aurait demandé sa tête.

— Préparez-vous, dit soudain Knightly. Votre soupirant approche.

Tournant les yeux dans la direction qu'il indiquait, elle aperçut Chidding qui trottait vers eux, perché sur son hongre à la robe jaunâtre mêlée de noir, dite louvet.

Une fois encore, Regina et Knightly arrêtèrent leurs montures pour attendre l'arrivée du vicomte, tout de gris vêtu. Lorsqu'il les rejoignit, plus près de Regina que de Knightly - peut-être en signe de possessivité -, il ôta courtoisement son chapeau.

— Mademoiselle Leyland. Lord Knightly.

— Chidding, le salua platement Knightly.

Se faisant la remarque qu'il avait accueilli beaucoup plus chaleureusement lady Letitia, et ne voulant pas en prendre ombrage, Regina sourit aimablement au vicomte.

— Milord, quel plaisir de vous rencontrer par cette belle journée. J'espère que vous allez bien.

— Fort bien, mademoiselle Leyland, quoique je sois surpris de vous voir tous les deux ensemble.

Elle songea qu'il pouvait ne pas s'offusquer d'une danse, mais une promenade au parc était peut-être un peu trop choquante pour lui, en cela qu'elle s'affichait avec Knightly devant le Tout-Londres.

— Il s'agit d'une simple sortie amicale, pour marquer notre réconciliation, expliqua-t-elle. Je suis aujourd'hui totalement convaincue que ni Knightly ni moi n'aurions été heureux ensemble.

Bien qu'elle ait les yeux rivés sur Chidding, elle pouvait sentir sur elle le regard insistant de Knightly. Elle fit un effort pour ne pas paraître exagérément satisfaite de l'avoir agacé. Elle devrait le remercier plus tard de ne pas avoir répliqué d'un ton acerbe.

— Que diriez-vous de vous joindre à nous, Chidding ? proposa-t-il. Mon cheval devient vite nerveux quand il reste immobile trop longtemps.

Shakespeare se tenait présentement aussi figé qu'une statue.

— Eh bien, pourquoi pas, répondit le vicomte.

Knightly lui céda sa place et passa à droite de Regina. Chevauchant en amazone, elle lui tournait ainsi le dos, ce qui faciliterait sa conversation avec Chidding, et leur laisserait même un peu d'intimité s'ils parlaient à voix basse.

Elle se retrouva donc bientôt entre les deux gentlemen. Ils n'étaient jamais restés suffisamment longtemps en présence l'un de l'autre pour qu'elle puisse les comparer, aussi en profita-t-elle pour se livrer à cet exercice. Knightly, avec ses cheveux sombres et sa peau hâlée par les heures qu'il passait à cheval, était incroyablement beau. Chidding avait les cheveux cuivrés, et sa peau pâle trahissait le fait qu'il était plus souvent dans sa bibliothèque qu'au grand air, probablement parce que le soleil risquait de le brûler, ou tout simplement parce qu'il était de nature studieuse. Il avait des traits plaisants, symétriques et bien proportionnés. Il était plus mince et plus petit que Knightly, et elle doutait qu'il puisse la soulever fougueusement dans ses bras. Elle se sentait tellement précieuse et aimée lorsque Knightly l'emportait ainsi jusqu'au lit. Mais après tout, elle était capable de marcher seule. Et ce qu'elle cherchait aujourd'hui par-dessus tout chez un homme était la stabilité et l'aptitude à tenir ses promesses.

— Quel beau temps nous avons aujourd'hui, commenta Chidding.

Et c'était vrai. Le ciel bleu était parsemé de nuages blancs à l'aspect cotonneux. Une brise légère faisait voleter les plumes des chapeaux, mais ne menaçait pas de les déloger de la tête de leurs propriétaires.

— En effet, dit Regina.

Ils firent quelques pas en silence.

— Comment va votre mère ? demanda-t-elle, se rappelant que la mère du vicomte était toujours en vie, contrairement à celle de Knightly.

— Elle prend de l'âge. Ces derniers temps, elle éprouve des difficultés à se souvenir de certaines choses. Je suis certain qu'elle serait ravie de vous avoir pour le thé un prochain jour.

— J'en serais enchantée.

— Votre propre mère n'est plus de ce monde, me semble-t-il.

— Depuis quelques années. Mais le souvenir d'une perte ne manque jamais de provoquer un pincement de douleur, n'est-ce pas ?

— Certes.

Il jeta discrètement un coup d'œil à Knightly.

— Je me demande si on peut lui faire confiance, chuchota-t-il. Il vous a conquise une fois. Je ne peux imaginer qu'il n'ait pas le souhait de recommencer.

— J'étais jeune et innocente. Je le suis beaucoup moins aujourd'hui. Je peux vous promettre, milord, qu'il n'a plus aucune influence sur moi. Et mon cœur lui est totalement fermé.

Les yeux bruns de Chidding reflétèrent de la tristesse et de la compréhension.

— Est-il aussi fermé à d'autres que lui ?

Elle lui sourit avec douceur, d'une manière qu'elle espérait rassurante.

— Non, milord. Je crois que l'homme qui m'est destiné détient la clef pour l'ouvrir de nouveau.

— Parfois, mademoiselle Leyland, je suis ébloui par le lyrisme avec lequel vous vous exprimez. Je me demande si vous avez déjà songé à mettre vos talents au service de l'écriture d'un roman.

Soudain, Regina eut l'impression d'être cette fillette tombant dans le terrier d'un lapin – comme dans le livre qu'elle lisait tous les soirs à Arianna au moment du coucher – et elle eut du mal à retrouver son souffle.

C'était une remarque innocente, sans doute une sorte de flatterie. Cependant, à cause de Bremsford et de sa stupide promesse de récompense, elle se méfiait de tout le monde.

— J'ai rédigé quelques articles pour le compte d'un magazine pour dames tandis que je voyageais à travers l'Europe. Mais je ne sais pas si j'aurais la patience et le talent d'écrire un roman.

— J'ai lu ces articles. Ma mère me les a montrés. Ils sont fort bien tournés. Vous avez admirablement décrit vos pérégrinations, de sorte que le lecteur se sent transporté ailleurs. Ma mère m'a même dit qu'elle avait l'impression de voyager avec vous.

— C'est infiniment aimable de sa part. Je vous suis reconnaissante de me l'avoir rapporté.

Elle crut bien le voir rougir alors qu'il inclinait légèrement son chapeau.

— Eh bien, je ne voudrais pas m'imposer plus longtemps.

— Mais pas du tout, milord. Je suis ravie. Merci d'avoir égayé mon après-midi.

Cette fois, il rougissait vraiment, le plaisir plus que l'embarras irradiant ses yeux.

— Bonne journée, mademoiselle Leyland.

— Bonne journée, milord.

— Knightly.

— Chidding.

Le vicomte s'éloigna au petit trot.

— Il est amoureux, constata Knightly.

— C'était grossier de votre part d'écouter.

— J'ai essayé de ne pas le faire.

Elle le regarda sévèrement.

— J'ai du mal à le croire.

— Possède-t-il cette clef à laquelle vous faisiez référence ?

— Cela, milord, ne vous concerne aucunement. J'ai passé suffisamment de temps au parc, et j'en ai assez de votre compagnie.

Avant qu'il ait l'opportunité de répliquer, sachant que Millie la suivrait, elle lança Reine au galop.

La jument était prompte à répondre et elle se mouvait de façon fluide. Regina aurait aimé la tester dans une vaste étendue dénuée de promeneurs et découvrir toute la mesure de ses capacités.

Maudit soit Knightly ! Il avait toujours trouvé les cadeaux qui la contenteraient le plus. Cette jument lui plaisait follement.

Elle allait la garder.

14

Je savais que le fait d'avoir cédé à la tentation serait mal vu – ou pis, que cela provoquerait mon bannissement de la bonne société. Cette idée me laissait sidérée, car je ne comprenais pas comment quelque chose qui semblait si juste et beau pouvait être considéré comme une terrible erreur.

Anonyme, *Mes désirs secrets, une autobiographie*

*

22 juin 1875

Regina se rendait au théâtre en compagnie de Chidding. C'était leur première sortie en public. Il lui avait rendu visite la veille, et ils avaient pris le thé dans son petit salon.

— Le temps est fort clément depuis quelques jours, lui avait-il fait remarquer.

Les conditions climatiques constituaient son sujet de conversation favori, semblait-il. Elle ne se rappelait pas en avoir jamais discuté avec Knightly. Aussitôt, elle s'en voulut de constamment comparer les deux hommes. Ils ne se ressemblaient en rien. L'un était fiable, l'autre non.

Ils avaient donc devisé un moment à propos de la pluie et du beau temps.

Puis il l'avait surprise en lui disant :

— J'ai cru comprendre que vous aimiez le théâtre.

Cela avait fait naître un sourire chaleureux sur ses lèvres.

— Beaucoup, en effet.

Petite, elle observait souvent sa mère durant les répétitions depuis les coulisses. L'activité qui se déployait derrière le rideau – les manouvriers arrangeant les décors, les costumières fournissant les tenues, les acteurs attendant de faire leur apparition – la fascinait davantage que ce qui se passait sur scène. Mais elle ne l'avait pas raconté à Chidding, car elle ne voulait pas lui rappeler que sa mère avait eu une conduite scandaleuse, et qu'elle-même était entrée dans la vie de façon méprisable.

— Me feriez-vous l'honneur de m'accompagner au théâtre ? avait-il demandé.

Et c'est ainsi qu'elle voyageait à présent dans la calèche du vicomte, aux tentures et aux coussins fanés et sur le point de se déchirer par endroits. Mais elle ne se souciait pas de l'absence de confort. L'attention que lui portait Chidding et son désir sincère d'être avec elle comptaient plus à ses yeux que le reste.

Il avait convaincu une de ses cousines, la comtesse de Finsbury, de leur servir de chaperon. Assise à côté de Regina, la veuve profitait de la lumière déclinante de la fin de journée pour lire, contre toute attente, *Mes désirs secrets*.

S'il ne s'était pas agi du récit d'une partie de sa vie, Regina aurait été ravie que la comtesse soit si absorbée par sa lecture. Son intuition lui soufflait qu'elle ne serait pas aussi à cheval sur l'étiquette que son ancien chaperon, Mme Dorsett. Mais elle savait également que Chidding était trop bien élevé pour tirer avantage de la situation et se risquer à faire quelque chose qu'il n'aurait pas dû faire.

— Depuis quand n'êtes-vous pas allée au théâtre ? s'enquit-il.

— Oh, des années.

Cinq, si elle était précise.

— Votre mère était une actrice, je crois.

Elle aurait préféré ne pas évoquer ce détail de son histoire.

— Oui.

— Vous n'avez pas souhaité marcher sur ses pas ?

— Je n'ai pas son talent. Et je n'aime pas non plus être le centre de l'attention, ce qui est bien sûr le cas des personnes qui jouent sur scène. Chaque mouvement est scruté, chaque phrase disséquée, chaque présentation jugée.

Il la contempla un moment, peut-être pour essayer de trouver un sens caché à ses propos.

— Moi-même, j'aspire à la tranquillité, confia-t-il. Mon domaine se prête totalement à une existence paisible.

— Je ne suis jamais allée dans les Cornouailles.

— Je crois que ça vous plairait.

Les joues de Chidding s'empourprèrent, s'assortissant à la couleur de ses cheveux. Il regarda par la vitre, sans doute embarrassé par ce qu'il avait avoué à demi-mot, à savoir qu'il s'était imaginé vivre avec elle dans son domaine des Cornouailles.

— J'en suis certaine, répondit gentiment Regina.

Il lui sourit. Elle se demanda s'il viendrait un temps où il serait suffisamment à l'aise avec elle pour ne pas rougir au moindre prétexte, même si elle trouvait cela tout à fait charmant.

Peu après, lady Finsbury voguant dans leur sillage, il escorta Regina à l'intérieur du théâtre, et elle perçut la fierté qu'il avait à être vu avec elle à son bras.

C'était un homme apprécié, et ils furent salués par plusieurs personnes, dont certaines qui avaient autrefois dédaigné Regina. Il lui apportait de la respectabilité, et pourrait en donner également à sa fille.

Bientôt, elle lui parlerait d'Arianna. Avant qu'ils soient trop impliqués dans leur relation. Avant que le rejet de Chidding lui vaille à elle une humiliation publique. Avant qu'il soit contraint d'expliquer pourquoi il avait perdu son intérêt pour elle. De tout son cœur, elle espérait ne pas s'être trompée sur lui. Qu'il n'était pas homme à prêter attention aux ragots. Qu'il garderait pour lui ce qu'elle lui avait confié. Et qu'il ne serait pas assez mesquin pour essayer de causer du tort à Arianna.

Il se pencha vers elle. Ce n'était pas un homme grand, il ne la dominait pas de sa haute stature comme Knightly, et elle trouvait cela réconfortant. Elle se sentait davantage son égale.

— J'espère que vous n'avez pas été offensée par la lecture de ma cousine, dit-il d'une voix attristée.

— Pas du tout. Je connais plusieurs ladies qui ont apprécié ce livre.

— L'avez-vous lu ?

Regina envisagea un instant de lui mentir. Mais il représentait peut-être son avenir, et elle n'avait pas envie qu'il lui impose ses choix de lectures.

— Je l'ai lu, en effet. Malgré le scandale dont il est l'objet, je n'y ai rien trouvé d'offensant.

— Moi non plus.

Regina peina à cacher sa stupéfaction.

— Je n'imaginais pas que ce genre de livre pourrait vous intéresser. Je croyais que vous aimiez les romans policiers.

— Ils ont ma préférence, vous avez raison.

Il se rapprocha et baissa encore la voix.

— À mon avis, de nombreux gentlemen le lisent en espérant découvrir qu'ils ont inspiré le personnage de lord K.

Elle rit doucement, enchantée de sa révélation et de son ton malicieux, songeant qu'ils s'amuseraient beaucoup à partager des ragots.

— Je n'avais pas connaissance de cela. J'avais surtout entendu parler de leur réprobation à l'égard du livre.

— J'ai toujours pensé que ceux qui protestaient le plus étaient précisément ceux qui avaient le plus à cacher. À présent, voulez-vous que nous rejoignions notre loge privée ?

Notre loge. Comme si elle leur appartenait à tous les deux, comme s'ils étaient ensemble pour toute la vie et non pour une unique soirée.

— Oui, bien volontiers.

Chidding regarda par-dessus son épaule.

— Lady Finsbury, nous allons monter.

Leur chaperon discutait avec une autre femme et prit poliment congé avant de les suivre. Tandis qu'ils empruntaient l'escalier, Regina se demanda ce que penserait Chidding en découvrant qu'elle avait écrit ce livre. En serait-il fier, étant donné qu'il avait apprécié sa lecture ? Serait-il horrifié d'apprendre qu'il avait lu le détail de ses escapades avec un autre ? Cette dernière hypothèse était la plus probable. À moins qu'elle n'affirme qu'il s'agissait d'une fiction née de son imagination, et que c'était une coïncidence si elle avait appelé son héros lord K.

Par ailleurs, il avait le droit de savoir que sa situation financière n'était pas aussi stable qu'elle pouvait le paraître. Pourquoi tout était-il devenu si compliqué soudain ? Elle y réfléchirait plus tard, quand elle serait couchée – incapable de dormir en raison des menaces qui planaient au-dessus d'elle à cause de son satané frère.

Écrire ce livre lui avait fait un bien fou, mais elle aurait mieux fait de le brûler ensuite. Il avait fait revenir Knightly dans sa vie, mis en danger l'avenir de sa fille et menacé sa relation avec Chidding.

Plus jamais elle ne chercherait à se venger.

Elle refoula cette pensée, bien décidée à profiter de sa soirée. Elle aimait vraiment le théâtre. L'odeur de sciure des décors. Celle de la peinture destinée à créer l'illusion. Celle de tous ces corps entassés sur les fauteuils de velours, mélange de sueur et de parfums. La voix puissante de sa mère montant jusqu'au balcon sans que cela semble lui demander d'effort... Quand elle n'était pas sur scène, sa mère protégeait sa voix en parlant le moins possible, et elle ne lui avait donc jamais lu de fables et de contes. Mais elle l'avait encouragée, avant qu'elle sache lire, à lui raconter des histoires de son invention, et plus tard à lui lire à haute voix des romans.

Peut-être Regina avait-elle trouvé du réconfort dans la rédaction d'articles durant ses voyages, puis dans l'écriture d'un livre, parce que ces activités lui rappelaient les moments privilégiés qu'elle passait avec sa mère.

Ce théâtre était particulièrement beau, avec ses boiseries ouvragées, ses tapis rouges et ses grands lustres en cristal. La première fois qu'elle y était venue avec Knightly, elle avait été impressionnée, car elle n'avait jamais vu le théâtre de ce point de vue, son père ne l'ayant jamais invitée dans sa loge privée. Y avait-il fait venir son autre famille ? Assis à côté de sa femme, avait-il donné le change pendant qu'il regardait sa maîtresse évoluer sur scène ?

Ils arrivèrent sur le palier, et Chidding les guida vers un corridor, au lieu d'emprunter la deuxième volée de marches. Le cœur de Regina s'emballa, car elle connaissait ce couloir pour l'avoir traversé une demi-douzaine de fois avec Knightly.

Ce diable d'homme ne pouvait-il pas la laisser en paix ne serait-ce qu'un moment ? Fallait-il que tout lui rappelle ce scélérat ? Jusqu'à récemment, elle ne s'était pas rendu compte à quel point elle aspirait à être totalement libérée de lui, sans plus aucun souvenir.

Puis Chidding s'arrêta devant des rideaux fermés, passa la main dans l'entrebâillement des pans de velours et les écarta.

Oh, Seigneur, elle connaissait cette loge, intimement. Elle savait que la pénombre y régnait, et que la caresse d'une paume sur un bras ne pouvait pas être discernée. Elle savait précisément quelle vue elle aurait de la scène et comment la voix des acteurs porterait jusqu'à eux.

Comme des gens se pressaient derrière eux pour rejoindre leur propre loge, elle entra, soulagée de constater qu'il n'y avait personne d'autre à l'intérieur.

— C'est la loge de Knightly, ne put-elle s'empêcher de faire remarquer.

— C'était, dit Chidding. Je l'ai gagnée aux cartes. Voulez-vous prendre place ?

Il lui indiqua les deux rangées de fauteuils capitonnés et elle s'installa devant, choisissant délibérément un endroit qu'elle n'avait encore jamais occupé. Chidding s'assit à côté d'elle, tandis que lady Finsbury se laissait tomber avec un soupir dans un fauteuil derrière eux.

Regina pivota pour observer Chidding plus attentivement. D'après ses renseignements, il n'avait pas de dettes de jeu, se montrant frugal et très précautionneux du peu d'argent qu'il avait.

— Je ne savais pas que vous étiez un adepte des jeux de cartes.

— Je ne le suis pas, mais j'aime aller au club. J'apprécie particulièrement l'atmosphère de la bibliothèque du Twin Dragons. Et ça me permet aussi de discuter avec des gentlemen de ma connaissance, de me tenir informé des nouveautés en matière d'importations ou d'évoquer de nouvelles méthodes de gestion des domaines agricoles…

Il soupira.

— Eh bien, je ne suis pas le seul à voir baisser les revenus de mon exploitation. Mais, en règle générale, le jeu ne m'attire pas.

— Pourtant, vous avez gagné cette loge.

— C'est pour le moins étrange, je l'avoue. Après notre rencontre au parc, je me trouvais au club, dans la bibliothèque, quand Knightly m'a abordé et m'a invité à une partie de cartes dans son salon privé. Nous n'étions que deux. Je n'avais pas d'argent à miser, mais ce n'était pas cela qui l'intéressait. Il voulait mon cheval, aussi étrange que ça puisse paraître.

Regina ne pouvait le croire. Jamais Knightly ne renoncerait à Shakespeare. Il n'avait nul besoin d'une autre monture. À quel jeu jouait-il ?

— Il a mentionné que vous aimiez le théâtre, reprit Chidding. Et il a proposé cette loge en échange. Une seule main. C'était l'objet de notre pari. Et j'ai gagné. Nous voici donc dans cette loge.

Avant que Regina ait pu répondre, la lumière diminua et le rideau s'ouvrit sur la scène.

— Vous êtes heureuse d'être ici, n'est-ce pas ?

Percevant le doute dans sa voix, elle lui adressa un sourire rassurant.

— J'adore le théâtre.

Reportant son attention sur la scène, elle essaya de se concentrer sur la représentation, mais les souvenirs affluaient à son esprit.

Elle se voyait assise ici avec Knightly, son chaperon derrière elle. Discrètement, il lui caressait le bras. Son genou touchait le sien. Plus tard, quand Mme Dorsett avait commencé à ronfler, il avait pressé ses lèvres contre son oreille et avait murmuré : « Je vous veux, Reggie. » Il y avait une telle urgence dans sa voix qu'elle n'avait rien pu faire d'autre que de hocher la tête. « Une fois que je vous aurai raccompagnée chez vous, sortez discrètement de la maison. Je vous attendrai au bout de l'allée », avait-il ajouté. Au bal des Wolfford, il l'avait embrassée dans le jardin comme il avait promis de le faire. Désormais, elle savait ce qu'il voulait. Elle avait conscience de ce qu'il adviendrait si elle le retrouvait.

Cette soirée-là avait été celle des premières fois : première invitation au théâtre et première nuit dans les bras de Knightly.

15

Mai 1870

Regina avait du mal à maîtriser son impatience tandis que sa femme de chambre la préparait pour la nuit. Même si elle avait toute confiance en Millie, elle ne pouvait lui avouer qu'elle se glisserait dehors une fois que le calme régnerait sur la maisonnée.

C'était un secret, et le fait que personne ne soit au courant le rendait encore plus délicieux.

Knightly la voulait, et elle le voulait aussi. Sans doute sa mère avait-elle ressenti la même chose pour le comte de Bremsford. Un comportement inapproprié ne pesait pas lourd dans la balance quand l'envie était si forte qu'elle devenait un besoin vital requérant une réponse immédiate.

Une fois dans son lit, elle souhaita une bonne nuit à Millie et se blottit sous les couvertures comme si elle s'apprêtait à dormir. Quand sa femme de chambre eut quitté la pièce, elle attendit. Silencieusement. Retenant son souffle. Parfaitement immobile. L'oreille aux aguets. Jusqu'à ce qu'elle ait la certitude de n'entendre aucun bruit.

Prudemment, de façon à ne pas faire craquer son lit, elle repoussa les couvertures et posa les pieds par terre. Puis elle attrapa sa robe de chambre, l'enfila et chaussa ses mules.

Sans rien prendre d'autre, elle se glissa hors de sa chambre et descendit l'escalier. La porte principale avait déjà été verrouillée pour la nuit, et elle tourna la clef.

Son cœur battait à tout rompre. À part embrasser Knightly, elle n'avait jamais rien fait d'aussi audacieux auparavant, rien qui puisse contrarier son père s'il l'apprenait. Elle avait toujours été une si bonne fille, obéissante, serviable, afin de mériter son amour.

Mais ce soir, elle allait faire quelque chose de répréhensible et elle se moquait totalement des conséquences, parce qu'elle était amoureuse. Follement, irrévocablement et résolument amoureuse.

Et elle était aimée en retour, inconditionnellement. Knightly ne se souciait pas de ses origines. À ses yeux, elle était parfaite.

Une fois dehors, elle courut à toutes jambes dans l'allée. Elle n'était toutefois pas très loin de la résidence quand Knightly la rejoignit, lui prenant la main et la forçant à ralentir.

— Quel besoin d'une telle précipitation, princesse ? demanda-t-il.

Elle se jeta à son cou.

— Aucun, maintenant que je suis avec vous.

Il rit, d'un rire qui résonna à ses oreilles comme une aubade.

— Je me disais que vous seriez impatient d'entamer le voyage qui nous attend, expliqua-t-elle.

— Je le suis.

Elle déposa un baiser dans son cou.

— Je veux tout de vous. Je le désire si ardemment que cela me fait peur.

— Pour être honnête, l'envie que j'ai de vous m'effraie un peu aussi.

Il prit son visage en coupe.

— Vous êtes tout pour moi, Regina.

Auréolé de la lumière argentée du clair de lune, il mit un genou à terre. Laissant échapper un petit cri, elle se couvrit la bouche d'une main, car il lui tenait l'autre.

— Êtes-vous en train de me faire votre demande ?

— Une demande préliminaire, qui sera suivie par une sollicitation beaucoup plus protocolaire. Parce que je veux que vous sachiez que j'ai l'intention de vous épouser, de faire de vous ma femme. Pas à cause de votre dot, car je n'en ai pas besoin. Je ne veux que vous, simplement vous. Vous me complétez et faites de moi une meilleure personne. Ce soir, je veux que vous vous donniez à moi librement, sans redouter que je ne cherche à profiter de la situation. Aussi, je vous pose la question maintenant, avec la lune et les étoiles pour témoins : me ferez-vous l'honneur de devenir ma femme ?

Le cœur de Regina se gonfla d'une joie sans limite, au point qu'elle crut qu'il allait exploser.

— Oui, je ne souhaite rien d'autre que cela. Je vous aime, Arthur.

Il bondit sur ses pieds si vite qu'elle fut surprise qu'il ne perde pas l'équilibre. Une main sur sa taille, il l'attira contre lui, et elle noua les bras autour de son cou tandis qu'il inclinait la tête pour capturer sa bouche, avec une passion qui affadissait en comparaison tous les baisers qu'il avait pu lui donner avant – alors qu'elle les avait pourtant trouvés enfiévrés.

C'était autre chose cette fois. Un vœu. Une promesse. Elle était sienne, et il était à elle. Pour toujours. Jusqu'à la fin des temps. C'était totalement bouleversant. Il communiquait à ce baiser tout l'amour qu'il éprouvait pour elle, et elle y répondait avec une égale ferveur.

Il cessa de l'embrasser, attrapa de nouveau son visage et soutint son regard.

— Ma calèche nous attend.

Il lui saisit la main et l'entraîna, mais le pied de Regina buta contre un caillou.

— Aïe.

Il s'arrêta et jeta un regard en arrière.

— Qu'y a-t-il ?

— Juste un petit caillou.

— Vous portez des mules ?

— Oui, j'étais trop pressée pour prendre le temps de lacer des souliers.

— Je ne veux pas que vous souffriez.

Il la souleva dans ses bras, et elle rit en se blottissant contre lui.

— Je suis sérieux, Reggie. Avec moi, vous ne connaîtrez plus jamais un moment de malheur.

— Je vous aime, Arthur.

Il la porta jusqu'à la calèche. Quand ils furent à l'intérieur, tandis qu'elle filait vers Londres, ils s'embrassèrent de nouveau, et le feu qui brûlait en elle l'incita à se demander si c'était là qu'elle allait perdre sa virginité. Elle avait envie d'arracher les vêtements de Knightly et les siens. Elle rêvait de corps étroitement enlacés.

Si les endroits les plus secrets de son intimité avaient été préservés, son esprit n'était pas totalement innocent. Sa mère lui avait expliqué ce qui se passait entre un homme et une femme, sans toutefois lui donner tous les détails. À son décès, Regina avait fait le tri dans ses effets personnels, et elle y avait déniché un livre avec des illustrations d'un couple nu dans diverses positions. Elle avait senti une étrange chaleur l'envahir tandis qu'elle tournait les pages et observait toutes les façons pour un couple d'exprimer sa passion physique. Aujourd'hui, elle ne craignait pas ce qui allait arriver. Sa mère lui avait dit qu'il n'y avait aucune raison d'avoir peur.

Elle avait hâte de découvrir le corps de Knightly et d'explorer sa propre sensualité.

Il dénoua le ruban qui retenait ses cheveux nattés et le glissa dans la poche de sa veste. Puis il défit ce que sa femme de chambre avait si diligemment travaillé à créer, passant les doigts dans ses cheveux à la manière d'un peigne.

— Je me demandais quelle longueur avaient vos cheveux. Ils doivent descendre en dessous de vos fesses.

Elle repoussa les boucles brunes rebelles qui tombaient constamment sur le front de Knightly.

— Je vous veux, murmura-t-elle. Comme je n'ai jamais voulu aucun homme.

Avec un grognement sourd, il écarta les pans de sa robe de chambre et l'encolure de sa chemise de nuit pour déposer un baiser à la jonction entre son cou et son épaule. Tandis qu'il suçotait sa peau, elle sentit un frisson la traverser qui se propagea jusqu'à ce point sensible entre ses cuisses, y faisant naître une pulsation brûlante et humide.

Elle gémit doucement.

— Je ne sais pas si je vais pouvoir attendre.

— Vous attendrez, et ça n'en sera que plus agréable.

— Avez-vous connu beaucoup de femmes ?

— Aucune comme vous. Aucune que j'aie désirée au point que j'aurais pu en mourir si je ne l'avais pas eue.

Il saisit son visage, le tourna vers lui et soutint son regard.

— Je brûle pour vous.

C'était une description parfaite de ce qu'elle-même éprouvait.

— Je sais que je devrais être effrayée, mais je ne le suis pas, parce que c'est vous.

Il lui sourit.

— Je ferai en sorte que ce soit bon pour vous.
Il la redressa contre lui.
— Nous y serons bientôt. Pour le moment, nous allons attendre, parce que je veux que votre initiation à l'amour physique se fasse correctement.
— Comment était votre première fois ?
Il rit doucement.
— Incroyablement rapide.
— La mienne le sera-t-elle aussi ?
— Non. Nous ferons ce voyage sans nous presser, afin que vous soyez prête pour m'accueillir.
Il la prit sur ses genoux et butina son cou.
— Je vais embrasser vos seins, les sucer et les lécher.
Elle gémit tandis que la chaleur envahissait son ventre.
— Je vais parcourir votre corps de baisers, jusqu'à cette douce vallée entre vos cuisses, et laisser ma bouche et ma langue savourer ce festin.
— Oh, bonté divine.
Elle rejeta la tête en arrière, troublée par les images que les mots de Knightly avaient fait naître en elle.
— Faites-le maintenant.
— Non. Je veux que vous soyez complètement nue, les jambes ouvertes pour moi, afin que je puisse vous admirer et vous vénérer comme vous le méritez.
— Vous serez nu aussi.
— Absolument.
Il fit descendre sa main et l'enroula autour de son mollet.
— Partout. Peau contre peau. Feu contre feu. Les flammes nous consumeront. Et juste au moment où vous croirez mourir, vous vous élèverez vers des sensations jamais éprouvées.
Elle défit deux boutons de sa chemise de nuit.
— J'ai terriblement chaud.

Il déposa un baiser sur le petit V de peau qu'elle avait révélé.

— Ce que vous ressentez maintenant n'est qu'une étincelle. J'ai l'intention de faire naître un incendie en vous.

Comme si l'étincelle l'avait frappé aussi, il se mit à l'embrasser fiévreusement. Elle s'agrippa à ses cheveux, s'assurant qu'il ne pouvait pas s'écarter, que sa bouche resterait sur la sienne. C'était différent cette fois, sauvage et sans retenue. C'était un prélude à cette exaltation des corps qu'elle ne pouvait qu'imaginer. La main de Knightly serrait fermement son genou, et elle comprit qu'il s'interdisait d'explorer plus loin sa jambe, car alors il ne serait peut-être pas capable de s'arrêter. Elle percevait sa tension, la rigidité de ses muscles, et contre sa hanche pressait la croissante évidence de son désir. Elle en éprouvait de la fierté et une forme de pouvoir.

— Je vais sucer votre mamelon et embrasser votre torse jusqu'à votre sexe, osa-t-elle murmurer.

Au niveau de son genou, l'une des mains de Knightly se contracta. Son autre main s'enroula dans ses cheveux, et il tira sa tête en arrière de façon à effleurer sa gorge de ses lèvres.

— Bon sang, Reggie, vous allez me faire répandre ma semence avant notre arrivée chez moi.

Elle rit doucement.

— Je ne pense pas avoir jamais été désirée de cette façon.

— Je vous désire ainsi depuis le moment où j'ai posé les yeux sur vous.

Malgré le feu qui les consumait, ils parvinrent à se limiter à s'embrasser. Passionnément, voracement, insatiablement.

— J'ai l'impression que vous êtes en train de me dévorer, dit-elle.

— Bientôt, mon amour, bientôt.

Elle ne pouvait s'empêcher de le toucher – ses épaules, ses bras, son torse. Elle voulait tout de lui. Elle n'avait jamais expérimenté une telle ardeur.

À ce moment-là, elle sut qu'elle ferait n'importe quoi pour l'avoir.

Lorsque la calèche s'arrêta, ils sursautèrent. Ils étaient tellement emportés dans un autre monde qu'ils ne s'étaient pas rendu compte que leur véhicule ralentissait. La portière s'ouvrit. Knightly bondit dehors, dans la pâle lumière dispensée par les lampes à gaz qui encadraient l'allée. Il ne ressemblait plus à rien. Sa cravate était desserrée, sa chemise à demi sortie de son pantalon, ses cheveux en bataille. Et c'était elle qui l'avait mis dans cet état.

Il lui tendit la main et l'aida à descendre. Mais ses pieds avaient à peine touché le sol qu'il la souleva dans ses bras et la porta pour gravir le perron. La porte s'ouvrit. Il salua rapidement son majordome avant de se diriger vers l'escalier.

Regina enfouit son visage dans la chemise de Knightly, ne voulant pas que le domestique la reconnaisse – car il n'existait qu'une seule raison à sa présence ici en pleine nuit, bien que ce soit sans doute un peu tard pour se soucier de sa réputation. Le cocher et le valet savaient déjà qui elle était.

De toute façon, quelle importance cela avait-il, puisqu'elle allait épouser cet homme ?

Elle avait été élevée par une femme qui ne croyait pas nécessaire d'être mariée pour connaître le plaisir. Elle avait encore ses paroles en tête : « Quand tu aimes quelqu'un, Regina, il est normal de désirer l'union de vos corps. Ne sois jamais honteuse de ce que ton corps ressent. C'est un cadeau, vraiment. Profites-en. »

Avec lui, c'était ce qu'elle ferait.

Il entra dans sa chambre et referma la porte derrière lui d'un coup de pied.

Lorsqu'il arriva près du lit, il la déposa sur le matelas avec une infinie délicatesse, comme s'il redoutait de lui faire mal ou de l'effrayer.

Mais rien de ce qu'il pourrait faire ne lui faisait peur.

S'agenouillant, il lui retira ses mules. Puis il la releva, lui ôta sa robe de chambre et entreprit de défaire un à un les boutons de sa chemise de nuit. Elle perçut ses yeux bleus s'assombrir à mesure que sa peau se révélait. Lorsque le dernier bouton fut libéré, son souffle s'altéra tandis qu'il posait les mains sur ses épaules. Elle avait l'impression d'être en feu.

Il leva le regard, et l'intensité brutale de celui-ci la déconcerta. Jamais elle n'y avait vu une telle faim, comme si elle était nécessaire à sa survie. Découvrir qu'elle était aussi importante pour lui la flattait tout autant que cela la terrifiait.

Il ne bougeait pas, et elle se rendit soudain compte qu'il attendait sa permission, comme si elle ne lui avait pas fait comprendre dans la calèche qu'il pouvait tout prendre d'elle.

— Oui, dit-elle.

Sa voix était très enrouée, comme si le feu qui brûlait entre eux avait parcheminé sa gorge.

Le regard de Knightly s'assombrit encore lorsqu'il fit glisser sa chemise de nuit le long de ses épaules et de ses bras, dénudant ses seins, avant que le vêtement tombe souplement à ses pieds dans un bruissement d'étoffe.

— Tu es tellement belle, murmura-t-il, le souffle court.

— C'est la façon dont tu me contemples qui me fait me sentir belle.

— Allonge-toi. Ouvre grand les bras et les jambes pour moi.

Elle prit place sur le lit, observant les tentures de velours pourpre du baldaquin. Lorsqu'elle tourna la tête vers Knightly, ses vêtements, à l'exception de son pantalon, gisaient en tas sur le sol. Assis dans un fauteuil, il ôtait ses bottes. Il était absolument splendide avec son torse sculpté. À cette vue, Regina sentit sa bouche s'assécher.

Lorsqu'il fut déchaussé, il se leva et commença à déboutonner son pantalon. Il la contempla et ses mains s'immobilisèrent, masquant ce qui se trouvait sous l'étoffe.

— Oui, dit-elle sans marquer la moindre hésitation.

Son pantalon tomba, et elle roula sur le côté pour l'admirer. Les illustrations du livre de sa mère ne pouvaient soutenir la comparaison avec sa magnificence.

Elle sourit.

— Tu es beau.

Cela le fit rire.

— C'est ta façon de me regarder qui me fait me sentir beau.

Puis il s'avança sur le lit, y prit place et l'attira dans ses bras, enroulant son corps autour du sien tandis que sa bouche possédait la sienne. Il avait raison. Il y avait quelque chose de magique dans le contact de leurs peaux frottant et glissant l'une contre l'autre. C'était comme une fusion. Ils échangeaient un peu de chacun d'eux. Et elle savait qu'elle ne serait plus jamais la même après.

Soudain, les paumes tièdes et enveloppantes de Knightly furent sur ses seins, les pressant avec délicatesse, effleurant leur pointe dressée comme un bourgeon prêt à éclore. Puis il se pencha, et ses lèvres chaudes et insistantes prirent le relais de ses doigts. Il taquina du bout de la langue ses mamelons dressés, les mordilla doucement, les suça et les aspira.

Frémissant sous ses caresses, elle repoussa la mèche qui lui tombait sur le front et enfonça les mains dans ses cheveux. Comme il l'avait promis dans la calèche, il traça un chemin humide et tiède jusqu'à son ventre, et l'embrasa par d'audacieuses caresses dans les régions les plus secrètes de sa féminité. Les frôlements habiles de sa langue sur une zone qu'elle découvrait être la plus sensible de son corps lui arrachèrent des gémissements, des murmures fiévreux, tandis que ses hanches se soulevaient et que son dos se cambrait.

Il rit.

— Tu aimes ça, princesse ?

— Oui, oui, oui.

— Et ça ne fait que commencer.

Avec une lenteur qui confinait à de la torture, il exacerba son désir jusqu'à la limite du supportable. Son ventre n'était plus que fournaise, volcan embrasé, il se contractait dans l'attente de quelque chose qu'elle ignorait. Tout ce qu'elle savait était qu'elle n'avait aucune envie que cela s'arrête. Elle aurait pu rester éternellement ainsi, les jambes scandaleusement ouvertes, soumise au bon vouloir de Knightly.

Les doigts de celui-ci se mirent soudain à œuvrer en tandem avec sa bouche, intensifiant le plaisir qu'elle ressentait. Un gémissement de surprise lui échappa quand ils se frayèrent un chemin au cœur de sa chair palpitante, puis elle se détendit pour mieux en accueillir les mouvements voluptueux.

Succombant tout à coup à la vague impérieuse d'un plaisir bien plus fort encore, dont elle ignorait jusqu'alors l'existence, elle eut la conviction qu'elle allait en mourir, mais ce serait une jolie façon de quitter ce monde.

Bouleversée, elle hurla son nom, le suppliant d'arrêter, le pressant de continuer tandis qu'elle avait l'impression d'être emportée au sommet de l'extase.

Il remonta jusqu'à sa bouche, en prit possession, étouffant ses derniers cris, tenant fermement son corps agité de soubresauts. Elle pouvait sentir son propre goût et sa propre odeur sur lui, s'extasiant devant tout ce qu'il lui avait fait, tout ce qu'il lui avait donné.

Il posa les lèvres contre son oreille.

— Je veux être en toi maintenant.

Sa voix était tendue, aussi crispée que ses muscles qu'elle percevait sous ses doigts.

— Oui.

Il se redressa.

— Arrête-moi si je te fais mal.

Regina savait que ce ne serait pas le cas. Un vide douloureux creusait son ventre, et elle ne pouvait plus attendre. Elle avait besoin de le sentir profondément niché en elle. Elle avait envie de connaître cette union charnelle dont sa mère lui avait parlé, le lien qu'elle permettait de former, l'affinité qu'elle créait.

Elle voulait Knightly. Elle avait besoin de lui, de lui tout entier. Pour être sienne, complètement sienne.

Il pénétra lentement dans sa moiteur. Contre toute attente, elle n'éprouva qu'un léger inconfort qu'elle oublia aussitôt, s'émerveillant de la capacité de son corps à s'ouvrir pour l'accueillir, frémissant de joie à l'idée de cette union spirituelle encore bien plus que physique.

C'était l'homme avec qui elle allait passer le reste de sa vie, et tant d'autres nuits comme celle-ci les attendaient.

Elle percevait la chair de Knightly palpiter en elle. Ses doigts suivirent les contours de ses muscles, saisirent ses fesses, elle le pressa de continuer ses mouvements profonds et vigoureux.

Les yeux rivés aux siens, il l'entraîna dans une danse sauvage, et elle s'adapta au rythme qu'il lui imposait. Bientôt, elle sentit le plaisir dérouler ses ondulations à travers elle.

Au terme de ce voyage dans des contrées inconnues, un incoercible sursaut de volupté les fit exploser ensemble. Elle scanda son nom tandis qu'une larme de bonheur coulait sur sa joue et entendit le cri rauque de Knightly.

Le souffle court, il s'effondra sur elle. Refermant les bras et les jambes autour de lui, elle le berça contre elle, avec l'envie de ne jamais le laisser partir.

Elle pensait ne pas pouvoir l'aimer davantage qu'elle ne l'aimait déjà, mais elle venait de se rendre compte qu'elle s'était trompée.

Elle l'aimait plus que tout, cet homme merveilleux qui tenait ses promesses et qui exauçait tous les vœux qu'elle avait pu formuler.

16

« Je veux embrasser chaque parcelle de toi. » Sa voix vibrait d'une urgence désespérée, exprimant un besoin que je comprenais d'autant mieux que, s'il m'en avait été donné l'occasion, j'aurais moi aussi embrassé chaque parcelle de son corps.

Anonyme, *Mes désirs secrets, une autobiographie*

*

22 juin 1875

Lorsque la pièce s'acheva, Regina était si bouleversée qu'elle peinait à réfléchir. Qu'elle ait pu tenir bon et ne pas quitter le théâtre en courant témoignait de sa force de caractère. Knightly n'avait nullement besoin d'un autre cheval. Et il était tellement doué aux cartes que les chances de le battre étaient quasiment inexistantes. Il avait offert cette loge à Chidding pour une seule raison : la tourmenter.

Chaque fois que Chidding l'emmènerait au théâtre, elle se rappellerait ses soirées avec Knightly. Les caresses secrètes, les sourires, les chuchotements. Et la première fois où il lui avait fait l'amour. Elle se remémora que ce n'était qu'une fois rentrée chez elle qu'elle s'était rendu compte que Knightly avait gardé le ruban de velours vert de sa natte, pour se rappeler ce moment.

Si Chidding avait eu l'intention de frôler subrepticement son bras du bout des doigts ou de lui prendre la main, elle ne lui en avait pas laissé l'opportunité, car elle s'était tenue éloignée le plus possible de lui, les bras plaqués contre son corps et les mains nouées, dans un effort pour contenir ses souvenirs. Évidemment, cela avait été sans effet. Les images avaient assailli son esprit. Toutes ces choses que Knightly avait faites avec elle, lui avait faites. Et le plaisir. Bonté divine, ce plaisir, même quand ils n'étaient pas dans un lit. Comment oublier la visite de sa maison ? Cette splendide bibliothèque, avec tous ces livres. Et ce moment où il l'avait soulevée sur le bureau et l'avait prise là, debout entre ses jambes écartées, tandis que l'odeur des ouvrages anciens reliés de cuir emplissait ses narines.

Sur scène, on avait tiré le rideau. Imitant les autres spectateurs, elle se leva, applaudit et cria « bravo » sans savoir si les acteurs méritaient ces félicitations.

— Y allons-nous ?

Chidding avait posé la question poliment, tout en l'observant d'un air perplexe, et elle se demanda ce que révélait exactement son visage. En tout cas, elle était contente de porter des gants, de sorte qu'il ne pouvait pas se rendre compte qu'elle avait les mains moites. Elle espérait aussi qu'il ne percevrait pas le léger tremblement de ses doigts sur son avant-bras.

Lorsqu'ils furent dans la calèche, qui se frayait lentement un chemin à travers la rue bondée, il remarqua :

— Je suppose que vous saviez qu'il s'agissait de la loge de Knightly parce que vous y avez assisté à des représentations avec lui.

Une lanterne éclairait l'intérieur du véhicule, et la comtesse de Finsbury s'était installée de façon à profiter de la lumière pour reprendre la lecture de son livre. Regina était partagée entre la joie qu'elle soit aussi passionnée par l'histoire et l'inquiétude pour sa vue qu'elle risquait d'abîmer.

— En effet, je suis allée au théâtre avec lui, répondit-elle.

— Je n'avais pas considéré que ça pourrait être difficile pour vous de... retourner sur les lieux du crime, si l'on peut dire.

Oh, il était malin. Timide, mais malin. Et doté d'un solide sens de l'humour, puisqu'il en profitait pour faire référence à ses lectures de prédilection.

— C'était inattendu, voilà tout.

— Vous maniez admirablement l'inattendu.

— J'ai bien trop d'expérience en ce domaine.

Elle savait qu'elle bénéficiait de l'admiration de Chidding, mais cette soirée lui avait rappelé la magie qu'il y avait à être aimée – même si elle ne l'avait pas été, elle devait bien garder cela en tête. Knightly ne l'aurait pas abandonnée s'il l'avait aimée.

Lorsqu'ils arrivèrent à sa résidence, toutes ces émotions n'en formaient plus qu'une, sous forme d'un nœud douloureux au creux de son estomac : de la colère. Ou plutôt de la rage, en fait.

Cependant, comme sa mère, elle joua un rôle. Elle afficha un sourire quand Chidding lui saisit la main pour l'aider à descendre de la calèche. Il l'escorta jusqu'à sa porte. Et elle lâcha un soupir d'aise lorsqu'il inclina la tête pour effleurer ses lèvres d'un baiser.

— Bonne nuit, mademoiselle Leyland, dit-il.

— Merci pour cette charmante soirée, lord Chidding, répondit-elle gracieusement.

Son sourire disparut à peine eut-elle franchi la porte de sa maison, et sa rage se libéra.

— Faites préparer ma calèche, ordonna-t-elle au majordome.

Ce dernier, qui attendait patiemment qu'elle lui tende sa cape de soirée, recula d'un pas, comme si elle crachait des flammes.

Elle ignorait à quoi jouait Knightly, mais elle était déterminée à le découvrir.

Lorsqu'elle arriva chez lui, l'heure était tellement avancée que les honnêtes gens étaient déjà couchés depuis longtemps. Sa résidence était plongée dans l'obscurité, à l'exception d'une pâle lumière filtrant par une fenêtre du premier étage – la fenêtre de sa chambre. S'avisant qu'il était peut-être en compagnie d'une femme, elle ressentit une curieuse douleur dans l'estomac, probablement semblable à celle d'un coup de poing.

Se tenant à l'endroit exact où le valet l'avait fait descendre, elle se demanda si elle ne ferait pas mieux de partir.

Mais sa colère à l'encontre de Knightly avait besoin de s'exprimer avant de disparaître, afin qu'il comprenne qu'on ne pouvait plus jouer avec elle.

Après avoir inspiré profondément, elle s'avança vers le perron, évitant de penser au nombre de fois où elle avait gravi ces marches, impatiente de retrouver Knightly.

Devant la porte, elle saisit le heurtoir et l'actionna, tout en tambourinant du poing sur le battant avec assez de force et de détermination pour réveiller les morts. Ou à défaut, ses domestiques et ses voisins.

Elle commençait à avoir mal à la main quand la porte s'ouvrit. Il était là, magnifiquement échevelé, vêtu de son seul pantalon et d'une chemise non boutonnée, les pieds nus.

Le front plissé, les sourcils froncés, il lui saisit le bras, l'attira à l'intérieur et ferma la porte.

— Que diable fichez-vous ici ? Il y a un problème ? C'est votre fille ?

Sa référence à Arianna et l'inquiétude sincère qui vibrait dans sa voix la prirent de court pendant une seconde ou deux, avant qu'elle soit capable de recouvrer la véhémence que cet entretien requérait.

— Espèce de vaurien ! Vous avez donné votre loge à Chidding, m'obligeant à y retourner, et à subir une avalanche de souvenirs...

Une poignante lamentation la fit soudain sursauter, et elle leva les yeux vers l'étage, d'où le bruit semblait provenir.

— Sacrebleu ! s'exclama Knightly. Attendez ici.

Puis il se rua dans l'escalier pendant que sa maîtresse, sans aucun doute, continuait à crier comme si les chiens de l'enfer l'attaquaient.

Regina n'avait aucunement l'intention de patienter. Elle allait l'affronter, ainsi que cette femme, et ferait comprendre à son amante combien il pouvait être mesquin et cruel.

Tandis que les longues jambes de Knightly avalaient les marches deux à deux, ses propres foulées étaient peut-être plus courtes, mais elle avait passé suffisamment de temps à pourchasser une enfant indocile pour se montrer incroyablement rapide.

Elle atteignit le palier peu après lui et le vit passer devant sa chambre et se diriger précipitamment vers le bout du couloir.

Pourquoi sa maîtresse était-elle aussi éloignée de sa chambre ? Résidait-elle ici ? S'était-il marié en secret pendant qu'elle était en Europe ? Était-il déjà marié quand il la courtisait ?

Lorsqu'elle entra dans la pièce, il était agenouillé près d'une femme âgée aux cheveux blancs, qui était recroquevillée dans un coin et s'accrochait à sa chemise.

— Je les ai entendus frapper. Ils sont venus me chercher. Ils viennent toujours en pleine nuit. Je t'en supplie, ne les laisse pas m'emmener. Je ne veux pas y retourner. J'en mourrai.

— Tout va bien, Mère. Personne ne va venir vous chercher. Je ne les laisserai pas faire. Je vous le promets. Vous êtes en sécurité ici.

— Mais je les ai entendus tambouriner à la porte. Ils veulent entrer.

Il avait dû percevoir la respiration haletante de Regina, ou bien quelque chose d'autre l'avait averti de sa présence, car il tourna soudain la tête vers elle.

— Non, regardez, dit-il. Ce n'est qu'une demoiselle qui me rend visite.

Son intonation était calme, rassurante et affectueuse. Se penchant un peu plus, il ajouta, sur le ton de la confidence, et non sans un certain humour :

— Je crois qu'elle m'en veut beaucoup et que je vais passer un sale quart d'heure.

La femme posa ses grands yeux bruns apeurés sur Regina et cilla à plusieurs reprises, essayant sans doute de déterminer si elle était bien réelle ou s'il s'agissait d'un fantôme.

— La courtises-tu ?

— Non.

Il jeta un regard à Regina par-dessus son épaule.

— Pourriez-vous lui servir un brandy ?

Le long d'un mur se trouvait une petite desserte avec une unique carafe surmontée d'un verre. Cherchant à comprendre de quoi elle était témoin, Regina obtempéra, sa main tremblant légèrement. Elle avait toujours cru que la mère de Knightly était morte. Il ne lui en avait jamais parlé, sauf une fois. Que lui avait-il dit, exactement ? Elle ne parvenait pas à se le rappeler.

Transportant le verre avec précaution, elle s'accroupit, conservant son équilibre grâce à toutes les fois où elle l'avait fait avec Arianna. Knightly lui prit le verre et le plaça contre les lèvres de sa mère.

— Tenez, Mère, buvez une gorgée. Cela apaisera vos nerfs et vous permettra de dormir.

Pendant quelques instants, la femme garda les yeux sur Regina, avec une expression de défiance. Puis elle se décida à boire, avant d'expirer longuement, comme si elle se libérait de ses peurs.

— Vas-tu nous présenter ?

— Bien sûr. Où sont passées mes bonnes manières ? déclara-t-il comme s'ils étaient dans une salle de bal plutôt que dans le coin d'une chambre, où il venait de calmer une femme terrifiée. Laissez-moi vous présenter Mlle Regina Leyland, la fille du comte de Bremsford. Ma mère, Elizabeth Pennington, duchesse de Wyndstone.

Ne pouvant exécuter une révérence, Regina hocha la tête en souriant avec douceur.

— Je suis honorée, Votre Grâce.

— Mademoiselle ? Pourquoi est-elle une demoiselle si elle est la fille d'un comte ?

— Sa mère était une actrice, la maîtresse de Bremsford.

— Ah, oui, je crois en avoir entendu parler... avant... tu sais... Elle est très jolie.

Elle pressa ses doigts sur sa bouche.

— Pardonnez-moi, mademoiselle Leyland, je parle de vous comme si vous n'étiez pas présente et ne pouviez entendre ce que je dis. Vous êtes très jolie.

— Merci, Votre Grâce.

La duchesse s'adressa à son fils.

— Je suis extrêmement lasse.

— Venez, je vais vous aider à vous recoucher. Vous devriez dormir à présent.

Regina regarda Knightly poser le verre sur la table de chevet, puis soulever sa mère – avec une telle tendresse qu'elle en eut les larmes aux yeux –, la guider jusqu'au lit, rabattre les couvertures sur elle et déposer un baiser sur son front.

— Vous êtes en sécurité, Mère. Ici, il ne pourra jamais rien vous arriver. Dormez bien.

Il se tourna et offrit sa main à Regina pour l'aider à se relever. Dès qu'elle fut debout à côté de lui, il la lâcha et lui indiqua la porte.

— Je vous en prie.

— Bonne nuit, Votre Grâce, dit-elle.

— Bonne nuit, mademoiselle Leyland. J'espère que vous ne resterez pas fâchée longtemps avec mon fils. C'est un si bon garçon.

Regina sortit la première de la chambre, et Knightly ferma la porte derrière eux. Elle continua à avancer dans le couloir et se dirigea vers sa chambre à lui.

— Le petit salon ne serait-il pas un meilleur lieu pour que vous laissiez libre cours à votre colère ? demanda-t-il.

Avec toutes les émotions qui l'assaillaient, elle ne savait pas s'il existait un endroit au monde où elle pourrait trouver la paix qu'elle cherchait.

— Je pensais que vous voudriez être à proximité au cas où votre mère appellerait de nouveau.

Il soupira.

— C'est aimable à vous, mais elle devrait dormir maintenant que ses peurs ont été écartées. Mais revenons-en à ce qui vous amène. Vous vous êtes donc offusquée que j'aie perdu ma loge aux cartes.

— Vous ne perdez jamais aux cartes.

— J'ai perdu face à vous, il y a deux semaines de cela.

À dire vrai, elle ne se souciait plus de cette fichue loge. Elle avait maintenant d'autres préoccupations.

— Vous m'avez confié que votre mère était morte.

— J'ai admis ne pas savoir si elle était en vie.

— Quand avez-vous appris qu'elle l'était ?

Sous le regard qu'il posa sur elle, avec une intensité presque insoutenable, Regina se sentit soudain mise à nu, percée jusqu'au plus profond de l'âme. De toute évidence, il tentait de déterminer s'il pouvait lui faire confiance et lui révéler la vérité.

Elle se demanda s'il avait l'impression de se trouver au bord d'un précipice, redoutant d'y tomber s'il parlait, et n'étant pas certain qu'elle le rattraperait.

Je vous rattraperai.

Elle ignorait ce qui avait fait naître ce vœu silencieux, mais avait conscience de sa véracité. Pour une raison encore indéterminée, ce dont elle avait été témoin ce soir semblait incroyablement important, de nature à bouleverser profondément l'existence de Knightly. Cela expliquerait d'ailleurs pourquoi il avait tellement changé. Elle n'avait pas entendu de rumeurs disant qu'il courtiserait une femme en particulier. Il allait peu au bal et n'y dansait pas. Elle ne l'avait vu converser qu'avec des hommes. Lui qui autrefois contait fleurette à tout ce qui portait jupons était devenu une énigme. Pourquoi ?

Finalement, il ferma la porte de sa chambre et se dirigea vers une console accueillant beaucoup plus de carafes que celle de la chambre de sa mère.

— Brandy ?

— Non, merci. Tout ce que je veux, c'est une réponse à ma question.

Il emplit un verre d'une copieuse rasade de scotch et la but d'un trait. Puis il se tint là, immobile et silencieux, observant les motifs du papier peint.

Après un long soupir, il se tourna et captura son regard.

— Le matin où nous devions nous marier.

17

Juin 1870

— Je dois dire, milord, que vous êtes très élégant.

Observant son reflet dans le miroir en pied, le Cavalier ne put qu'être d'accord avec la remarque de son valet. Son pantalon gris anthracite et sa cravate gris clair formaient un bel ensemble avec son gilet et sa veste du même bleu. Ses cheveux, pour une fois, restaient en place, au lieu de retomber sur son front. Naturellement, ils seraient ébouriffés plus tard, quand il conduirait sa femme au lit. Après leur étreinte, elle le recoifferait à l'aide de ses doigts et lui adresserait un sourire empli d'un tel amour qu'il le laisserait sans voix, n'osant croire à sa chance d'être l'objet d'une telle dévotion. Après ce jour, elle serait sienne pour l'éternité, car même la mort n'éteindrait pas son adoration pour Regina.

On frappa à la porte.

— Entrez.

Son majordome s'avança dans la pièce.

— Sa Grâce demande audience dans la bibliothèque, Milord.

Son père, le duc de Wyndstone, était opposé à son mariage et lui avait interdit d'épouser cette « catin ». Son géniteur avait-il changé d'avis et se présentait-il pour l'accompagner à l'église, après avoir clamé qu'il n'irait pas parce que la cérémonie n'aurait pas lieu ?

— Comme vous le savez, Carter, le repas de mariage se tiendra chez ma femme. J'ignore quand nous reviendrons ici exactement, mais faites en sorte qu'un valet guette notre arrivée, car que je veux que tous les domestiques soient alignés pour accueillir ma comtesse, leur maîtresse.

— Bien, Milord. Dois-je informer Sa Grâce que vous allez le rejoindre prochainement ?

Le Cavalier avança vers un petit bureau, souleva un écrin en cuir et l'ouvrit. À l'intérieur se trouvait l'anneau serti de diamants qu'il placerait à l'annulaire de son épouse.

— Il peut attendre un moment. Je ne suis pas tout à fait prêt.

— Il ne semble guère d'humeur accommodante, Milord.

— L'est-il jamais ?

Le Cavalier coula un regard vers son domestique, qui paraissait s'efforcer de trouver une réponse diplomatique.

— Vous n'avez pas à répondre à cela, dit-il, prenant pitié de Carter. C'était rhétorique.

Il glissa l'écrin dans sa poche pour le donner au Roi, qui serait son témoin. Le Fou et la Tour rempliraient quant à eux le rôle de garçons d'honneur. Il n'avait jamais imaginé être le premier du groupe à se marier, mais il est vrai qu'il était loin de s'attendre à rencontrer une personne telle que Regina Leyland, qui faisait résonner quelque chose au plus profond de son âme, et lui donnait envie de partager le reste de sa vie avec elle.

Il s'engagea dans l'escalier, son chapeau gris à la main, et songea combien Regina était fière d'être vue à son bras. Son petit mouvement de menton, la fermeté de sa main glissée dans le creux de son coude, la lueur possessive dans son regard – cette lueur signifiant « Oui, il est à moi ». Et c'était bien normal, car il voulait lui aussi montrer au monde la femme qu'il aimait sans restriction, celle qui le complétait, alors qu'il ne s'était jamais précisément rendu compte à quel point il lui manquait quelque chose et pour quelle raison. Il avait passé des années à chercher à se sentir entier, pensant y parvenir en satisfaisant son père. Ses finances étaient à présent supérieures à celles du duc, et il n'avait aucun scrupule à faire étalage de sa richesse, s'assurant que tous les aspects de sa vie soient plus fastueux que ceux de son géniteur. Ses vêtements. Sa résidence. Son navire. Ses voitures hippomobiles. Ses chevaux. Il ne dépendait plus en aucune manière du duc. Pourtant, rien de tout cela ne semblait éveiller chez son père ne serait-ce qu'une once de fierté.

Lorsqu'il entra dans la bibliothèque, l'estomac du Cavalier se noua quand il aperçut son père posté devant la fenêtre, contemplant ce qui avait été distingué par plusieurs sociétés d'horticulture comme étant l'un des plus beaux jardins d'Angleterre.

Il inspira profondément et se prépara à ne pas laisser cet homme gâcher sa bonne humeur. Bientôt, il serait avec Regina et plus rien ne les séparerait.

— Bonjour, Père.

Le duc se retourna, les mâchoires tellement serrées que ce fut un miracle si les mots parvinrent à franchir ses lèvres.

— Je t'ai interdit de te marier.

Quelque chose de menaçant filtrait dans son intonation. Le Cavalier sentit la chair de poule le parcourir, tandis qu'un étrange silence s'abattait sur la pièce, comme le calme régnant sur la nature juste avant la tempête.

La plupart des lords étaient soulagés quand leurs fils se mariaient enfin, sachant qu'un héritier serait bientôt en route et que leur succession serait assurée.

— J'ai vingt-sept ans, et j'ai passé l'âge que vous m'envoyiez au lit sans dîner. Je fais ce qui me plaît, et il me plaît de prendre Regina pour femme. En outre, je pensais que vous seriez satisfait à l'idée d'accueillir un futur héritier.

— Pas venant de toi.

Ce n'était pas la première fois que son père lui faisait comprendre qu'il n'était pas à la hauteur de ses espérances.

— Si ce n'est moi, qui alors assurera la perpétuation de votre lignée ?

— Mon jeune frère.

— Oncle Walter ?

C'était le genre de gentleman qui évitait tout ce qui pouvait être plus fatigant que de soulever un verre de scotch. Toute son existence il avait touché une pension, et ne percevait son propre argent que lorsqu'il gagnait occasionnellement aux courses de chevaux.

— Et son fils après lui.

Un fils qui suivait le même chemin que son père, sans imagination, sans but ni ambition.

Le Cavalier secoua la tête.

— Je ne vois pas pour quelle raison vous les préférez à moi.

— Parce qu'ils portent le sang de mes ancêtres.

Son père ne commençait-il pas à perdre un peu l'esprit avec l'âge ?

— Moi aussi.

Le duc s'avança vers la console supportant les carafes d'alcool, versa deux doigts de scotch dans un verre et vida celui-ci d'un trait, avant de se retourner, le visage implacable.

— Tous les Pennington ont les cheveux clairs et les yeux bruns.

Le Cavalier envisagea de se servir un verre également, mais il ne voulait pas que Regina sente l'alcool dans son haleine et pense qu'il avait eu besoin de se donner du courage avant de l'épouser.

Ce qu'il lui fallait, c'était comprendre le galimatias que proférait son père.

— Alors, je suis une exception.

— Parce que tu n'es pas de mon sang.

Le Cavalier prit sur lui pour ne pas éclater de rire et quitter la pièce. Mais, sacrebleu, son père semblait fichtrement sérieux.

— Expliquez-vous, demanda-t-il.

— Quand tu es né, avec tes cheveux sombres et tes yeux bleus, ta mère m'a dit qu'il y avait des cheveux sombres dans sa famille. Mais je n'ai jamais rencontré aucun de ses proches qui ne soit pas blond. Et tes yeux, je pensais qu'ils deviendraient marron, comme ceux de Francis, mais ils sont restés bleus. J'ai finalement eu une confrontation avec ta mère, et elle a reconnu avoir eu un amant. Tu es le résultat de cette liaison.

— Vous faites erreur, j'en suis sûr.

— Je sais ce que je dis. Tu ne me ressembles pas.

C'était tout à fait exact, et le Cavalier en avait souvent éprouvé du soulagement. Mais à cet instant, son monde vacillait et lui échappait totalement.

Le duc continua, d'une voix froidement dédaigneuse :

— À l'époque, un divorce exigeait un décret du Parlement, et j'avais trop de fierté pour révéler que j'étais cocu. J'étais inscrit sur ton acte de naissance comme étant ton père. Mais j'avais mon héritier, Francis. Quel besoin avais-je de toi ? Je pouvais bien te tolérer, mais pas elle.

Il se servit un nouveau verre de scotch et, une fois encore, le but d'un trait.

Le Cavalier décida que le jour de son mariage n'était pas le mieux choisi pour commettre un meurtre, mais à cet instant il éprouvait une haine féroce à l'égard de cet homme, qu'il s'était jusqu'à présent contenté de ne pas apprécier.

— Avez-vous tué ma mère ?

Le duc eut un rictus moqueur.

— Cela aurait été trop doux. Je voulais qu'elle souffre. Aussi, je l'ai fait interner dans un asile d'aliénés.

Les poings serrés, le Cavalier s'avança vers le duc.

— Espèce de bâtard !

— C'est toi le bâtard, dans les faits, si ce n'est légalement.

Ces révélations expliquaient pourquoi son père prenait un malin plaisir à le battre quand il était petit et à ne lui témoigner sinon qu'indifférence.

— Mais c'est l'aspect légal qui compte, rétorqua-t-il, non sans une certaine insolence. Je suis votre héritier aux yeux de tous, et vous ne pourrez rien faire pour empêcher que j'hérite vos titres et vos biens.

La primogéniture protégeait l'aîné de la famille – ou son suppléant en cas de décès – des indélicatesses d'un père.

— Je pourrais te tuer, mais j'ai décidé de te proposer un marché à la place.

Le Cavalier n'aimait pas le froid calcul qui se reflétait dans les yeux bruns du duc.

— Vous n'avez rien à mettre dans la balance.

— Pas même la liberté de ta mère ?

— Je la trouverai et la ferai sortir de cet asile.

Bien qu'il ait de longue date engagé plusieurs détectives privés pour découvrir ce qui était arrivé à sa mère, pas un n'avait réussi à lui fournir d'informations. Mais à présent, ils pourraient concentrer leurs recherches sur les asiles d'aliénés.

— Tu ne sauras jamais où je l'ai secrètement exilée. Et quand bien même tu y parviendrais, elle est ma femme, et la loi me permet de décider de son sort. À moins que je n'affirme le contraire, elle est folle et doit rester internée.

Le Cavalier ignorait combien de temps encore il pourrait se retenir de rosser cette infâme créature.

— Vous avez parlé d'un marché.

— Jure sur la vie de ta mère que tu ne te marieras jamais et que tu n'auras donc jamais de fils légitime. Ainsi, quand tu mourras, c'est un vrai Pennington qui héritera de mes titres et de mes biens. Fais cela, et je placerai ma femme adultère sous ta protection.

18

Tandis que sa bouche glissait le long de ma gorge, j'eus envie de quitter cet endroit, ce jardin, pour m'étendre avec lui dans un lit, où l'intimité pourrait être pleinement explorée et ne connaître aucune limite.

Anonyme, *Mes désirs secrets, une autobiographie*

*

22 juin 1875

Le Cavalier et Regina s'étaient dirigés vers les causeuses placées devant la cheminée. Assis face à face, ils étaient suffisamment proches pour se toucher, eu égard à la modeste taille du coin salon. Cependant, ils n'avaient esquissé aucun geste l'un vers l'autre ; ils semblaient étroitement sanglés dans un corset, telles des momies dans un sarcophage.

Le Cavalier se sentait dans le même état d'esprit que ce jour maudit où le duc lui avait proposé un marché d'une rare cruauté : choqué par ce qu'il avait appris, furieux de ce qui était exigé de lui, dévasté à l'idée de gâcher la vie de Regina s'il défiait le duc, et de la ruiner de la même manière s'il ne le faisait pas. Quelle que soit la voie choisie, Regina souffrirait à cause de lui. Et lui aussi souffrirait, à la fois de l'avoir perdue et de l'avoir trahie.

Le peu de contrôle qu'il parvenait à observer à cet instant aurait volé en éclats si elle l'avait touché. Il avait envie de jeter un vase contre un mur, de tout casser dans la pièce.

Durant tout le temps où il avait parlé, lui révélant la cruelle vérité, elle n'avait pas dit un mot, mais il avait vu l'horreur transparaître sur ses traits. À présent, elle le contemplait comme s'il s'était transformé en une créature qu'elle ne reconnaissait pas.

Après quelques longues minutes de silence, elle se pencha, les sourcils froncés.

— Pourquoi ne m'avez-vous pas dit cela à l'église ?

— Il m'avait fait jurer de garder le secret. J'avais l'impression d'être pris au piège. Et puis, j'avais tellement honte...

— Des circonstances de votre naissance ?

Elle tendit le bras et mit sa main sur la sienne, là où elle était posée sur sa cuisse. Cela aurait dû lui apporter du réconfort, mais il se sentit plus mal encore.

— Vous auriez dû savoir que j'étais la mieux placée pour comprendre le chaos qui régnait en vous. J'ai connu cela toute ma vie.

Le Cavalier aurait voulu détourner le regard, mais Regina méritait d'apprendre la vérité. Et, au bout du compte, il avait la certitude qu'elle serait soulagée de ne pas l'avoir épousé.

— Ce n'est pas de ma naissance que j'avais honte, mais de ma réaction au marché qui m'a été proposé.

Après avoir inspiré profondément pour se donner du courage, il se força à dire ce qu'il n'avait jamais confié à personne.

— Je lui ai dit d'aller brûler en enfer, et que j'avais un rendez-vous à honorer. Je suis parti pour l'église, déterminé à abandonner ma mère à son sort, parce que je vous voulais plus que je ne souhaitais la sauver.

Un long silence suivit, durant lequel Regina passa inlassablement les doigts sur ses jointures.

— Mais vous ne l'avez pas fait, dit-elle doucement. Vous n'avez pas abandonné votre mère.

— Mais quel genre de fils – quel genre d'homme – suis-je pour avoir failli le faire ? Quelqu'un d'égoïste, de cruel, de répugnant, et qui ne mérite pas d'être heureux.

— Arthur, c'est votre père...

Elle secoua la tête.

— Ou plutôt devrais-je dire le duc, qui a exigé que vous changiez les projets que vous aviez faits pour votre vie... et pas seulement la vôtre, mais aussi la mienne. En de telles circonstances, n'importe qui aurait voulu pouvoir réfléchir. De plus, il est dans votre nature d'analyser et de peser le pour et le contre. Vous ne prenez jamais de décisions sur un coup de tête. Je soupçonne que c'est la raison pour laquelle il vous a posé cet ultimatum à la dernière minute. S'il vous avait laissé du temps, je suis certaine que vous auriez trouvé une solution qui vous aurait permis de sauver votre mère et de m'avoir aussi.

— Je ne sais pas... Pas un jour ne passe sans que je m'interroge sur ce que j'aurais pu faire différemment. Le trajet en calèche jusqu'à l'église m'a semblé le plus long de toute ma vie. J'ai failli demander à mon cocher de ne pas s'arrêter devant St George. Mais je ne pouvais pas vous laisser affronter seule le jugement de la bonne société. Cependant, je regrette la façon dont j'ai agi. Je pensais que vous seriez davantage épargnée si on croyait que la décision venait de vous.

— L'aristocratie ne reproche jamais rien à l'un des leurs, surtout quand il est aussi charmeur que vous.

Il ne put sourire à sa plaisanterie alors que la culpabilité le rongeait.

— J'aurais peut-être pu le convaincre de laisser le mariage se faire en lui promettant de ne pas avoir d'enfants, reprit-il. Mais la seule façon de garantir cela aurait été de ne pas vous faire l'amour. Je ne pouvais vous priver ni d'avoir du plaisir ni d'être mère. En ne nous mariant pas et en vivant dans le péché, nous aurions sans doute pu avoir des enfants, mais ils auraient été des bâtards. Sachant ce que vous aviez enduré dans votre enfance, je n'ai pas souhaité exiger cela de vous. J'ai donc décidé, de façon assurément stupide, que ce serait mieux pour vous si vous pouviez me haïr, alors j'ai menti. Je ne voulais pas d'autre femme que vous, soyez-en sûre.

— Je vous crois. Mais vous vous êtes montré fort convaincant à l'époque ; ma mère aurait pu prendre des leçons de comédie auprès de vous.

Elle leva la main et lui caressa la joue.

— Vous avez parfaitement réussi à faire en sorte que je vous déteste. Ma haine était tellement forte, presque effrayante. C'était comme un feu qui me brûlait de l'intérieur. Cependant, d'une étrange façon, c'était aussi un cadeau. Ça m'a aidée à forger le courage dont j'avais besoin pour continuer, la force pour affronter un avenir incertain.

Plaçant une main sur la sienne, il la maintint sur sa joue, avant de tourner la tête pour déposer un baiser au creux de sa paume.

— Je suis tellement désolé, Reggie. J'aurais dû trouver un moyen de vous faciliter les choses.

— Vous savez, Arthur, apprendre que je ne pourrais jamais vous avoir pour mari n'aurait pas été aisé de toute façon. Sans cette rage et cette haine, j'aurais été tellement désespérée que je n'aurais peut-être pas eu la force de quitter mon lit, et je me serais sans doute laissée dépérir. Au lieu de quoi j'ai employé toute ma détermination à prouver que je n'avais pas besoin de vous, ni d'aucun autre homme. Mon père, dans son anxiété à vouloir me marier, m'a convaincue que j'avais besoin d'un homme, la société également, mais ce n'est pas vrai.

Cependant, il savait que Regina voyait les choses autrement à présent, à cause de sa fille. Elle avait des décisions à prendre pour protéger son enfant, comme il avait dû en prendre pour protéger sa mère. La solution pour elle était de se marier, et il devait l'accepter.

— J'ai besoin que vous sachiez que je vous aimais.

« Et que je vous aime toujours, eut-il envie d'ajouter. J'aimais la femme que vous étiez. J'aime celle que vous êtes maintenant. »

Les beaux yeux bruns de Regina s'emplirent de larmes tandis qu'elle lui passait la main dans les cheveux.

— Je vous aime encore plus pour le choix que vous avez fait, avoua-t-elle.

— Ah, miséricorde !

Malgré l'adversité dans laquelle elle avait été plongée à cause de lui, Regina comprenait le dilemme auquel il avait été confronté, et ne lui en voulait pas d'avoir sauvé sa mère plutôt que de l'avoir choisie elle.

— C'est tellement difficile de ne pas vous aimer, dit-il.

Soudain, sa bouche fut sur celle de Regina, et elle entrouvrit les lèvres pour mieux l'accueillir. Ce ne fut pas comme leur étreinte presque brutale au bord de la rivière. À ce moment-là, les rancœurs du passé pesaient toujours sur eux. À présent, il se sentait comme soulagé d'un poids, même s'il savait que les remords ne cesseraient jamais totalement de le tarauder. Pas plus qu'avant elle ne pouvait être sienne pour la vie. Mais peut-être pour une nuit ? Elle n'était pas encore engagée avec Chidding. Peut-être ne le serait-elle jamais, d'ailleurs.

Regina avait conscience aujourd'hui qu'il ne pouvait pas l'épouser, et il ne laissait planer aucun faux espoir. Elle connaissait la vérité et, la lui ayant révélée, il se sentait soulagé.

Mais il éprouvait également de la peine. Tandis qu'elle passait la main dans ses cheveux, il mesura plus que jamais ce à quoi il avait renoncé : une femme dont il appréciait réellement la compagnie. À la minute où il l'avait rencontrée, il avait été totalement subjugué par elle.

Il en voulait tellement au duc de ne pas lui avoir dit la vérité plus tôt, avant qu'il tombe amoureux d'une femme aussi remarquable. Mais il était convaincu que le vieil homme avait attendu pour lui infliger une souffrance immense, le laissant découvrir ce qu'était le bonheur pour mieux le lui retirer ensuite. Il était bien plus dévastateur d'avoir aimé et perdu, d'avoir une jauge pour mesurer toute l'étendue de son chagrin. Tout cela n'avait été qu'un jeu, que le duc était certain depuis le début de gagner, au détriment d'un enfant innocent qui avait grandi au sein de sa maisonnée sans rien soupçonner, et qui payait parce qu'il n'était pas de son sang.

Être puni pour quelque chose dont on n'était pas responsable. Existait-il quelque chose de plus diabolique et cruel ?

Mais la langue de Regina qui jouait avec la sienne, ses mains qui couraient sur ses épaules étaient sur les blessures qu'on lui avait infligées ce matin-là comme un onguent cicatrisant. Sans que leurs bouches se séparent, il l'attira sur ses genoux afin de mieux accéder à tout ce qu'il désirait – et qu'il ne cesserait jamais de désirer jusqu'à son dernier souffle.

Regina ne savait pas si c'était dû aux réminiscences qui lui étaient venues dans la loge au théâtre, à la rage qui l'avait agitée durant le trajet jusqu'ici, à la colère qu'elle n'avait que partiellement évacuée à son arrivée ou au fait de connaître enfin la vérité qui se cachait derrière la prétendue trahison de Knightly, mais elle ne contrôlait plus ses émotions. L'envie, le besoin, le désir se déchaînaient en elle.

Il l'avait aimée. Il l'aimait encore. Et elle l'aimait aussi.

Même si son cœur brisé n'était plus parfait – les éclats avaient été remis en place mais révélaient des fissures –, elle se sentait plus entière qu'elle ne l'avait été depuis longtemps. Tout comme elle avait eu besoin de ce baiser près de la rivière, elle avait besoin de ce que Knightly lui offrait à présent. Une dernière étreinte. Des adieux dignes de ce nom.

Elle ne pouvait pas l'avoir pour toujours, mais elle pouvait l'avoir cette nuit. Elle accepterait ce cadeau inespéré, et les derniers reliquats de douleur qui s'attardaient en elle depuis trop longtemps seraient balayés.

Détachant ses lèvres des siennes, il les fit voyager le long de sa gorge. Elle rejeta la tête en arrière pour mieux s'offrir à l'humide et tiède caresse de sa bouche.

— Tu sens toujours le gardénia, murmura-t-il.

Elle sourit.

— Tu sens le santal. On dirait que tu t'es baigné avant mon arrivée.

Plaçant une main à l'arrière de son crâne, il la fit se pencher en avant afin que leurs regards se rencontrent.

— Je veux faire plus que t'embrasser, avoua-t-il.

— Je veux que tu fasses plus que m'embrasser.

Avec un gémissement, il enfouit son visage entre ses seins.

— Tu m'as manqué bien plus que tu ne peux l'imaginer. Mais après cette nuit… Il est bien possible que tu n'aies pas besoin d'un homme, mais ta vie sera plus facile avec un mari.

Ce n'était pas une proposition. Il n'allait pas l'épouser. C'était une façon de lui signifier qu'il renonçait à elle. Elle en éprouva un léger pincement de chagrin, mais elle comprenait pleinement le sacrifice qu'il faisait.

Il aurait pu lui demander d'être sa maîtresse. Elle n'était absolument pas certaine qu'elle aurait dit non. À la place, il reconnaissait combien la légitimité avait de l'importance pour elle.

Comme elle le lui avait dit, elle n'était pas comme sa mère. Elle ne voulait pas être celle que l'on cache, qui devient la cible des ragots et dont la réputation est entachée. Elle souhaitait la respectabilité qui lui avait été refusée toute sa vie. Elle en avait besoin et la méritait.

Elle posa la joue sur le dessus de la tête de Knightly.

— Je sais, mais je crois que nous devons nous dire adieu correctement, pour mettre le passé derrière nous, afin que nous puissions aller de l'avant en toute clarté.

Il eut un rire rauque et séducteur.

— Je pensais plus à des adieux très incorrects.

Le rire de Regina fut étouffé par la bouche de Knightly. Elle avait toujours éprouvé tant de joie dans ses bras, tant de bonheur à être avec lui. Ces derniers temps, elle avait dû lutter contre tous ces sentiments, parce qu'elle avait des raisons de lui en vouloir, mais les souvenirs avaient continué à l'assaillir, attendant de déferler et de briser les murs de défense qu'elle avait érigés autour d'elle. Cependant, toutes les barrières étaient tombées quand elle avait appris qu'elle avait été véritablement aimée, et qu'elle l'était toujours.

Elle avait conscience des mains de Knightly qui s'activaient à défaire la rangée de boutons dans le dos de sa robe. Lui-même n'avait pas eu l'opportunité de boutonner correctement sa chemise depuis qu'il lui avait ouvert la porte, et elle n'eut pas beaucoup d'efforts à faire pour la lui ôter. Il avait toujours eu un torse exquis. La seule vision du duvet soyeux qui l'ombrait, se transformant en un étroit sillon qui descendait sur son abdomen, suffisait autrefois à éveiller une folle sensation au creux de son ventre. Et c'était encore vrai aujourd'hui.

Elle fit glisser sa robe sur ses épaules, laissant son corsage retomber sur sa taille, ne lui révélant qu'une partie de ce qu'il lui restait à découvrir.

D'un geste langoureux, il suivit du bout des doigts le rebord de son corset, là où les globes de ses seins, emprisonnés par les baleines et un laçage serré, jaillissaient telles de douces collines de chair.

— Tu as plus de rondeurs qu'autrefois.

— Le corps d'une femme change lorsqu'elle a porté un enfant.

Ton enfant. Mais le moment n'était pas venu de lui faire cette révélation. Elle ne savait d'ailleurs pas si ce jour arriverait.

Une fossette se creusa dans la joue de Knightly.

— Je ne m'en plains pas.

— Tu as dit une fois que mes seins étaient parfaits.

— Et ils le sont toujours.

Il déposa un baiser dans la douce vallée où ils se rejoignaient.

— Tu es toujours parfaite. Et maintenant, débarrassons-nous de tous ces ridicules accessoires féminins.

Elle se leva, et il commença à dégrafer, dénouer et délacer tout ce qui devait l'être. Il lui prit la main pour l'aider à enjamber l'amas de vêtements tombés au sol, puis s'agenouilla devant elle, lui saisit les hanches et embrassa la légère courbe de son ventre.

— Son père trouverait assurément magnifiques tous les changements que la naissance de sa fille a imprimés à ton corps.

L'admiration qui vibrait dans la voix de Knightly lui fit monter les larmes aux yeux.

— Je craignais que tu ne sois déçu.

— Tu es plus belle que jamais.

Il se redressa et la souleva dans ses bras pour la porter jusqu'au lit.

— Enlève ton pantalon, dit-elle.

— J'ai toujours adoré que tu ne fasses pas mine d'être pudique, répliqua-t-il.

— Ma mère était la maîtresse d'un lord. Quand il venait à la maison, ils ne tardaient pas à s'enfermer dans leur chambre et y passaient de longues heures. Lorsque ma mère a estimé que j'avais l'âge de comprendre, elle n'a fait nul mystère de ce qui se déroulait derrière la porte verrouillée. Pour elle, l'art de faire l'amour n'était pas quelque chose dont il fallait avoir honte. C'était tout simplement le cours naturel de la vie. Je lui suis reconnaissante d'avoir été honnête à ce sujet.

— Moi aussi.

Il la déposa délicatement sur le matelas et entreprit de déboutonner son pantalon.

En appui sur un coude, frissonnant déjà de désir, elle suivit chacun de ses mouvements avec fascination. Il était resté superbe, un festin pour les yeux. Des muscles sculptés, une peau ferme… et un sexe dressé – pour elle.

Il prit place sur le lit à côté d'elle.

— C'est mieux ainsi ? demanda-t-il.

Elle sourit.

— Beaucoup mieux.

Lentement, langoureusement, il dessina du bout des doigts les traits de son visage.

— Comment peux-tu être encore plus belle maintenant ?

Quand il eut complété son voyage, il lui souleva le menton et l'embrassa, déclenchant une tempête de désir, d'envie et de besoin.

Ils étaient soudain si étroitement enlacés qu'il était impossible de dire où commençait l'un et où finissait l'autre. La fusion entre eux avait toujours été totale, et Regina éprouvait du réconfort à constater que, malgré toutes ces années de séparation, c'était comme s'ils avaient fait l'amour la veille. Ils étaient si accordés, comme deux instruments faits pour jouer ensemble la plus aboutie des mélodies.

Des mains partirent à l'assaut de ce qui n'avait pas été touché depuis si longtemps, se familiarisant avec un corps que les années avaient forcément modifié.

Regina connaissait les changements que la maternité avait provoqués, mais elle s'attendait à ce que Knightly soit resté le même. Elle découvrit qu'il était plus large d'épaules, plus musclé et un peu plus en chair, ce qui lui offrait encore plus de lui à aimer.

Elle fit courir ses doigts et sa bouche sur lui, se réjouissant qu'il fasse de même avec elle. Il avait toujours su exacerber délicieusement son désir, faisant glisser ses mains à l'intérieur de ses cuisses, mais n'allant pas plus loin que l'endroit où elles se rejoignaient. N'attisant pas le délicat bourgeon de chair qui réclamait – qui suppliait – qu'on le soulage de la tension qui le faisait palpiter.

S'écartant légèrement, il prit appui sur un coude et lui effleura les seins avec une habileté qui ne manqua pas de la faire réagir. Leurs jambes étaient mêlées et son impressionnante érection pressait contre sa cuisse.

Abandonnant les caresses qu'elle prodiguait voluptueusement à son fessier dur et rebondi, Regina enroula les doigts autour du sexe tendu. Knightly ferma les yeux en laissant échapper un grognement rauque. Même si elle savait que d'autres victoires étaient à venir, elle s'émerveilla d'avoir toujours autant de pouvoir sur lui.

Lorsqu'il ouvrit les paupières, le bleu de ses iris s'était assombri. Inclinant la tête, il saisit la pointe d'un de ses seins entre ses lèvres et l'aspira. Tandis qu'il poursuivait ses savantes caresses, elle ne tarda pas à exprimer son plaisir par des gémissements rauques, des murmures fiévreux.

Peut-être était-ce parce qu'elle n'avait pas connu depuis longtemps le soulagement que procurait l'orgasme, ou peut-être était-ce tout simplement le fait d'être avec lui, mais chaque parcelle de son corps vibrait.

Elle était de retour dans les bras de Knightly et ignorait comment elle parviendrait à les quitter, même si une bonne partie de sa vie avait requis qu'elle puise en elle la force de relever les défis jetés en travers de son chemin.

Quoi qu'il en soit, des moments comme celui-ci ressemblaient à une récompense octroyée pour avoir fait ce que la raison commandait – bien que ce qu'ils étaient en train de faire soit terriblement déraisonnable.

Quand elle était plus jeune, elle avait éprouvé une certaine exaltation à braver les interdits. Mais, à présent qu'elle avait gagné en maturité, elle n'avait plus le sentiment de s'être mal comportée. Les règles édictées par la bonne société n'avaient aucun sens. La publication de son livre l'avait démontré. Certaines personnes se disaient choquées mais le lisaient quand même. Quelles hypocrites ! Pourquoi seuls les gens mariés auraient-ils le droit de connaître ce prodige qu'était l'amour physique ?

Sa mère savait tout cela. Et si Regina ne pouvait totalement excuser l'infidélité de son père à l'égard de son épouse légitime, elle partageait l'avis de sa mère. L'amour était rare, et il fallait le célébrer quand on l'avait trouvé. Et quel meilleur moyen de le célébrer que de se donner l'un à l'autre à travers l'acte charnel lorsque celui-ci était aussi un acte d'amour ?

Et c'était bien de cela qu'il avait toujours été question entre Knightly et elle : un acte d'amour.

Il fut un temps où le souvenir des moments passés avec lui avait été flétri par son ignorance des raisons qui avaient empêché Knightly de la prendre pour femme. Elle s'était imaginé qu'il s'était soudain aperçu qu'il ne pouvait épouser une femme d'un rang social inférieur au sien, ou tout simplement qu'il s'était joué d'elle depuis le début – ses attentions et ses déclarations n'étant qu'une ruse pour la mettre dans son lit et l'abandonner.

Mais à présent, elle connaissait la vérité et le temps qu'ils avaient passé ensemble avait retrouvé tout son lustre. Désormais, elle pourrait chérir ces souvenirs et plus tard, quand elle serait vieille, y penser avec un sourire attendri.

À cet instant, elle avait parfaitement conscience que la durée de leurs retrouvailles était limitée. Ils ne se faisaient pas de promesses d'avenir éternel et n'avaient que ce moment à s'offrir l'un à l'autre.

Le fait de le savoir était libérateur. Il n'y avait pas de faux espoirs, pas d'attentes illusoires.

Il l'embrassa sous le sein, son souffle chaud sur sa peau. Avec une frénésie dictée par un désir plus fort que tout, elle enroula les doigts autour de son pénis et commença à le caresser en un mouvement de va-et-vient. Elle s'interrompait pour effleurer son gland d'un geste circulaire du pouce, répandant l'humidité qui y affleurait, et se réjouissant de la façon dont le corps de Knightly se tendait en réaction.

Avec un rugissement de fauve, il l'embrassa au niveau des côtes et, quand il descendit plus bas, picorant son ventre de baisers, elle fut obligée de lâcher son sexe. Pourquoi fallait-il qu'il soit aussi grand ? Heureusement, il lui restait ses épaules où enfoncer les doigts.

Un instant, il leva vers elle un regard aux paupières lourdes qui fit battre son cœur plus fort.

Glissant une main à l'intérieur de ses cuisses, il lui écarta les jambes en grand, afin d'y loger son visage. Il l'avait déjà fait. Elle connaissait la magie de ce qui suivrait.

Retenant sa respiration, elle devint soudain timide à l'idée des gestes audacieux qu'il allait accomplir.

Il souffla sur sa toison bouclée, l'embrassa au creux de l'aine, s'éloignant de la zone la plus sensible de son corps, y revenant sans jamais la toucher. Elle se tortilla et leva les hanches pour essayer de la faire entrer en contact avec la bouche de Knightly.

Il rit, parfaitement conscient qu'il la tourmentait. Qu'il soit maudit d'apprécier de la voir souffrir ainsi.

— Fais-le, ordonna-t-elle d'une voix enrouée. Savoure-moi tel un festin.

Il redressa la tête, et dans ses yeux assombris de désir brillaient tant de promesses : la passion, le feu et un incroyable plaisir.

Puis il se baissa et fit en sorte de tenir ses promesses.

Il commença par un long coup de langue appuyé, qui lui arracha un cri. Sous ses caresses audacieuses, elle ne pouvait tenir en place, s'agitant contre sa bouche telle une créature sauvage prise au piège. Une série de papillonnements, des mouvements circulaires. Une pression plus forte. Des lèvres qui se refermaient sur le bouton raidi de son clitoris. Une aspiration qui propagea un intense plaisir dans tout être comme si tout était relié.

Elle ne connaissait pas la composition interne de son corps, n'ayant qu'une vague notion des os, des muscles et des tissus, mais elle avait l'impression qu'un réseau de fils de soie tendus faisait circuler le plaisir à travers elle. Sinon, comment aurait-elle ressenti d'aussi exquises sensations partout, alors qu'il concentrait ses efforts sur un seul endroit ?

— Oh, Arthur !

C'était comme un cri de désespoir réclamant davantage. Il entendit sa requête, ses attentions se faisant plus ferventes, jusqu'à ce qu'elle bascule dans un monde de sensations enivrantes qui la laissèrent éblouie.

Alors qu'elle s'alanguissait, aussi molle qu'une poupée de chiffon tandis que déclinaient les derniers frissons de volupté qui la traversaient encore, il se dressa au-dessus d'elle et la pénétra profondément, rallumant son désir.

Adoptant un rythme régulier de coups de reins puissants et rapides, il la conduisit, vague après vague, vers les rivages de l'extase. Peut-être parce que cela faisait longtemps pour elle, Regina se demanda si elle serait jamais totalement rassasiée. Puis, happée par une vague nouvelle, plus imposante que les autres, elle poussa un cri et chavira.

Knightly fit ce qu'il n'avait jamais fait avant. Tandis que son corps atteignait la phase ultime de son crescendo, il se retira, et sa semence – épaisse et brûlante – se répandit sur la cuisse de Regina alors qu'il était agité de tremblements et de soubresauts.

Elle savait pourquoi il avait agi ainsi. Quand ils s'étaient unis charnellement cinq ans plus tôt, il avait prévu de l'épouser, et il n'y aurait pas de graves conséquences si un enfant était conçu. Ils diraient simplement que le bébé était arrivé en avance. Mais aujourd'hui, cela comptait. Il ne se marierait pas avec elle. Elle en épouserait un autre, et ce ne serait pas correct qu'elle porte un enfant dans son ventre alors qu'elle se dirigerait vers l'autel pour échanger des vœux de fidélité éternelle.

Une bouleversante sensation de perte s'empara d'elle. Enroulant les bras autour de Knightly, elle le serra de toutes ses forces, comme si ce geste avait le pouvoir de faire en sorte qu'il reste avec elle pour toujours.

Quelque part une pendule sonna minuit, et elle aurait pu jurer avoir entendu une voix murmurer : « C'est impossible. »

Cela faisait longtemps que le Cavalier n'avait pas éprouvé une telle paix. Mais c'était un sentiment doux-amer, car il savait qu'il n'y aurait pas de prochaine fois. Regina était destinée à un autre que lui. Cependant, pour l'instant, elle était encore là, et il voulait profiter pleinement de ses dernières heures avec elle.

— Tu étais furieuse quand tu es arrivée... à propos de la loge au théâtre.

— Tu l'as perdue délibérément aux cartes, dit-elle d'un ton léthargique. Pourquoi ?

— Parce que je savais qu'il n'en avait pas, et que tu adores le théâtre. J'ai imaginé que ça lui permettrait d'aller un peu plus vite en besogne avec toi. Je n'avais pas anticipé que ça réveillerait des souvenirs que tu ne voulais pas revisiter.

— Je me suis dit que tu avais des arrière-pensées malveillantes.

Elle se tortilla jusqu'à trouver une position confortable, plaqua une main sur son torse et y appuya son menton.

— Les souvenirs ne me dérangent plus à présent.

Avec un doux sourire, il passa les doigts dans sa longue chevelure.

— C'est un brave type.

Elle le dévisagea, et il se demanda si elle essayait de mémoriser ses traits, comme il le faisait de son côté.

— Il m'a embrassée ce soir.

Non, la friponne le regardait pour jauger sa réaction, et il eut conscience de ne pas avoir réussi à masquer une légère crispation.

— Ça t'a plu ?

Il n'avait assurément pas envie qu'elle se force et ressente du dégoût. Il n'était pas égoïste à ce point.

— C'était plutôt chaste, comme s'il craignait de m'offenser. J'ai l'impression qu'il n'est pas aussi passionné que toi.

— Peut-être est-il plus guindé, mais la passion viendra en son temps.

— Qu'est-ce que ton père…

Elle s'interrompit et secoua la tête.

— Comment le nommes-tu, maintenant ?

— Quelquefois Père, par la force de l'habitude. Le plus souvent par son titre. Fréquemment « ce bâtard », bien qu'il ne le soit pas, contrairement à moi.

— Es-tu contrarié que ta naissance soit illégitime ?

— Au début, j'ai eu du mal à m'y faire. Je n'étais pas celui que j'avais cru être. Ma vie avait été un mensonge. Qui étais-je vraiment ? Dans les moments les plus sombres, je pensais à toi, qui m'avais appris que la légitimité ne définissait pas une personne.

Les doigts de Regina s'attardèrent dans ses cheveux, avant de glisser vers sa joue.

— J'ai toujours eu conscience que j'étais illégitime. Je comprends que le choc ait été brutal pour toi.

— Le plus dur a été d'imaginer que Mère avait été infidèle. Ça ne lui ressemble tellement pas.

— Sais-tu qui t'a engendré ?

Il secoua la tête.

— N'as-tu pas demandé à ta mère ?

— Je ne lui ai pas dit que je connaissais la vérité, et je ne lui ai pas parlé du marché. Elle se serait sentie coupable, et je ne le voulais surtout pas. Elle a vécu l'enfer pendant vingt ans. Je souhaite que sa vieillesse soit heureuse et insouciante.

— Que penses-tu que le duc ferait maintenant si tu te mariais ?

Contemplant avec attention ses yeux bruns d'une profondeur insondable, il se dit qu'après ce soir il n'en aurait plus l'occasion. Il devrait faire en sorte que Chidding accompagne rapidement Regina à l'autel et contrecarrer les tentatives de son frère de prouver qu'elle était Anonyme.

— J'ai donné ma parole de n'épouser quiconque, répondit-il.

— Ce n'est pas un homme honorable. Regarde ce qu'il a fait à ta mère, ce qu'il t'a fait à toi. Il aurait pu t'avouer la vérité avant, et il avait le choix d'être clément. Au lieu de quoi il s'est montré d'une cruauté indigne.

— Ce n'est pas pour autant que je dois me parjurer. J'ai promis sur l'existence de ma mère de ne pas me marier. En outre, il a prouvé que sa vengeance était sans limite. Qui sait ce qu'il ferait aux êtres que j'aime.

— Pourquoi son sang est-il aussi fichtrement important ?

— Ça l'a toujours été au sein de la noblesse.

— Mais nous ne sommes pas qu'un appareil circulatoire, l'être humain se compose de beaucoup d'autres aspects.

Elle soupira.

— Et pourtant, ta détermination à respecter ta parole et à protéger les autres fait partie des raisons pour lesquelles je t'aime tellement.

Et l'une des raisons pour lesquelles il passerait le reste de sa vie à regretter la douleur qu'il lui avait infligée.

S'installant à califourchon au-dessus de lui, elle entreprit de picorer de baisers son visage et son torse.

— J'ai failli en mourir de ne pas pouvoir faire de toi ma femme, dit-il.

Et cela le tuait encore de savoir que ce ne serait jamais possible.

— Si le duc de Wyndstone avait un tant soit peu de décence, il serait fier de te considérer comme son fils.

Même si le Cavalier ne serait quant à lui jamais fier de donner à cet homme le nom de père, il esquissa un sourire railleur.

— Je crois que tu es de parti pris.

— Ça ne signifie pas que j'aie tort.

Il allait bientôt devoir la raccompagner chez elle. Mais avant, il voulait se créer un dernier souvenir avec Regina.

La saisissant par les hanches, il la souleva au-dessus de lui et la fit glisser sur son sexe dressé, d'un mouvement profond et vigoureux, savourant le velours de sa chair brûlante qui l'enserrait.

Avec fièvre et détermination, elle le chevaucha, tantôt le libérant à demi et tantôt l'accueillant au plus profond d'elle-même. Jamais elle ne s'était montrée timide, mais jamais non plus elle n'avait fait preuve d'une telle assurance et d'un tel contrôle de la situation.

Le besoin qu'ils avaient l'un de l'autre était comme une tempête – tout en furie, force et destruction. Il abattait des murs qui devraient être remontés, prenant possession d'eux et les ballottant sans répit, les submergeant, jusqu'à ce que plus rien n'existe en dehors d'eux.

Il n'y avait plus que la faim dévorante, le plaisir, le besoin.

Dans l'espace clos et protecteur de la chambre, fait d'effleurements, de baisers et de caresses, de titillements et d'apaisements.

Il n'y avait plus de difficultés, d'inquiétudes et de cauchemars. Seulement la magie, la splendeur et la plénitude.

Les gémissements de Regina l'incitèrent à accélérer le rythme, à aller plus profond et plus fort.

Quand elle se contracta autour de lui en criant son nom, il connut un instant de triomphe puis, sentant qu'il la rejoignait dans l'extase, il se retira avant de répandre sa semence en elle.

Il n'avait pas pu tout lui donner de lui-même, mais il était heureux d'avoir eu cette nuit pour lui prouver tout l'amour qu'il avait pour elle. Une dernière fois.

19

J'attendais avec impatience chaque bal. En public, nous offrions l'exemple parfait du respect de l'étiquette. Mais nous trouvions toujours une alcôve, une serre, un abri quelconque dans un jardin où nous ne risquions pas d'être découverts, où les ombres et notre passion régnaient.

Anonyme, *Mes désirs secrets, une autobiographie*

*

23 juin 1875

Regina était arrivée seule chez lui, à l'exception de son cocher et de son valet, mais elle retournait à son domaine aux petites heures du jour, blottie contre Knightly, tandis que Shakespeare suivait, attaché à l'arrière de la calèche.

À présent qu'ils n'étaient plus dans la chambre de Knightly, que leurs vêtements ne jonchaient plus le sol mais couvraient leurs corps comme il se devait, les émotions la submergeaient à mesure qu'elle reprenait pied avec la réalité.

Elle comprenait pleinement – et admirait même – la décision que Knightly avait prise le jour où ils auraient dû se marier. Mais cela ne signifiait pas pour autant qu'elle n'en ressentait pas encore la morsure, ou que son refus de rompre une promesse faite à un homme dénué de scrupules ne provoquait pas une cruelle douleur dans sa poitrine.

— Faut-il que je propose à Chidding de lui racheter la loge ? demanda-t-il.

Il ferait probablement bien de le faire, car elle continuerait à la considérer comme la leur - à Knightly et à elle. Sans nul doute, elle se rappellerait toujours les moments qu'ils y avaient passés. D'un autre côté, peut-être valait-il mieux qu'elle apprenne à se défaire des souvenirs qu'elle avait de lui.

— Je ne pense pas que ce soit nécessaire, finit-elle par répondre. À moins que vous n'y teniez absolument.

D'un commun accord, ils avaient décidé de renoncer au tutoiement, même en privé, comme pour mieux concrétiser leur séparation.

— Je ne m'en sers plus. Elle est inoccupée depuis des années.

— Dans ce cas, il est préférable qu'il la conserve. Les acteurs n'aiment pas voir des sièges vides.

Il déposa un baiser sur sa tempe.

— Dois-je lui demander si ses intentions sont honorables ?

Elle rit doucement.

— Je suis capable de me débrouiller toute seule. En outre, si ses intentions n'étaient pas honorables, je ne pense pas qu'il serait venu avec un chaperon.

— Quelle stupidité de sa part. Si j'avais pu être avec vous sans que nous ayons à nous cacher…

— Ne croyez-vous pas que l'aspect interdit de nos rendez-vous ajoutait beaucoup à l'attirance que nous éprouvions ?

— Vous et vous seule étiez responsable de mon émoi. Ne doutez jamais de votre pouvoir de séduction, Reggie.

— Vous avez dit que nous ne pourrions plus nous voir quand je serais mariée.

Jusqu'à récemment, elle avait aspiré plus que tout à ce qu'il soit totalement absent de sa vie. À présent, cette pensée la rendait mélancolique.

— Est-ce que cette décision tient toujours après… cette nuit ?

— Plus que jamais. Ne comprenez-vous pas que je ne puis être en votre compagnie sans vous désirer ?

— Et quand vous n'êtes pas en ma compagnie ?

— Également, mais c'est plus facile à contrôler, moins douloureux. Par ailleurs, votre mari appréciera sûrement de ne pas m'avoir dans les parages pour lui rappeler notre passé. Notre relation a beaucoup fait parler autrefois, et les ragots commencent à repartir de plus belle. Cela n'est pas un mal, cela fera accélérer la tortue.

— Je ne lui en veux pas de prendre son temps. Et même, je trouve réconfortant qu'il ne se précipite pas pour s'emparer de ma fortune.

— Où vivrez-vous ?

— Chez lui, je suppose. Vous êtes-vous déjà rendu au domaine des Cornouailles ?

— Il y a quelques années. Ça vous plaira. Il y a des terres à profusion pour galoper. Comment va Reine, au fait ?

— Elle est ravie de sa nouvelle maison.

C'était un souvenir des moments passés avec lui dont elle ne se séparerait jamais. Il lui avait fait tant de cadeaux…

— Je n'ai jamais pensé à vous demander où était née votre fille.

— À Paris, dans une petite mansarde.

— Au-dessus du studio de l'artiste ?

Elle décela une pointe de jalousie et faillit tout lui avouer. Mais leur séparation serait déjà assez difficile comme cela. La vérité sur sa fille ne servirait qu'à leur causer plus de peine encore, car ils ne pouvaient pas être ensemble. Tant que Knightly croirait ses mensonges sur le père d'Ari et sur le mois de sa naissance, elle pourrait au moins lui épargner cette souffrance de voir un autre que lui élever sa fille.

— Au-dessus d'une boulangerie, en fait. J'étais réveillée chaque matin par de merveilleuses odeurs, et je commençais ma journée avec du pain frais tartiné de beurre.

— J'aurais aimé être avec vous.

Elle aussi aurait apprécié qu'il soit là.

— Vous ne diriez pas la même chose si ses pleurs vous avaient gardé éveillé une partie de la nuit. Mais, dans l'ensemble, elle est plutôt sage et m'apporte beaucoup de bonheur.

— Et elle deviendra une écrivaine, comme sa mère.

Regina rit doucement.

— Pas comme moi. Elle racontera ses propres histoires, à sa manière.

— C'est bien que vous lui laissiez cette liberté.

— Ma mère ne s'est jamais attendue à ce que je suive ses traces sur scène. C'est une bonne chose, car j'aurais fait une actrice déplorable.

— Oh, je ne sais pas. L'autre soir, au Twin Dragons, vous m'avez presque convaincu que vous n'aviez pas écrit *Mes désirs secrets*.

Blottie dans sa chaleur, Regina sourit contre la gorge de Knightly, où elle avait enfoui son visage. Il ne s'était pas embarrassé de cravate ou de veste. Il était juste en bras de chemise et en pantalon. Quelle importance, puisque personne ne les verrait cette nuit.

— Je vous détestais à ce moment-là.

Les mots avaient été exprimés sans rancœur.

— Et vous aviez bien raison. Je me détestais moi-même.

Elle entendit à son intonation que c'était toujours le cas, qu'il ne se pardonnait pas la douleur qu'il lui avait causée. Elle aurait aimé pouvoir l'absoudre de cette culpabilité.

— Votre mère a-t-elle souvent des crises comme celle à laquelle j'ai assisté ?

— C'était le cas au début, mais ça faisait longtemps que ce n'était pas arrivé. Je crois que ses peurs se sont réveillées à cause du tambourinement à la porte. Je suis surpris que le battant n'ait pas cédé. J'ignorais que vous aviez un tel tempérament.

— Je suis devenue plus irascible avec l'âge, je suppose. Parfois, je me moque totalement de ce que les gens peuvent penser.

Se reculant légèrement, elle posa la main sur sa mâchoire. Il y avait tant de choses qu'elle voulait dire et qu'elle devait taire, car elles ne feraient que rendre l'avenir plus dur à affronter.

Elle l'embrassa, pas avec la ferveur qu'ils avaient partagée avant, mais avec l'émotion réservée aux adieux. Elle emmagasina des souvenirs pour y songer quand elle serait ridée et aurait les cheveux gris, entourée de ses petits-enfants – dont certains seraient également ceux de Knightly. Était-elle injuste de l'empêcher de connaître cette joie ? Ou la vérité serait-elle un fardeau trop lourd à porter ? Elle perçut en lui une ombre, une certitude qu'il devait demeurer solitaire. Et pour lui épargner toute souffrance supplémentaire, elle se tut.

Les chevaux s'étaient engagés dans l'allée. Le temps filait, et bientôt il n'en resterait plus à partager avec Knightly. Comment continuerait-elle à avancer alors ? Comme il le lui avait appris : avec courage et assurance.

La calèche s'arrêta. Le baiser prit fin, mais ils demeurèrent blottis l'un contre l'autre.

La portière s'ouvrit. Il fit un geste pour sortir, et elle le fit s'immobiliser en posant une main sur son bras.

— Ne venez pas avec moi.

Elle savait qu'elle ne résisterait pas à l'envie de l'entraîner dans l'escalier, vers sa chambre, et de reporter le plus longtemps possible le moment, pourtant inévitable, de leur séparation.

Il acquiesça de la tête.

— Merci pour cette soirée.

Elle s'obligea à sourire, alors qu'elle voulait pleurer.

— Merci pour... eh bien, pour presque tout.

Avec l'aide de son valet, elle descendit de la calèche et, sans un regard en arrière, se précipita vers le perron. La porte de la maison s'ouvrit, et elle se dirigea vers le petit salon de devant. Les rideaux étaient tirés, mais elle jeta un coup d'œil dehors à travers un entrebâillement et observa Knightly sortir de la calèche et enfourcher Shakespeare.

Pendant un long moment, il attendit, s'imaginant peut-être qu'elle allait céder et l'inviter à la rejoindre, mais elle tint bon.

Finalement, il lança son cheval au galop, et elle s'adossa dans un fauteuil. Shakespeare, le dramaturge, pas le cheval, se trompait. La séparation n'était pas « une si douce douleur », c'était une atroce souffrance qui ne laissait dans son sillage rien d'autre qu'un sentiment de deuil.

20

J'avais découvert que la passion ne se limitait pas aux explorations menées par les mains et les lèvres. Ce pouvait être un regard à travers une pièce bondée. La lecture d'un poème. Un sourire. Un rire. Un soupir. Elle pouvait s'exprimer d'un geste ostentatoire, ou par un simple mot murmuré au bon moment.

Anonyme, *Mes désirs secrets, une autobiographie*

*

29 juin 1875

Assise sur un banc que sa mère avait souvent partagé avec son père, Regina regardait Arianna batifoler dans le jardin avec Princesse qui lui mordillait les talons, arrachant à sa fille de grands éclats de rire.

Cette scène lui fit penser à Knightly. Cela faisait une semaine qu'elle ne l'avait pas vu. Une semaine où elle avait éprouvé comme jamais le manque de lui, ce qui était totalement ridicule. Ils n'avaient pas d'avenir. Knightly avait fait son choix, et elle avait fait le sien. Rien n'était plus important que de veiller à ce que sa fille soit acceptée.

— Madame, vous avez une visite.

Elle prit la carte sur le plateau que son majordome lui tendait, et son cœur s'emballa quand elle lut le nom qui y figurait.

— Que diable vient-il faire ici ?

— Je l'ignore, Madame, répondit platement Shelby.

— Bien sûr.

Comment son domestique pourrait-il avoir connaissance de ce qui avait motivé Bremsford à la rencontrer ? Évidemment, elle était tout sauf présentable, vêtue d'une robe très ordinaire qu'elle avait choisie pour son confort, le visage encadré de mèches folles, car elle s'était offerte à la chaleur du soleil et à la légère brise qui soufflait par cette belle journée.

— Dites-lui que je le rejoins sans tarder... et faites servir le thé.

Encore qu'elle ne croyait pas que son demi-frère soit venu lui rendre une visite de courtoisie.

Après avoir demandé à la nurse de surveiller de près Arianna, elle connut un moment de panique, imaginant que le comte voulait la détruire, ayant obtenu l'information pour laquelle il était prêt à payer mille livres.

S'exhortant à se ressaisir, elle emprunta l'escalier de service pour regagner sa chambre. Là, elle se passa de l'eau sur le visage, remit de l'ordre dans sa coiffure et décida que sa robe conviendrait pour l'occasion. Il était inutile de perdre du temps à enfiler une tenue plus élégante et de rappeler à Bremsford que leur père avait veillé à ce qu'elle ne manque de rien.

Quelques minutes plus tard, Regina entra dans le petit salon d'un pas tranquille. Son visiteur imprévu se trouvait devant la cheminée, dos à la porte.

— Milord.

Le septième comte de Bremsford se retourna, et elle eut l'impression de contempler son père plus jeune, quand il mimait un poney et la faisait cavalcader sur son dos, ou quand il la soulevait sur ses épaules pour qu'elle décroche des feuilles de la branche d'un arbre. Pour une raison qu'elle ne s'expliquait pas, elle avait toujours été plus intéressée par les feuilles difficiles à atteindre que par les fleurs qu'elle aurait pu cueillir aisément.

Il est vrai que, bien trop souvent, elle avait été accusée de convoiter ce qui n'était pas à sa portée.

— Mademoiselle Leyland, dit-il avec un rapide hochement de tête.

— Votre présence est... disons... inattendue.

— « Choquante » est sans doute le mot que vous cherchiez.

Il ne souriait pas vraiment, mais une lueur amusée brillait dans ses yeux, comme s'il essayait de plaisanter à ses propres dépens, et elle se demanda s'il avait le même sens de l'humour que son – que leur – père.

Percevant un léger cliquètement de porcelaine dans le couloir, elle resta immobile et l'observa, tandis qu'il faisait de même. Elle ne l'avait jamais vu de si près, et il ressemblait particulièrement à son père : même mâchoire, même nez en bec d'aigle et même front. Ses pommettes étaient plus hautes et sa bouche plus fine, sans doute héritées de sa mère. Il était plus mince aussi, mais cela pourrait changer avec l'âge.

La servante entra et posa un plateau sur la table. Esquissant une génuflexion, elle disparut aussitôt.

— Souhaitez-vous du thé ? proposa Regina en désignant le plateau d'un geste de la main, comme s'il ne pouvait deviner par lui-même ce qui venait d'être apporté.

— Non, merci.

— Un scotch ?

Il regarda vers la console dévolue aux alcools, et Regina espéra qu'il ne se rendrait pas compte qu'elle avait été installée à l'origine pour complaire à leur père.

— Non, merci.

Elle lui indiqua un siège.

— Voulez-vous au moins vous mettre à l'aise ?

Comme si l'un ou l'autre pouvait être à l'aise dans cette situation lourde de malentendus et de rancœurs.

Sans un mot, il s'assit dans un large fauteuil garni de velours – celui où leur père avait ses habitudes. Il y avait quelque chose d'assez vertigineux à voir un homme qui lui ressemblait autant se tenir perché sur le rebord du coussin, raide comme la justice. Même avec beaucoup d'imagination, elle ne concevait pas que l'actuel comte de Bremsford soit capable de s'avachir.

Elle prit place en face de lui et, pendant quelques minutes interminables, ils se contentèrent de se dévisager. Finalement, quand ses nerfs furent tendus au point de se rompre, Regina demanda :

— Je suppose que vous êtes venu avec une idée en tête. Auriez-vous la bonté de la partager ?

— J'ai toujours entendu dire que vous étiez... passablement directe et franche.

Lentement, il tapota l'accoudoir du bout des doigts. Était-il choqué par son assurance ? Sa femme était-elle une timide créature ?

Il s'éclaircit la gorge.

— Père est décédé avec le regret que sa famille légitime n'ait jamais accueilli sa fille adultérine.

En soulignant la disparité de leurs places respectives au sein de la société et au regard de la loi, se montrait-il simplement maladroit, délibérément grossier ou sincèrement désireux de faire un effort de gentillesse ?

— Je n'y ai réfléchi que récemment, ajouta-t-il. Et je me suis senti coupable de vous en avoir tellement voulu, alors que vous n'étiez pas responsable des circonstances de votre naissance.

Elle ne pouvait directement lui demander si c'était par culpabilité qu'il avait offert une récompense pour découvrir l'identité d'Anonyme. En effet, si elle n'était pas cette dernière, pourquoi s'en soucierait-elle ? En revanche, elle pouvait sans se trahir se montrer contrariée d'une chose qu'il avait faite.

— Votre culpabilité vous a-t-elle poussé à exiger de lord Knightly qu'il confirme que j'étais bien l'autrice de *Mes désirs secrets* ?

Les joues de son frère s'enflammèrent.

— Lorsque je vous ai aperçus tous les deux au parc, j'ai craint qu'il n'ait évoqué notre rencontre. Il a nié tout lien que lui ou vous auriez pu avoir avec ce livre, bien entendu.

— Il l'a fait à raison.

— J'ai simplement pensé avec toutes les suppositions qu'il était lord K...

— Je doute d'avoir été la seule femme dans sa vie.

— En effet, il y en a eu plusieurs avant vous, d'après ce que j'ai compris. Selon les rumeurs, il semble apprécier la compagnie de la gent féminine, et c'est apparemment réciproque.

S'agissait-il d'une autre tentative de lui faire sentir qu'elle n'était pas spéciale ? Cependant, Knightly n'avait jamais demandé à aucune autre de l'épouser. Et depuis leur rupture, très peu de femmes étaient entrées dans son intimité.

— Les hommes restent des hommes, commenta-t-elle. Il faut que jeunesse se passe.

— Tout à fait. J'espère que vous ne me tiendrez pas rigueur de ma curiosité. Je... eh bien, comme je l'ai indiqué, mon attitude à votre égard ne plaisait pas à Père de son vivant, et je souhaitais m'assurer de votre réputation avant de...

Il plongea la main dans sa poche et en sortit une enveloppe de couleur crème, qu'il lui tendit.

— Je voudrais vous offrir cette invitation pour le bal que mon épouse et moi donnerons mardi prochain.

Elle regarda le rectangle de vélin comme s'il s'agissait de l'aspic de Cléopâtre sur le point de mordre.

— Vous plaisantez, sans doute.

Il posa l'invitation sur le guéridon à côté de son fauteuil.

— Je vous assure que non.

— Il y a cinq ans, j'étais sur le point d'épouser un comte promis à devenir duc, et vous ne m'avez pas trouvée assez respectable pour chercher à vous rapprocher de moi. Je peine à croire que vous me trouviez à la hauteur aujourd'hui.

— Ma mère était encore en vie à l'époque. J'ai dû choisir lequel de mes parents je voulais rendre heureux.

Regina ressentit aussitôt de la contrition.

— Je suis désolée. J'ignorais qu'elle était décédée.

— Il y a trois ans.

Lorsque Regina faisait le tour de l'Europe. Son père ne le lui avait pas dit, mais il mentionnait rarement son autre famille – sans doute par peur qu'elle ne se sente inférieure, d'une certaine façon. Le peu qu'elle savait sur la vie que menait son père quand il n'était pas avec sa mère et elle, elle le devait aux ragots qu'elle avait collectés ici et là.

— C'est difficile de perdre ses deux parents, surtout de façon si rapprochée, remarqua-t-elle.

Après avoir laissé passer un silence, elle demanda :

— Vos sœurs accepteront-elles ma présence à votre soirée ?

— Assurément. Nous en avons discuté, et elles sont ouvertes à cette idée. Sans doute parce que notre famille s'est soudain réduite, nous nous sommes aperçus que chacun de ses membres était important. Vous serez traitée comme une invitée privilégiée. En outre, Chidding sera ravi de vous y voir. Quant à moi, j'ai toujours apprécié le vicomte. Et Knightly ne pourra qu'approuver.

— Vous l'avez invité, en dépit de votre récente altercation ?

— On ne peut snober un homme qui, comme vous l'avez dit, deviendra duc un jour. Nous nous sommes mal compris, voilà tout. Et je ne suis pas du genre rancunier.

Regina eut un peu de difficultés à le croire.

— Partagez un souvenir avec moi, dit-elle soudain.

— Pardon ?

— Vous me dites d'oublier l'époque où vous m'ignoriez, mais je ne ressens pas chez vous de vrais regrets, ou la volonté sincère de me connaître. Si nous voulons construire un pont, il nous faut des matériaux. Un souvenir serait un bon début. Quelque chose qui impliquerait Père, peut-être.

Il eut l'air de regretter de ne pas avoir accepté le scotch qu'elle lui avait proposé un peu plus tôt. Ses doigts tambourinant de nouveau sur l'accoudoir, il fouilla sa mémoire.

— Nous avons un étang sur notre domaine, commença-t-il avec hésitation. Nous avions l'habitude de monter dans une barque, et Père ramait jusqu'au centre. Là, nous pêchions pendant des heures. Quand j'ai eu six ans, il m'a autorisé à tenir une canne à pêche. J'ai fait une belle prise, mais le poisson s'est tellement débattu que j'ai basculé dans l'eau. J'étais terrifié. J'ai cru que j'allais me noyer. Père m'a saisi par le col de ma chemise et m'a remonté à bord. Puis il m'a serré contre lui. J'ai senti qu'il tremblait.

Bremsford s'éclaircit la gorge.

— C'est le seul souvenir que j'aie où il m'a montré qu'il tenait peut-être un peu à moi.

Regina n'avait jamais douté de l'amour de son père, et elle fut désolée pour son demi-frère.

— Et vous ? demanda-t-il d'un ton brusque. Quel est votre souvenir ?

Exprimer ses émotions n'était visiblement pas son fort.

Elle lui adressa un sourire chaleureux.

— Vous étiez dans une pièce de théâtre, vous aviez le rôle d'Hamlet. C'était écrit dans la gazette de votre école, et on y acclamait votre performance. « C'est ton frère », m'a-t-il dit en me montrant votre photo. Il était fier de vous.

Bremsford plissa le front, l'air surpris.

— Il vous parlait de moi ?

— De temps en temps.

— Il ne nous parlait jamais de vous. Nous connaissions votre existence, bien entendu, les ragots et les conjectures étant ce qu'ils sont.

Les mots avaient jailli, telle une salve de balles tirée par une milice, et Regina se rendit compte qu'il n'était pas si facile pour lui de tendre le rameau d'olivier. Mais elle était consciente qu'il faisait un effort.

— Je comprends que mon existence ait pu tous vous mettre mal à l'aise. Mais rassurez-vous, milord, je sais qui je suis et où est ma place. Quant à votre invitation, je vais y réfléchir.

— Fort bien.

Visiblement soulagé, il se redressa d'un bond.

— Je crains, mademoiselle Leyland, que mes sœurs et moi ne vous ayons mal jugée pendant toutes ces années.

Regina se leva à son tour.

— La société aime à nous ranger dans des boîtes. Je suis ravie que vous fassiez un effort pour vous échapper de la vôtre, milord.

— Je vais vous laisser, à présent. Bonne journée.

Ce ne fut qu'après avoir entendu la porte se refermer que Regina se saisit de l'enveloppe et en sortit le carton d'invitation.

Lord et lady Bremsford sollicitent l'honneur de votre présence…

Jamais sa mère n'avait été conviée à se rendre à la résidence du comte de Bremsford. Elle se demanda si elle oserait.

Le Cavalier était rentré tard de son club et avait trouvé une missive de Regina.

Auriez-vous l'obligeance de me rendre visite ce soir ? J'ai besoin d'avoir votre avis sur un sujet de la plus haute importance.

Tandis que sa calèche l'emportait vers sa résidence, il spécula sur un bon nombre de sujets qui pourraient requérir son opinion.

Suis-je plus attirante nue ou habillée ?

D'une façon comme d'une autre, je ne peux vous quitter des yeux.

Me préférez-vous en vert ou en rouge ?

Sans rien.

Préférez-vous mes gémissements ou mes soupirs ?

J'adore les deux.

Voulez-vous me prendre dans un lit ou contre un mur ?

Peu importe du moment que je peux vous avoir.

Sur cette dernière pensée, il soupira de frustration. Il ne pouvait pas en faire sa femme, sauf à se parjurer. Cinq ans auparavant, le prix à payer lui avait semblé cruellement élevé, et il avait tenu à le payer seul, ne voulait pas en faire porter la charge à Regina. Pourtant, à présent qu'il passait de nouveau du temps avec elle, la tentation était grande de lui demander de devenir sa maîtresse, et donc de renoncer à se marier et à faire légitimer sa fille.

Cependant, il se savait incapable de se résoudre à exiger cela d'elle, après toutes les épreuves qu'elle avait traversées.

Et il ferait tout pour éviter qu'Arianna n'endure le même crève-cœur que sa mère en étant montrée du doigt par la bonne société. D'ailleurs, il avait déjà fait établir une pension pour la fillette, qui assurerait à celle-ci un coquet revenu annuel. Et il n'était pas question d'une clause spécifique à propos de son comportement. Une fois adulte, elle pourrait bien traverser les rues de Londres nue sur un cheval, telle la légendaire lady Godiva, sans craindre de perdre son argent.

Il ne savait pas quand il ferait cette révélation à Regina. Après son mariage, peut-être. Ou il demanderait simplement à son avocat de l'en informer, en lui indiquant qu'il s'agissait d'un bienfaiteur anonyme. Ce serait un moyen pour que ni Regina ni sa fille ne se sentent redevables envers lui. Mais il y avait déjà beaucoup d'anonymat dans leurs vies.

La calèche s'arrêta. Il ouvrit la portière et sauta dehors, sans attendre l'aide d'un valet. La fenêtre du petit salon était éclairée. Il gravit les marches du perron à la hâte et frappa à la porte.

Regina ouvrit, la chevelure légèrement en désordre, et il ressentit l'envie de libérer ses boucles des épingles qui les retenaient.

— Je me disais que vous ne viendriez plus.

— J'étais au club. J'ai eu votre message il y a peu. Y a-t-il un problème ?

— Je ne crois pas. Entrez, je vous prie.

Elle lui tourna le dos et se dirigea vers le petit salon, lui laissant le soin de fermer la porte et de la suivre.

Il était presque 23 heures. La maison était silencieuse, les domestiques s'étant retirés pour la nuit. Arianna devait dormir dans son berceau. Non, elle était trop âgée pour un berceau maintenant. À quoi ressemblait-elle à sa naissance, tandis que sa mère s'émerveillait de la tenir dans ses bras ? Il souffrait d'avoir été privé de cela : avoir un enfant avec la femme qu'il aimait plus que tout. S'il avait été au courant, le duc se serait réjoui de le voir si malheureux.

Le Cavalier franchit le seuil du salon au moment où Regina se détournait de la console dévolue aux alcools, un verre de scotch dans une main, un verre ballon contenant du brandy dans l'autre.

— Asseyons-nous là.

Elle indiqua un petit sofa disposé près d'une bibliothèque. Y ayant pris place un nombre considérable de fois, il savait qu'elle se trouverait aisément à portée de main.

— Pas près du feu ?

S'installer face à face semblait un plus sûr moyen d'éviter la tentation.

— Non, Bremsford était là tout à l'heure, et j'ignore si je pourrai de nouveau m'y sentir à l'aise.

L'estomac du Cavalier se noua, car il n'avait pas été là pour servir de tampon entre Regina et cet homme.

— Bremsford. Que diable voulait-il ?

— M'inviter à son bal, figurez-vous.

Élégamment, elle prit place sur le sofa et lui tendit son verre.

Acceptant son offre, il s'assit à côté d'elle, laissant son genou toucher celui de Regina. Si elle le remarqua, elle ne dit rien, et se contenta de boire une gorgée de brandy, de fermer brièvement les paupières et de soupirer.

Contre toute attente, il se demanda si, à supposer qu'ils se soient mariés cinq ans plus tôt, ils se seraient déjà lassés l'un de l'autre, si la regarder ne provoquerait plus aucune émotion chez lui. Cependant, il ne pouvait imaginer une telle chose. Au contraire, ce qu'il avait alors éprouvé pour elle n'aurait fait que s'accroître.

— Pourquoi voudrait-il vous inviter à son bal ?

Après lui avoir relaté dans le détail la conversation qu'elle avait eue avec le comte de Bremsford, Regina conclut en secouant la tête :

— Il avait l'air sincère. Néanmoins, ça me semble un événement un peu trop officiel pour une première prise de contact, à moins, peut-être, que le fait d'avoir beaucoup de monde autour n'allège le sentiment de malaise. Ainsi, nous ne serons pas coincés en compagnie les uns des autres pendant de longues heures, comme cela pourrait être le cas au cours d'un dîner.

— Avez-vous envie de fréquenter la famille officielle de votre père ?

Tenant son verre à deux mains, elle le frotta comme s'il s'agissait de la lampe d'Aladin, et il se demanda quel vœu elle formulerait si un génie apparaissait soudain.

— Quand j'étais petite, j'écrivais des histoires où les autres enfants de mon père et moi étions amis et vivions de formidables aventures ensemble. Invariablement, l'un d'eux me sauvait d'un danger. Je rêvais d'avoir des amis autres que mes poupées. Ça me brise le cœur de voir qu'Arianna n'a pas d'amis non plus. Bremsford et ses sœurs ont des enfants. Accueilleraient-ils Arianna parmi eux ? Seraient-ils là pour elle plus tard ? Chidding serait-il plus enclin à demander ma main s'il avait la certitude de ne pas se faire un ennemi ?

Elle quémandait une réponse du regard, mais le Cavalier ne savait pas quoi lui dire.

— Et si sa quête pour démasquer Anonyme n'avait rien à voir avec moi, continua-t-elle, mais n'était que le simple désir d'affronter quelqu'un qui a écrit un texte qu'il juge subversif ? Peut-être n'est-il pas au courant de la clause qui met en danger mes revenus.

— En tant qu'héritier, il a forcément un droit de regard sur tout. Et si votre père ne lui avait rien mentionné, il l'aura appris par le notaire au moment de la succession. Il me semble inconcevable que Bremsford ignore le fonctionnement de votre pension.

— Dans ce cas, il n'est peut-être pas avisé que j'assiste au bal ni que je lui fasse confiance.

Le Cavalier posa son verre, replia son bras sur le dossier du sofa et laissa ses doigts courir sur la joue de Regina.

— Je sais ce que c'est de perdre sa famille, et le miracle de découvrir finalement qu'elle n'est pas entièrement perdue. Si vous souhaitez que ses sœurs et lui fassent partie de votre vie, je vous conseille de vous aventurer dans cette histoire le plus précautionneusement possible. Au cours du bal, si les choses ne se passent pas comme vous l'espériez, vous pourrez toujours partir. Je serai là pour observer et, le cas échéant, intervenir.

Au départ, le Cavalier n'avait aucunement l'intention de se rendre à cette soirée, mais rien ne pourrait l'en écarter à présent. Et il ferait bien comprendre à leur hôte qu'il n'avait pas intérêt à créer quelque controverse que ce soit, au risque d'embarrasser ou d'attrister Regina.

— Mais je peux aussi le rencontrer avant le..., continua-t-il. Quand doit avoir lieu ce fichu bal, déjà ?

— Mardi prochain.

— Je peux m'entretenir avec Bremsford et vous donner un avis plus éclairé.

— Si cela ne vous ennuie pas.

« Vous me demandez quelque chose de peu de conséquences, et pas le moins du monde rébarbatif, quand je serais prêt à mourir pour vous », songea-t-il.

Il garda toutefois cette déclaration pour lui.

— Je m'en occupe dès demain.

Regina laissa échapper un long et lent soupir de soulagement. Le désir d'être acceptée n'allait pas sans la crainte d'être rejetée publiquement et, de toute évidence, cela pesait sur elle.

Il détestait l'idée d'appartenir à cette société qui pouvait humilier et abaisser ainsi les êtres, faisant en sorte qu'ils se sentent minuscules et insignifiants. Et il détestait plus encore d'avoir été contraint, par ses actes, d'ajouter à ce sentiment qu'elle avait de ne pas être à la hauteur.

— Ne négligeons pas l'hypothèse qu'il ait finalement retrouvé un peu de bon sens et se soit aperçu quel trésor vous êtes, déclara-t-il.

Elle rit.

— Je suis certaine qu'il ne peut s'agir que de cela.

Puis elle redevint sérieuse.

— Le fait qu'il ne fasse pas partie de ma vie, qu'il ne soit jamais venu me rendre visite ici ne me dérangeait pas. Ou en tout cas, je le croyais. Après son départ tout à l'heure, j'ai ressenti une sorte de gratitude à la perspective que nous pourrions entamer un rapprochement, et ainsi créer un lien avec Père en échangeant nos souvenirs.

Elle soupira.

— Mon père a mené une existence parallèle dont je ne sais presque rien, de sorte que je n'ai jamais eu une compréhension globale de l'homme qu'il était. J'ai une photographie de Maman et de lui, prise lors d'un voyage qu'ils ont fait au bord de la mer. J'imagine que son fils possède des dizaines de clichés représentant son père à différentes époques de sa vie. Pour être honnête, je suis un peu effrayée à l'idée de ce que je pourrais découvrir dans sa résidence. Cependant, je refuse de me laisser intimider.

Le courage de Regina faisait l'admiration du Cavalier. Depuis le début, elle avait fait des choses qu'elle n'aurait pas dû faire uniquement pour complaire à son père. Elle avait mis une fille au monde seule. À présent, elle allait se marier pour que sa fille ne manque de rien et puisse à son tour épouser un beau parti. Ce besoin perpétuel de plaire à son père ne la poussait-il pas aussi à accepter l'invitation de Bremsford ?

— C'est votre faute, vous savez.

Elle avait parlé si doucement qu'il l'avait à peine entendue. Pourtant, il se crispa tout entier à l'idée d'être responsable de sa tristesse ou de son inconfort.

— Comment cela ?

— Autrefois, vous avez fait en sorte que je me sente acceptée. C'était une sensation toute nouvelle, mais je ne l'ai jamais considérée comme acquise. Si je parviens à me faire accepter de mon frère et de mes sœurs, je crois que plus personne ne pourra jamais me persuader que je suis quelqu'un de médiocre.

Il se tourna et prit son ravissant visage entre ses mains.

— Je n'ai jamais pensé une telle chose de vous. Vous n'êtes pas médiocre. Vous n'avez pas besoin de leur acceptation ou de leur approbation pour valoir quelque chose. Vous avez bien plus de valeur qu'eux, parce qu'il n'y a aucune duplicité en vous. Vous êtes gentille, attentionnée, généreuse. Sacrebleu, vous m'avez même pardonné. Il n'y a personne de plus admirable que vous.

Alors que je ne puis me pardonner moi-même.

— J'ignore si je suis vraiment admirable. Je vous ai fait porter une missive parce que je savais que si je venais chez vous, je serais incapable de me comporter correctement. En revanche, en vous recevant ici, sur mon territoire, je croyais pouvoir résister à la tentation. Je me suis trompée.

Quelle erreur de jugement de sa part ! Et quelle surprise aussi de découvrir qu'elle n'avait pas réellement fait mander Knightly pour avoir son avis sur la visite de Bremsford, mais parce qu'il lui manquait. Et parce qu'elle ne voulait pas que leur dernière séparation soit vraiment la dernière. Elle voulait engranger d'autres souvenirs de lui.

Elle était incapable de lui résister.

Quand leurs bouches se nouèrent, Regina fut soulagée de constater que Knightly ne pouvait pas lui résister non plus. Une tornade se déchaînait en eux, menaçant - ou plutôt non, promettant - de les faire tanguer sur un océan de plaisir.

Il s'attaquait à ses laçages et elle à ses boutons quand la raison lui revint finalement.

— Non, dit-elle.

Il s'immobilisa immédiatement, le souffle haletant.

— Pas ici. Dans ma chambre.

— Dieu merci, je pensais que vous alliez me renvoyer chez moi.

Elle lui adressa un sourire malicieux.

— Pas avant d'avoir abusé de vous.

Leur voyage jusqu'à la chambre ne fut pas une course effrénée, car ils s'arrêtèrent continuellement pour s'assurer que le feu entre eux ne s'éteignait pas.

Un baiser rapide. Un autre plus appuyé. Son dos pressé contre le mur alors qu'il lui dévorait la bouche, plaquant son corps contre le sien. Le contact contre son ventre du renflement sous son pantalon la rendait folle. Sa respiration devenait laborieuse tandis que les sensations la submergeaient.

Elle avait tellement envie qu'il soit nu.

Lorsqu'ils arrivèrent enfin à destination, fermant la porte derrière eux, elle fut presque surprise de constater que leurs vêtements ne s'étaient pas consumés. Tout en elle était embrasé.

En l'espace de quelques minutes, ils furent nus et tombèrent sur le lit en riant. Puis il y eut des murmures, des gémissements, des caresses légères ou audacieuses, des doigts déterminés.

Telle une créature sauvage, elle se démena en dessous de lui, suppliant, exigeant l'apothéose promise par chacun de ses gestes. Oh, les sensations étourdissantes que cet homme provoquait avec sa langue. Elle était certaine que ce qu'il lui faisait était illégal. En effet, si la société considérait son livre comme indécent, alors ce genre de gratification devait être regardée comme immorale.

Puis il fut en elle, l'emplissant, et elle enfonça les doigts dans le bas de ses reins, l'incitant à s'insinuer plus profondément, levant les hanches pour lui offrir un meilleur accès. Le rugissement féroce qui fit frémir Knightly se confondit avec le sien, augmentant son plaisir.

Ils perdirent pied, s'abandonnant jusqu'au bout de l'extase, se consumant l'un l'autre dans un éblouissement mutuel des sens, qui les laissa pantelants et merveilleusement comblés.

Quelque chose réveilla le Cavalier.

Le corps dans son dos s'était-il étiré ? La cuisse glissée entre les siennes avait-elle effleuré ses testicules ? Y avait-il eu un changement de rythme dans le souffle tiède qui réchauffait son épaule ?

Ouvrant les paupières, il découvrit deux grands yeux bleus innocents.

— Sacrebleu ! s'écria-t-il.

Se redressant brusquement, il se cogna la tête sur le bois de lit et batailla pour remonter le drap, mais celui-ci était coincé sous Regina. Au moins, il était couvert autour des hanches, masquant l'essentiel de sa nudité.

Tandis qu'il avait le plus grand mal à retrouver son souffle, Regina se réveilla et regarda par-dessus son épaule.

— Ari, que fais-tu là ? s'enquit-elle d'une voix endormie, mais légèrement inquiète.

— Le monstre est venu.

— Oh, ma chérie, je t'ai dit qu'il n'y avait pas de monstre.

Elle repoussa le drap – il plaqua sa paume dessus pour couvrir ses fesses, même si la fillette ne pouvait pas les voir – et sortit du lit.

— Que fais-tu ? demanda-t-il.

Elle se dirigea nue vers une chaise et se saisit de sa robe de chambre.

— Tu ne peux pas tout simplement...

Il agita la main vers lui, elle et Arianna.

Elle eut un sourire indulgent.

— Elle ne comprend pas. Elle n'a que quatre ans.

Après avoir croisé les pans de sa robe de chambre et noué la ceinture, elle s'avança vers sa fille et la souleva sur sa hanche.

— Je veux dormir avec toi, dit Arianna d'une petite voix suppliante.

— Pas ce soir, ma puce.

Elle regarda le Cavalier.

— Ça peut durer un moment, précisa-t-elle. Il faut du temps pour qu'elle se rendorme après un cauchemar. Ne pars pas.

— Je n'en avais pas l'intention.

Il l'observa sortir de la chambre avec sa fille et, après un soupir, décida de se lever.

Enfilant à la hâte son pantalon et sa chemise, il emprunta le couloir jusqu'à ce qu'il trouve la nursery, guidé par la lumière qui jaillissait de la pièce.

En arrêt sur le seuil, il contempla Regina coucher sa fille, comme elle l'avait sans doute fait plusieurs centaines de fois avant.

Quand la fillette fut sous les couvertures, sur le côté, une main sous sa joue, Regina s'assit sur le rebord du matelas, lui massa le dos et commença à lui chanter une berceuse.

Knightly sentit son cœur se serrer à un point qu'il n'aurait pas cru possible. Jamais il n'aurait imaginé avoir un jour autant envie de revendiquer un droit de propriété sur elles deux – la mère et la fille –, de les garder près de lui pour toujours et de les protéger, au prix de sa vie s'il le fallait.

Arianna dit quelque chose qu'il n'entendit pas. Regina tourna la tête vers lui.

— Tu veux te joindre à nous ?

Le lit était bien trop grand pour la fillette. Il s'assit au bout. Il y avait toute la place nécessaire, car les jambes d'Arianna ne s'étendaient pas aussi loin. Elle ne le quittait pas des yeux, l'observant sans ciller.

Que pouvait-il faire ? Il ne savait pas chanter.

— Tu sais ce qu'est un chevalier ? demanda-t-il.

— Non.

— C'est quelqu'un qui élimine les monstres.

— C'est quoi « éliminer » ?

— Ça veut dire les faire partir pour toujours.

Il se pencha légèrement.

— Ils ne peuvent même plus revenir dans les rêves.

— Est-ce que tu es un chevalier ?

— Bien sûr.

— Alors, tu peux faire partir mon monstre ?

— C'est déjà fait. Et tu sais quoi ? Avant de m'en aller, je vais discuter avec Princesse et lui demander de bien surveiller ta chambre. Et comme ça, il n'y aura plus jamais de monstre.

Le sourire confiant qu'Arianna lui adressa le frappa en plein cœur.

— Je t'aime, murmura-t-elle tandis qu'elle commençait à s'endormir.

Même s'il savait qu'elle disait cela à tout le monde et que cela ne signifiait probablement rien, il fut quand même touché. Avant de connaître cette petite fille, il n'avait dit « je t'aime » qu'à une seule personne, Regina. Aussi, ce ne fut pas anodin pour lui de déclarer en retour :

— Je t'aime aussi.

Du coin de l'œil, il vit que Regina essuyait une larme.

— Il faut dormir, maintenant, Ari, annonça-t-elle.

La petite ferma les yeux, et Regina reprit sa berceuse.

Et le Cavalier eut envie de rester là pour toujours.

21

Les rêves qui emplissaient mes nuits se confondaient avec ceux qui occupaient mes heures de veille. Ces moments magiques passés avec lord K et sa bouche incroyablement audacieuse.

Anonyme, *Mes désirs secrets, une autobiographie*

*

30 juin 1875

— Knightly, en voilà une surprise ! Vous êtes venu me menacer ?

Debout dans le petit salon, le Cavalier avait attendu avec impatience que le majordome aille prévenir Bremsford. Après deux minutes à peine, il était déjà prêt à partir lui-même à la recherche du fichu comte.

— Ai-je besoin de le faire ?

Bremsford rit, mais sa gêne était perceptible.

— J'espère que non. Vous avez été très clair la dernière fois. Bien que vous ne soyez pas son mari, il semblerait que vous soyez le défenseur de la fille de mon père.

C'était une pique subtile, mais le Cavalier ne la commenta pas.

— Vous l'avez invitée à votre bal.

Le comte écarquilla légèrement les yeux.

— Elle vous en a fait part ?

— Il n'y a pas si longtemps, vous n'aviez que mépris pour elle. Pourquoi ce changement d'opinion soudain ?

Regina et lui pensaient que le fait de mentionner la récompense ne servirait qu'à éveiller les soupçons du comte. Ils se disaient aussi que, si ce dernier avait découvert quoi que ce soit au sujet d'Anonyme, cela se serait déjà ébruité. Bremsford ne leur apparaissait pas comme capable de garder un secret.

— J'ai toujours admiré Chidding. Il m'a informé, il y a quelques jours de cela, qu'il avait l'intention de demander la main de ma...

Il s'éclaircit la gorge.

— De Mlle Leyland.

Le Cavalier éprouva une sensation de perte si intense qu'elle faillit le submerger. Même s'il comprenait pourquoi le vicomte manifestait de l'intérêt pour Regina, et savait quelle en serait l'issue, le fait d'en avoir la confirmation était un coup dur.

— De surcroît, mon épouse n'a guère été ravie que je ne souhaite pas assister aux différents bals où la fille illégitime de mon père avait été invitée. Or, je ne supporte pas de la voir contrariée. Par ailleurs, je n'ai aucunement l'intention de snober l'épouse de Chidding. Il n'est peut-être que simple vicomte, mais il est très respecté parmi les pairs. Par conséquent, j'ai décidé de me montrer magnanime.

Les motivations de Bremsford étaient assurément cohérentes, même s'il peinait encore à utiliser le terme approprié pour Regina. Le Cavalier doutait qu'il la désigne un jour comme étant sa sœur.

— Vous auriez pu l'inviter à dîner, fit-il remarquer.

— La rencontre aurait sans doute été plus embarrassante. La bienséance ne permet pas de sortir de table ou d'échapper à une conversation. Se creuser la tête pour trouver quelque chose à raconter durant un service de sept plats peut contrarier la digestion, et avoir des conséquences que j'ai préféré éviter. Au cours d'un bal, les échanges sont plus informels.

Le Cavalier n'eut rien à redire à cela, et c'était d'ailleurs plus ou moins ce qu'avait pensé Regina.

— Écoutez, Knightly, j'ignore pourquoi vous vous en souciez, ni en quoi ce serait de votre ressort, mais sachez que je ne lui veux aucun mal. Ma mère n'est plus parmi nous, et elle ne peut donc être blessée par la présence de Mlle Leyland. Le dernier souhait que mon père a exprimé sur son lit de mort était que je me rapproche d'elle. Je ne prétends pas que ce sera chose aisée, mais je veux bien essayer. Je ne peux guère faire davantage que cela. Et si d'aventure je m'apercevais que je suis incapable de la supporter chez moi, je pourrais toujours me retirer dans ma bibliothèque.

Pour le bien de Regina, le Cavalier espérait de tout cœur que le comte de Bremsford disait vrai. Il voulait qu'elle soit acceptée par sa famille et qu'elle bénéficie du soutien de ses proches. Il voulait que sa vie soit faite de moins d'embûches et de plus de joies.

Il hocha la tête.

— Fort bien, Bremsford. Je vous souhaite de réussir dans cette voie.

Il commença à se diriger vers la porte, mais s'interrompit soudain.

— Toutefois, lança-t-il par-dessus son épaule, mon précédent avertissement reste valable. Si vous lui faites du mal, je vous détruirai.

22

Je désirais non seulement ses caresses, mais ses paroles. Elles n'étaient pas celles d'un poète, mais celles d'un homme avisé. Nous parlions de choses sérieuses. Il me demandait mon opinion. Avec une admiration évidente, il prêtait attention à mon point de vue. Jamais auparavant je ne m'étais sentie aussi importante. Jamais on ne m'avait tenue en une telle estime. Je me rendis alors compte que c'était le plus puissant des aphrodisiaques.

Anonyme, *Mes désirs secrets, une autobiographie*

*

6 juillet 1875

Dans la tête et le cœur de Regina, l'excitation se mêlait à la crainte tandis que la calèche approchait de sa destination. Knightly était enclin à croire à la sincérité du comte, mais il avait encore l'ombre d'un doute. Après toutes ces années, pourquoi maintenant ?

Elle ne pouvait lui reprocher sa méfiance, ayant ressenti les mêmes réserves, hésitant à jeter le carton au feu.

Mais au bout du compte, le désir de connaître les autres enfants de son père l'avait emporté sur la peur qu'on ne se soit joué d'elle.

Knightly s'était dit prêt à l'accompagner, mais il lui suffisait de savoir qu'il serait sur place. Elle avait décidé d'accepter la proposition que Chidding lui avait faite lors du précédent bal auquel ils avaient assisté. Après tout, le vicomte lui faisait la cour, tandis que Knightly veillait sur elle à distance et lui faisait l'amour quand l'occasion lui en était donnée – mais refusait de revenir sur sa promesse de ne jamais se marier.

Lady Finsbury faisait une fois de plus office de chaperon et mettait à profit la lumière déclinante pour parcourir *Mes désirs secrets*. Regina avait une impression mitigée à ce sujet. Elle savait que tout le monde ne lisait pas aussi vite qu'elle, mais plusieurs jours s'étaient écoulés depuis leur sortie au théâtre.

Peut-être aurait-elle mieux fait de tenir sa langue, mais elle ne put s'empêcher de remarquer :

— Ce livre ne semble guère retenir votre intérêt.

La veuve lui lança un regard surpris.

— Pardon ?

— Vous le lisiez déjà quand nous sommes allés au théâtre. Il doit être mortellement ennuyeux si vous ne l'avez pas terminé depuis.

Lady Finsbury gloussa.

— Oh, c'est ma troisième lecture. Je continue à espérer que la fin va changer, voyez-vous. Bien sûr, c'est impossible, mais je persiste à chercher un indice laissant entendre que lord K finira par lui revenir. Ils sont faits pour être ensemble. L'émotion entre eux... eh bien, ça me fait monter les larmes aux yeux. Je ne suis pourtant pas du genre à pleurer facilement. N'est-ce pas, Chidding ?

Assis en face d'elles, le vicomte sourit affectueusement à sa cousine.

— Certes non.

— J'espère que l'auteur écrira une suite où ils trouveront le bonheur qu'ils méritent.

— Vous croyez qu'elle mérite un homme qui l'a abandonnée ?

— Je suis convaincue qu'il avait une bonne raison de le faire. Nous ne savons pas encore de quoi il s'agit, voilà tout. C'est pourquoi il faut absolument qu'il y ait une suite.

— Pensez-vous que le personnage masculin s'inspire de lord Knightly ? s'enquit Chidding.

— Il y a une certaine ressemblance, il est vrai. Mais c'est une fiction, j'en suis sûre. En tout cas, si je devais écrire un livre, je m'inspirerais de lui. C'est un bel homme, avec quelque chose d'un peu dangereux, mais n'importe lequel des Joueurs d'échecs ferait l'affaire. Ils sont tous tellement charmants et ténébreux à la fois. Quoi qu'il en soit, j'ai envoyé un mot à l'éditeur pour lui dire que l'auteur devait absolument écrire d'autres livres, et aussi pour l'encourager lui-même à risquer de les publier.

Regina ne put retenir un sourire devant un tel enthousiasme. Elle appréciait beaucoup lady Finsbury, et elle espérait être dans les mêmes dispositions à l'égard des sœurs du comte. Les liens de parenté créaient certainement des affinités évidentes, une similitude dans les traits de caractère, une forme de cohésion.

La calèche ralentit en abordant un dernier virage, avant de s'engager dans l'allée menant au manoir, où une file de véhicules hippomobiles s'était formée.

Regina se démancha le cou pour apercevoir la massive bâtisse par la vitre.

— Êtes-vous déjà venue ? demanda Chidding.

— Non.

Se sentant un peu coupable d'avoir joué les espionnes dans sa jeunesse, elle le regarda et avoua :

— Mère et moi sommes quelques fois passées à pied devant, mais je ne me suis jamais approchée à ce point. Et bien sûr, je n'ai jamais vu l'intérieur, contrairement à vous, je suppose.

— J'ai eu la chance d'y être invité plusieurs fois. C'est tout à fait grandiose.

— Votre résidence est-elle semblable ?

— Loin s'en faut. J'avoue qu'elle est légèrement délabrée.

— Cela changera sans doute quand vous vous serez marié.

— Sans doute.

C'était maintenant au tour de Chidding de regarder par la vitre, et elle devina qu'il n'appréciait guère l'idée d'être dépendant de la dot de sa femme. Mais il en était ainsi pour de nombreux membres de l'aristocratie, certains se tournant même vers des héritières américaines pour renflouer leurs finances.

— Nécessité fait loi, déclara-t-elle posément.

Quand il pivota la tête vers elle, il lui sembla voir de la gratitude dans ses yeux face à sa compréhension de la situation. Mais après tout, s'il se servait d'elle, elle se servait de lui aussi.

Si seulement la vie pouvait être comme dans les fictions, où les héros étaient libres de prendre des risques, de faire ce qui leur plaisait sans que les conséquences soient aussi périlleuses pour eux que dans la réalité.

Après une série de départs et d'arrêts, durant lesquels elle commença à se sentir quelque peu nauséeuse – sans doute à cause de sa nervosité –, la calèche arriva enfin à l'endroit où des valets attendaient pour ouvrir les portières et aider les voyageurs à descendre.

Une fois qu'ils furent dans la cour, le vicomte lui offrit son bras, et elle posa la main dans le creux de son coude, espérant qu'il ne sentirait pas ses doigts trembler.

— Haut les cœurs ! dit-il. Ce ne sera pas aussi désastreux que vous le redoutez.

Une multitude de personnes – discutant et riant, parfaitement à l'aise – se frayaient un chemin vers l'intérieur. Quand elle franchit le seuil, Regina eut l'impression d'être entrée dans un autre monde. Assurément, la résidence de Knightly était aussi fastueuse, si ce n'était plus, que celle-ci, mais son père avait grandi entre ces murs, y avait élevé ses enfants – tout au moins durant quelques mois de l'année.

Chidding la guida vers un petit salon où il déposa son chapeau et sa canne de marche. Le temps était clément, et Regina ne s'était pas embarrassée d'une cape. N'ayant pas à attendre son tour pour la confier à une domestique, elle en profita pour observer les lieux, et fut attirée par un tableau accroché au-dessus de la cheminée. On y voyait son père debout derrière une femme assise sur un sofa – la comtesse, sans nul doute –, la main sur son épaule. Elle était entourée de deux petites filles, tandis qu'un jeune garçon d'environ douze ans se tenait à côté de son père.

Elle se rendit compte qu'il n'avait jamais fait réaliser de portrait le représentant avec sa mère et elle. Avait-il honte d'elles ? Craignait-il que l'artiste l'ébruite et que sa famille secrète, celle que personne ne devait connaître, soit soudain exposée ? Cette idée était plutôt ridicule alors qu'il avait donné un bal pour elle et avait essayé de lui trouver un mari. Il n'empêche, maintenant que le doute s'était insinué dans son esprit, cela la hantait. Sa mère et elle ne méritaient-elles pas l'argent dépensé pour créer une telle œuvre qui perdurerait dans le temps ?

S'était-il inquiété qu'elles ne soient que de passage dans sa vie ? Avait-il redouté de se lasser de son actrice ?

Les contours de la pièce avaient disparu, comme avalés par une brume surgie de nulle part, la laissant seule avec le tableau et ses pensées.

Puis elle reprit contact avec la réalité et s'aperçut que Chidding s'était rapproché d'elle.

— Allez-vous bien ? demanda-t-il gentiment.

Elle hocha la tête.

— Je savais qu'il y aurait des portraits de lui ici, mais je... je suppose que je ne m'attendais pas à le voir en famille.

Semblant satisfait, heureux même, et fier.

— Je ne me rappelle plus l'avoir connu si jeune. Dans mes souvenirs, il a les cheveux blancs, alors que je suis née entre son fils et sa fille aînée.

— J'ai toujours considéré mon père comme étant un homme impressionnant, une force de la nature. Aujourd'hui, quand je regarde ses portraits, avoua Chidding, je le trouve plutôt insignifiant.

Il lui tendit de nouveau le bras.

— Y allons-nous ?

Regina regarda autour d'elle.

— Il semble que nous ayons perdu votre cousine.

— Je suis certain que lady Finsbury s'est mise en quête d'un fauteuil confortable situé près d'une source de lumière afin de terminer son livre.

Il cala la main dans le creux de son coude, et Regina se demanda si le moment viendrait où il la considérerait comme trop hardie à son goût. Elle n'avait aucune peine à l'imaginer avec une femme plus réservée, qui ne tenterait pas de décrire l'exaltation d'être embrassée par un homme qui s'était perdu dans une frénésie animale parce qu'il désirait furieusement la goûter.

Il se fraya un passage dans la foule qui s'accumulait dans le petit salon et la guida vers le hall, impressionnant avec son double escalier semi-circulaire.

Des chérubins étaient peints au plafond, entre des nuages éthérés. Un immense lustre de cristal avait été allumé en prévision de l'arrivée de l'obscurité qui ne tarderait pas à s'abattre sur eux. Les murs étaient couverts de tableaux, dont certains représentaient leurs sujets en taille réelle. Regina en avait déjà vu dans d'autres résidences, mais ceux-ci étaient ses ancêtres. Pour la première fois, elle commençait à comprendre pourquoi le duc de Wyndstone répugnait à transmettre son titre à quelqu'un qui n'était pas de son sang.

Tandis qu'ils gravissaient l'escalier, elle ralentit, prenant le temps de détailler les œuvres à hauteur de ses yeux. Chidding ne la pressa pas et se tint derrière elle, la protégeant des bousculades de ceux qui voulaient passer.

Sur chacune figurait une plaque dorée où était gravé le nom des portraiturés : le cinquième comte et sa comtesse ; le quatrième comte ; la deuxième épouse du troisième comte...

Ils paraissaient tous tellement hautains ; pas un seul ne souriait.

— Ma mère aurait fait une magnifique comtesse.

— Bien sûr. C'était une actrice et jouer la comédie est inhérent à l'aristocratie.

Elle se demanda s'il jouait la comédie avec elle, et se le reprocha aussitôt.

Un groupe de personnes les dépassa et, quand elles furent hors de portée de voix, il inclina légèrement la tête.

— Rien ne nous oblige à rester, vous savez.

— Vous avez remarqué que je traînais les pieds, n'est-ce pas ? Il faut dire que tout cela est tellement impressionnant. C'est à la fois un témoignage de l'histoire avec un grand H et de ma propre histoire.

Elle lui reprit le bras.

— Je suis prête à assister au bal, milord.

— Fort bien, mademoiselle Leyland. Faisons en sorte que ce soit une soirée inoubliable, dans ce cas.

Tandis qu'ils achevaient de monter les marches, elle glissa un regard vers son chevalier servant. La gentillesse de cet homme s'étendrait-elle à sa fille ? Elle était tentée de le croire. À l'image de la rose que Knightly avait autrefois offerte à sa mère, la gentillesse de Chidding était probablement la meilleure part de lui. Et peut-être était-ce tout ce qui comptait.

— Sa Seigneurie le vicomte Chidding, et Mlle Regina Leyland.

À l'entrée de la salle de bal, Regina inspira profondément pour se donner du courage. Chidding posa son autre main sur celle qu'elle avait appuyée au creux de son coude et lui sourit d'un air rassurant.

— J'ai toujours trouvé agaçant d'être annoncé, dit-il. Ce serait tellement plus simple de pénétrer directement dans la pièce sans être le centre d'attention de tous. Y allons-nous ?

— Bien volontiers, milord.

Elle songea qu'elle pourrait peut-être, après tout, avec le temps, tomber amoureuse de lui. En tout cas, elle l'apprécierait assurément.

— Bremsford n'est pas un mauvais bougre, déclara-t-il tandis qu'ils s'avançaient pour saluer leurs hôtes.

Ce n'était pas le plus élogieux des compliments, mais elle savait que Chidding faisait des efforts pour apaiser son anxiété.

À cet instant, le comte de Bremsford l'observait, le visage impassible. Avait-il escompté qu'elle ne vienne pas ? Ainsi aurait-il pu dire qu'il lui avait tendu la perche mais qu'elle ne l'avait pas saisie. Elle était toujours incertaine quant aux motivations de son demi-frère.

Assurément, le décès de son père l'avait fait réfléchir, envisager la vie d'une façon différente. Probablement le nouveau comte était-il dans un tel état d'esprit.

L'attitude de la femme de Bremsford était plus facile à décrypter. Elle affichait un regard vibrant de curiosité, et le sourire chaleureux d'une maîtresse de maison accueillant ses invités.

— Chidding, dit succinctement le comte.

Regina eut la vague impression qu'il n'était pas ravi qu'il soit arrivé avec elle.

— Lord Bremsford.

Le ton de Chidding était cordial mais passablement froid, avec peut-être une légère note d'avertissement.

Le comte de Bremsford s'adressa à elle.

— Mademoiselle Leyland, nous vous sommes tout particulièrement reconnaissants de vous être jointe à nous.

— J'apprécie grandement l'invitation.

— Laissez-moi vous présenter ma femme, lady Bremsford.

Même si elle faisait partie de la famille, il semblait, pour ce soir au moins, qu'ils s'en tiendraient à un cérémonial très formel.

Avec élégance et grâce, elle plongea dans une irréprochable révérence.

— Lady Bremsford, c'est un honneur de faire enfin votre connaissance.

C'était peut-être un peu mesquin de sa part de faire allusion au temps, mais Bremsford était marié depuis dix ans maintenant, ayant pris femme à vingt-cinq ans. Naturellement, elle n'avait pas été invitée à la cérémonie, ni au fastueux repas qui avait suivi, mais les journaux n'avaient pas manqué de s'en faire écho dans les moindres détails.

— Ma chère mademoiselle Leyland, c'est un tel plaisir de vous accueillir... chez nous.

Elle avait failli dire « dans notre famille » et s'était reprise. Ce fut en tout cas ce qu'avait cru deviner Regina, et elle ne pouvait pas lui en vouloir. Après tout, elle était la preuve vivante de l'infidélité du beau-père de lady Bremsford. Le comte et la comtesse de Bremsford avaient trois enfants, et Regina se demanda si Arianna serait autorisée à jouer avec ses cousins.

— Pour ce que j'en ai vu, la maison est splendide.

— Je n'y suis pour rien. L'essentiel de la décoration a été fait par mes prédécesseurs. Et mon cher époux met un point d'honneur à respecter les traditions et à tout laisser en l'état.

Regina n'avait jamais envisagé qu'on puisse faire référence à Bremsford en y accolant le mot « cher », mais elle le vit comme un encouragement. Si la charmante lady Bremsford l'employait, alors elle pourrait peut-être finir par apprécier l'homme et le qualifier de « mon cher frère ». Cependant, pour le moment, il la surveillait du coin de l'œil comme s'il redoutait qu'elle ne vole l'argenterie. Sans doute leur faudrait-il du temps pour se sentir complètement à l'aise l'un avec l'autre.

Tournant la tête, il fit un discret signe de la main, et deux couples s'avancèrent.

Regina reconnut lady Warburton, qui avait manifesté son mécontentement quand elle l'avait battue aux cartes au Twin Dragons. Elle redoutait cette rencontre, mais la jeune femme l'observait à présent avec curiosité et intérêt plutôt qu'avec animosité – un peu à la manière dont elle aurait regardé un nouvel animal fraîchement exposé au jardin zoologique.

— Mes sœurs et leurs maris, dit Bremsford. Lord et lady Barrington. Lord et lady Warburton.

Regina exécuta une génuflexion.

— Milords. Lady Barrington, je suis ravie de faire votre connaissance.

— Il a fallu du temps, commenta sa demi-sœur en scrutant son visage, sans doute pour y trouver une ressemblance avec leur père.

Regina reporta son attention sur son autre demi-sœur.

— Lady Warburton, je dois vous présenter mes excuses. Nous nous sommes déjà rencontrées, à une table du Twin Dragons. Je ne m'étais pas rendu compte de qui vous étiez. J'espère que vous n'avez pas pensé que je vous snobais.

La jeune femme cilla.

— Eh bien... il se peut que je me sois montrée... légèrement discourtoise, mais vous êtes tellement habile à gagner.

— Tandis que ma femme est habile à perdre, commenta lord Warburton à mi-voix.

L'intéressée leva les yeux au ciel.

— Il n'apprécie pas mon appétence pour les cartes.

— Je pourrais vous donner quelques astuces, afin que vous remportiez plus souvent la mise, proposa Regina.

Sa demi-sœur écarquilla les yeux.

— Vous feriez ça ?

— J'en serais ravie, lady Warburton.

— Splendide ! Je ne m'attendais pas réellement...

Elle secoua la tête.

— Je ne sais pas exactement ce que j'attendais de cette rencontre. Vous êtes tout à fait aimable, mademoiselle Leyland. Je comprends pourquoi lord Chidding apprécie votre compagnie.

Regina n'eut pas besoin de se tourner pour savoir que Chidding rougissait.

— Je vous en prie, appelez-moi Regina.

— Comme c'est obligeant à vous. Vous pouvez m'appeler Josephine. Et voici Clara. Après tout, nous sommes parentes, d'une certaine façon.

— Je dois retourner accueillir mes invités, marmonna Bremsford. Si vous voulez bien m'excuser.

— Bremmie n'est pas très à l'aise à l'idée de vous avoir ici, dans sa maison, confia Clara. Mère et lui étaient très proches.

« *Bremmie* » ? Regina se retint de rire. Avait-on donné le même surnom à son père ? Elle ne pouvait l'imaginer.

— J'avoue avoir été médusée de recevoir une invitation.

— Nous avons trop longtemps fait comme si vous n'existiez pas. Par égard pour Mère, je suppose. Mais cela manquait d'égard pour vous.

— Je comprends. Cela n'a pas dû être facile… pour aucun d'entre vous.

Clara lui offrit son premier sourire, et Regina y vit l'ombre de son père.

— Je crois que je vais vous apprécier, Regina, et j'ai hâte de mettre derrière nous toute cette gêne.

— Et d'apprendre à gagner aux cartes, ajouta Josephine avec un sourire malicieux.

Regina se dit qu'elle pourrait devenir très amie avec ses demi-sœurs.

Le Cavalier s'était positionné contre un mur près de l'entrée de la salle de bal, où Bremsford et sa comtesse accueillaient leurs invités. Ainsi, il ne manqua rien de l'arrivée de Regina au bras de Chidding. Il y assisterait quantité de fois à l'avenir, s'il continuait à participer à des événements de ce genre.

Mais quel était l'intérêt de s'infliger le tourment de la voir avec un autre homme, quand lui-même ne pourrait jamais se marier ?

En dehors de sa beauté rayonnante, ce qui était son état naturel, Regina semblait à l'aise, heureuse. Chidding se montrait particulièrement attentionné envers elle. Et fier aussi, quand le nom de Regina fut associé au sien lors de l'annonce de leur présence. Des regards se tournèrent vers la fille de la maîtresse de feu le comte, et un brouhaha de commentaires s'éleva, chacun étant sans nul doute informé que Bremsford avait gracieusement invité sa demi-sœur et personne ne souhaitant manquer cette insolite rencontre entre un héritier légitime et une femme née du péché.

Le Cavalier dut faire un effort pour ne pas quitter son poste d'observation et se précipiter vers Regina. Mais elle avait choisi son chevalier servant pour la soirée, et il savait qu'il s'agissait de la seule décision raisonnable pour elle.

Même s'ils affectaient une réconciliation pour asseoir la réputation de Regina au sein de la bonne société, rien ne pourrait en résulter. L'avenir de celle qu'il aimait était avec Chidding.

Soudain, on lui prit sa flûte de champagne des doigts. Il tourna la tête et découvrit la Tour.

— À en juger par la crispation de ta mâchoire, tu risques bien de briser le pied de ce verre, dit son ami. Mais rassure-toi, Bremsford ne l'aurait pas invitée s'il avait eu l'intention de se montrer grossier avec elle.

— Maintenant que le moment est arrivé, il pourrait être tenté de changer d'avis.

Regina se tenait devant le fils de son père et sa comtesse. Elle fit une révérence gracieuse. Elle aurait dû avoir l'opportunité de se prosterner devant la reine, mais cet honneur lui serait à jamais refusé à cause des circonstances de sa naissance.

De là où il se trouvait, le Cavalier apercevait le visage de Bremsford, et celui-ci semblait content. Il y avait même comme une note de triomphe dans son expression, sans doute parce que ses négociations avaient abouti et qu'il exauçait le dernier vœu de son père mourant.

— Bremsford et son épouse paraissent plutôt courtois, observa la Tour.

— J'ai toujours du mal à comprendre ce changement d'opinion.

— Ils sont orphelins à présent. On ne s'aperçoit pas, avant qu'ils s'en aillent, de l'ancrage que représentaient nos parents. Il s'est peut-être rendu compte de l'importance des liens familiaux. En outre, le fait que tu l'aies défendue au club a peut-être fait prendre conscience à Bremsford qu'elle n'était pas du tout comme il se l'imaginait.

Si la Tour n'avait pas été témoin de ce qui s'était passé au Twin Dragons, le Cavalier lui avait rapporté l'altercation.

Bremsford fit un signe. Le Cavalier sentit son estomac se nouer. Puis il vit s'avancer les sœurs du comte et leurs époux. Après force génuflexions et hochements de tête, une conversation s'engagea, le comte ignorant la file d'attente qui s'allongeait dans l'entrée. Sans doute Bremsford avait-il averti son majordome qu'il devrait suspendre les annonces après l'arrivée de Mlle Leyland, afin de l'accueillir comme il se devait.

— Va-t-elle épouser Chidding ? s'enquit la Tour.

— Je suppose.

— C'est un brave type, mais pourras-tu vivre avec ça ?

Il le faudrait bien.

— En quoi cela me concerne-t-il ?

— Bon sang, le Cavalier, la profondeur de tes sentiments pour elle est évidente pour tout le monde. J'oserais même dire que tu l'aimes encore plus aujourd'hui que lorsque tu lui as fait ta demande.

C'était la destinée de l'amour que d'évoluer et de se métamorphoser, parce que les gens changeaient.

L'amour, avait-il découvert, était une chose étrange, comme un doux petit animal qui grandissait et grossissait pour devenir une bête féroce.

— Que sais-tu de l'amour ?

— Qu'il ne me mettra jamais le grappin dessus. Je crois que tu as assez souffert pour deux.

Pourtant, en dépit de la souffrance, le Cavalier était heureux d'avoir aimé Regina et d'avoir été aimé par elle. Il l'aimerait probablement toujours quand il serait sur son lit de mort, tandis qu'elle finirait sans doute par développer une forme d'affection pour l'homme profondément bienveillant qui l'accompagnait ce soir.

On annonça les invités suivants, tandis que l'orchestre commençait à jouer.

— Si tu veux bien m'excuser...

Il n'avait fait qu'un pas lorsque la Tour déclara laconiquement :

— Je vais certainement danser avec elle plus tard.

Le Cavalier pivota sur ses talons, et la Tour leva la flûte qu'il lui avait subtilisée, en but le contenu d'un trait et lui adressa un clin d'œil.

— Pour ta gouverne.

— Je suis sûr qu'elle en sera ravie.

Lui-même ne danserait pas avec Regina. Mais il était certain, maintenant que Bremsford avait montré publiquement qu'il l'acceptait au sein de sa famille, que tous ceux qui l'avaient auparavant dédaignée se précipiteraient pour emplir son carnet de bal, afin de complaire au comte. Il s'en réjouissait pour elle. Regina méritait d'être enfin pleinement acceptée par la bonne société.

Le couple venait d'arriver à sa hauteur, et le Cavalier les salua.

— Mademoiselle Leyland, dit-il en s'inclinant courtoisement. Lord Chidding.

— Milord, répondit simplement Chidding.

Le Cavalier reporta son attention sur Regina.

— J'ai cru comprendre que tout s'était bien passé.

Elle le confirma d'un hochement de tête.

— Ils se sont montrés des plus accueillants. Je me suis inquiétée pour rien. Ils souhaitent de tout cœur que je fasse partie de la famille.

— J'en suis ravi.

Il se tourna vers Chidding.

— M'autorisez-vous à demander une danse à... votre lady ?

— Bien volontiers.

Chidding effleura le bras nu de Regina.

— Je vais vous chercher une flûte de champagne, pendant ce temps, voulez-vous ?

Elle lui offrit un chaleureux sourire.

— Ce serait fort aimable à vous.

Le Cavalier la guida vers la piste de danse alors que les premières notes d'une valse s'élevaient.

— Chidding semble beaucoup plus à l'aise avec vous ce soir qu'il ne l'était au parc, remarqua-t-il.

— Pour la première fois, nous avons discuté d'autres sujets que du temps qu'il fait.

Elle soutint son regard sans broncher ; il eut l'intuition qu'il n'aimerait pas ce qui allait suivre, et que ce serait probablement leur dernière valse.

Il raffermit la prise de ses mains sur elle, comme pour engranger un dernier souvenir.

— Je vais lui dire ce soir, quand il me raccompagnera chez moi, à propos d'Ari et aussi des menaces qui pèsent sur mes revenus.

Ce qui signifiait que Regina allait avouer à Chidding qu'elle était l'autrice de *Mes désirs secrets*. Le danger pour sa réputation était réel si Chidding ne se montrait pas disposé à garder le secret, sans parler de l'impact sur sa situation financière.

— La seconde révélation est-elle nécessaire ?

— Il me courtise pour les revenus que je peux lui apporter. Avant qu'il demande ma main, il a le droit de savoir que mes ressources pourraient disparaître en un claquement de doigts.

— Est-il vraiment sur le point de faire sa demande, d'après vous ?

C'était en tout cas ce que Bremsford lui avait laissé entendre.

— Il a clairement montré qu'il éprouvait de l'intérêt pour moi.

— Et je suppose que vous allez accepter.

Il crut voir ses yeux briller de larmes contenues, avant qu'elle les chasse d'un battement de cils.

— Je ne veux pas que ma fille soit élevée en marge du Tout-Londres comme une lépreuse. Le fait de venir ici ce soir a été pour moi une révélation, ce à quoi j'étais loin de m'attendre. Ma mère n'a jamais été autorisée à entrer dans cette maison. Je ne l'étais pas davantage lorsque mon père était en vie. J'ai été tenue à l'écart de son lit de mort. Pour être honnête, je n'ai pas été avertie de son décès avant de l'apprendre dans le *Times*. Même si Chidding n'est pas le géniteur d'Ari, je crois qu'il peut être un bon père pour elle, encore que je serai plus à même d'en juger quand j'aurai vu sa réaction face à la vérité.

— J'ai rendu votre existence tellement compliquée, il y a cinq ans.

— Je ne vous en tiens plus rigueur, Arthur. Le souvenir de cette époque ne provoque plus d'amertume chez moi, mais au contraire une forme de tendresse.

Elle soupira.

— Peut-être aviez-vous raison en suggérant que j'avais écrit ce livre pour vous faire revenir dans ma vie. Sans le savoir, je cherchais un moyen d'y voir clair dans mes sentiments, et de me préparer à accueillir un autre homme.

— Je ne vous souhaite rien d'autre que d'être heureuse.

— Attendons de voir comment Chidding réagira à mes annonces.

— À moins qu'il ne soit un fou, rien ne devrait changer.

Il savait que leur danse ne tarderait à se terminer, et Regina en avait conscience aussi. Alors ils se turent et se regardèrent intensément, sans doute pour imprimer dans leur mémoire chaque trait de leurs visages.

Jamais plus il ne la tiendrait ainsi dans ses bras. À cette pensée, sa poitrine se comprima si fort qu'il eut la sensation que ses côtes allaient se briser sous la pression. Il inspira profondément pour se griser une dernière fois de son parfum de gardénia.

Ils se sourirent, mais il n'y avait nulle joie dans leurs expressions, car ils savaient qu'il s'agissait vraiment cette fois de leurs derniers adieux.

Lorsque la musique s'arrêta, il s'inclina au-dessus de la main de Regina, et murmura :

— Sois heureuse, Reggie.

À son arrivée, accueillie par son demi-frère, présentée à ses demi-sœurs, Regina s'était sentie tellement ravie d'avoir rejoint le cercle familial qu'elle aurait voulu crier sa joie au monde entier. Et à sa mère.

« Regardez, Mère, je suis enfin ici, là où était ma place depuis le début. Je suis acceptée. »

Lorsqu'elle dansa avec Chidding, après qu'elle eut terminé de boire la flûte de champagne qu'il lui avait apportée, elle étendit à sa personne ce sentiment d'acceptation, cessant de le comparer avec Knightly.

Sans un mot, son ancien amant et elle s'étaient dit adieu pour toujours. Cela avait été douloureux, mais le chagrin était souvent nécessaire pour avancer.

Elle pensait avoir tourné la page quand elle s'était rendue en Europe, mais elle n'avait fait que remettre à plus tard la vraie séparation. Elle se sentait désormais totalement libérée de son passé. Knightly avait été son premier amour. À présent, il lui revenait de s'assurer que Chidding soit le dernier.

Ce ne fut pas difficile pour elle de danser avec chacun des Joueurs d'échecs, même si elle soupçonnait Knightly d'avoir demandé cette faveur à ses amis afin qu'elle ne soit pas traitée en paria ce soir.

Bremsford ne lui avait pas réclamé de danse, et elle en était soulagée, car elle ne se sentait pas prête pour une telle proximité physique, mais cela viendrait peut-être plus tard.

Cela faisait maintenant un peu plus d'une heure qu'ils étaient là, et elle attendait sur le bord de la piste d'entamer sa troisième danse avec Chidding. Ce dernier lui avait déclaré avoir l'intention de se montrer scandaleusement audacieux en dansant quatre fois avec elle, au lieu de respecter la bienséance qui ne tolérait pas plus de deux danses avec le même homme. Dès demain matin, les rumeurs iraient bon train.

Étrangement, l'orchestre ne recommença pas à jouer. Il n'y avait plus de convives à annoncer. Bremsford et sa femme avaient dansé à deux reprises. À présent, le comte appelait les invités à faire silence, de ce timbre puissant hérité de leur père, et Regina regretta que ce dernier ne soit plus de ce monde pour voir tous ses enfants réunis sous le même toit.

— Mesdames et messieurs, ma chère comtesse et moi-même sommes honorés de votre présence. Nous avons aussi parmi nous ce soir une personnalité estimée et admirée, que je voudrais vous présenter.

Malgré la foule, le regard de Bremsford parvint à croiser celui de Regina, et elle retint son souffle.

Il allait la reconnaître publiquement comme étant sa sœur.

Elle saisit la main de Chidding. Le moment était mal choisi pour remarquer que celle-ci était moins large et puissante que celle de Knightly. Elle se morigéna. Pas de comparaisons ! Ce temps-là était bel et bien révolu.

— Mesdames et messieurs, je vous présente...

Il tendit la main vers la foule, comme s'il avait voulu la scinder, tel Moïse fendant la mer Rouge, et désigna Regina.

— Anonyme.

Horrifiée, elle sentit un frisson glacé courir le long de sa colonne vertébrale. Le gredin ! Derrière ses belles paroles se cachait un piège. Et elle, dans son besoin désespéré d'être acceptée, était tombée dedans.

— Je suis Anonyme ! déclara une voix tonitruante, qui ravala les mots de Bremsford au rang d'un couinement de souris.

Sous les yeux choqués du comte, Knightly s'avança lentement et méthodiquement vers lui, tel un sauvage prédateur en chasse, décidé à ne laisser aucune chance à sa proie.

— Vous... Ça ne... peut pas être vous, bégaya Bremsford. Vous êtes lord K.

— Rien ne m'empêche d'être les deux, mon vieux. Pourquoi ne pourrais-je pas, alors que j'écris un roman, donner au personnage masculin toutes les caractéristiques qu'on me prête ? Car il s'agit d'une fiction, bien sûr. Je me suis laissé aller à décrire mes fantasmes les plus fous, dont celui de séduire une femme, de l'envoûter au point qu'elle accède à toutes mes exigences... N'est-ce pas le rêve de chaque homme présent ici ce soir que d'être l'objet d'une telle adoration ?

Il était presque arrivé devant Bremsford. Le comte recula et heurta le mur dans son dos, ayant apparemment oublié qu'il était là.

— Pourquoi ne pas l'avoir publié sous votre nom ?

— Pour entretenir le mystère.

— Ce n'est pas vous.

Sa voix n'était plus aussi vibrante, ni aussi assurée.

— C'est...

— Faites attention à ce que vous allez dire, Bremsford. Ou vous découvrirez qu'il vous sera infiniment plus difficile de parler avec une mâchoire brisée. Je vous ai déjà averti une première fois de ce qui se passerait si vous répandiez des mensonges.

Le comte blêmit, son visage prenant une maladive teinte verdâtre. Regina eut l'intuition qu'il n'avait aucune preuve de ce qu'il s'apprêtait à annoncer. Autrement, il l'aurait jetée à la face de Knightly.

C'était de l'esbroufe. Mais s'il l'avait nommée, le mal aurait été fait. Les mensonges semblaient mener une vie qui leur était propre et devenaient impossibles à arrêter une fois proférés.

Sans preuve, Bremsford n'aurait probablement pas pu faire main basse sur ses revenus, mais il serait parvenu à la faire bannir de tous les événements mondains, et par conséquent Chidding ne l'aurait pas épousée.

Bremsford, cet homme à qui elle avait fait confiance, qu'elle était sincèrement prête à aimer comme un frère, l'aurait absolument dépouillée de tout.

À cet instant, Knightly dit à l'oreille du comte quelque chose qui fit vaciller celui-ci sur ses jambes, et devenir plus livide encore.

Puis Knightly se tourna vers la foule avec un sourire éblouissant, écartant les bras comme pour une offrande.

— Je serais enchanté de dédicacer vos livres.

23

Je découvrais que le désir était quelque chose de dévorant. Chaque rencontre avec lord K ne faisait qu'exacerber son appétit. Repu pour quelque temps, il se montrait encore plus vorace quand sa faim se réveillait de nouveau.

Anonyme, *Mes désirs secrets, une autobiographie*

*

6 juillet 1875

Après que Bremsford eut échoué à la démasquer, Regina n'eut plus aucune envie de s'attarder à cet horrible bal. La bonne ambiance avait tourné au vinaigre, et de nombreux invités commençaient à prendre congé. Bremsford avait disparu, s'étant sans doute effondré quelque part plutôt que de faire face au désastre qu'il avait provoqué.

Comment son père avait-il pu élever un être aussi vil ?

Tandis que la calèche de Chidding empruntait le chemin de retour vers sa résidence, Regina regretta de ne pas avoir pu s'entretenir quelques instants avec Knightly, afin de lui exprimer sa gratitude pour son geste chevaleresque. Mais il avait été avalé par la foule, et il était peut-être préférable qu'elle ne lui ait pas parlé. Avant son annonce, elle avait senti sur elle suffisamment de regards pour savoir que la plupart des gens avaient deviné que Bremsford allait la désigner. Il avait les yeux rivés sur elle, et c'était dans sa direction qu'il avait pointé la main.

— J'avoue avoir été surprise par l'annonce de Knightly, dit lady Finsbury. Pour être honnête, je ne le vois guère dans le rôle de l'auteur. En me fiant aux émotions décrites, j'aurais pu parier que ce livre avait été rédigé par une femme. Les hommes n'expriment pas aussi facilement leurs sentiments. En tout cas, feu mon cher époux ne le faisait pas. Il se montrait tellement hésitant à prononcer le mot « amour » que j'ai toujours imaginé qu'il le considérait comme blasphématoire.

En dehors du fracas des roues, du grincement des ressorts de la suspension et du claquement des sabots des chevaux, le silence régnait dans la calèche depuis leur départ de la résidence du comte, et Regina n'était pas certaine d'avoir envie de faire la conversation.

— Qu'en pensez-vous, mademoiselle Leyland ? insista lady Finsbury. Vous semblez connaître lord Knightly mieux que quiconque. Le croyez-vous capable d'épancher son cœur sur le papier ?

Épancher son cœur, oui, mais pas à l'aide d'un stylographe et d'un papier, plutôt par des actions et des engagements.

— Je crois que nous avons tous en nous un jardin secret où personne d'autre ne peut s'aventurer, même pas les êtres qui nous sont proches.

— Eh bien, avec un tel lyrisme, je vous verrais davantage écrire ce livre que lui, affirma lady Finsbury.

— Je ne saisis pas, cousine, pourquoi il aurait menti, intervint Chidding d'un ton passablement sec, comme s'il voulait mettre un terme à la conversation.

— Eh bien, je peux quant à moi envisager diverses raisons, marmonna lady Finsbury, avant d'ouvrir le livre responsable du désastre qu'avait été cette soirée.

Jamais Regina n'avait été plus soulagée d'arriver chez elle que lorsque la calèche s'arrêta finalement.

— J'accompagne Mlle Leyland à l'intérieur, dit Chidding. Cela me prendra quelques minutes, cousine.

— Prenez votre temps, répondit distraitement lady Finsbury.

Tandis qu'ils gravissaient le perron, Regina déclara :

— Elle n'est pas la plus vigilante des chaperons, n'est-ce pas ?

— Voudriez-vous qu'elle le soit ?

— Non. À vrai dire, j'ai toujours trouvé cette coutume ridicule. Tout ce que cela contribue à faire, c'est pousser les jeunes filles à enjamber les embrasures des fenêtres et à se glisser le long des arbres.

Il rit doucement.

— Je m'en doutais un peu.

Après que le majordome leur eut ouvert la porte, Chidding l'interrogea :

— Puis-je vous parler quelques instants ?

Elle avait remarqué une légère rougeur sur ses joues. N'avait-il pas quelque chose d'infiniment sérieux à lui dire... ou à lui demander ? Mais elle aussi avait besoin de s'entretenir avec lui.

— Bien volontiers.

Aspirant à boire un brandy, elle le guida vers le petit salon.

— Puis-je vous offrir un scotch ? proposa-t-elle. Ou autre chose.

— Non, merci.

— J'espère que vous ne m'en voudrez pas si je prends un verre. Ce fut une soirée passablement tumultueuse.

Après qu'elle eut bu une gorgée d'alcool, savourant la brûlure qui rallumait un peu de chaleur dans sa poitrine, elle désigna les causeuses devant la cheminée, car elle ne pouvait se résoudre à le faire asseoir sur le sofa qu'elle avait partagé avec Knightly.

Elle prit place dans le fauteuil où le fils de son père s'était installé. Demain, elle s'en débarrasserait, le ferait peut-être même brûler, et le remplacerait, tant qu'elle avait encore assez d'argent pour acheter de nouveaux meubles. Malgré la déclaration de Knightly, elle ne pouvait être absolument certaine que ses revenus étaient en sécurité, ou que Bremsford ne trouverait pas un autre stratagème pour s'en emparer.

Elle indiqua le fauteuil opposé à Chidding, mais il se dirigea vers la cheminée, appuya son avant-bras sur le manteau et la contempla.

Peut-être devrait-elle commencer la première, lui dire...

— Je vous observais quand Knightly a prétendu être Anonyme. Au départ, vous étiez sous le choc. Puis vous avez paru soulagée, et plus que cela même, reconnaissante, comme si vous aviez été condamnée à mort et graciée à la dernière minute. Anonyme, c'est vous.

Elle soutint son regard et n'y vit aucune réprobation, plutôt une simple constatation. De toute façon, elle aurait répondu la même chose, quelle qu'ait été son attitude envers elle.

— Oui.

— Et Knightly le sait.

— Oui, car il est lord K. Même si j'ai pris des libertés et embelli le récit, cette histoire contient cependant une part de vérité.

— Bremsford allait vous démasquer. C'est la raison pour laquelle il vous a invitée. Et c'est pour cela que Knightly s'est désigné comme étant l'auteur.

— Oui.

Elle commençait à détester ce mot, si petit pour exprimer autant.

— Je ne sais pas si vous allez me croire, mais je m'apprêtais à tout vous révéler ce soir, parce que je voulais que vous soyez averti. J'ai parfaitement compris que l'intérêt que vous me portez est de nature essentiellement financière. Cependant, ma résidence et mes revenus pourraient se volatiliser en un claquement de doigts. Il suffit pour cela que Bremsford apporte la preuve que je suis Anonyme, et il est prêt à payer pour l'obtenir.

— Je sais qu'il a proposé une récompense, mais je ne saisis pas en quoi cela affecterait votre situation financière.

Elle lui fit part de la clause spécifique menaçant ses avoirs.

— Je crois qu'il s'agit d'une mauvaise interprétation de la loi, remarqua Chidding. Ce qui est considéré comme illégal, c'est la publication et la distribution d'écrits indécents.

— Je suppose qu'il pourrait faire valoir que, si je n'avais pas écrit ce livre, il n'aurait pas pu être distribué. Par ailleurs, je suis coupable d'avoir incité d'autres personnes à commettre des fautes, à commencer par mon éditeur qui, lui, encourt assurément une condamnation.

— Je crois qu'il lui faudrait d'abord prouver que c'est indécent. Ma cousine adore le livre, et je n'y ai personnellement rien trouvé de répréhensible.

— Êtes-vous prêt à courir le risque ? Je vous rappelle que je pourrais tout perdre.

— Vous n'aurez sans doute pas à vous soucier de cela.

Elle l'interrogea du regard.

— Écoutez, je dois vous avouer quelque chose, continua-t-il. Le soir où Knightly m'a invité à jouer aux cartes, il m'a donné quelques conseils en matière d'investissements et m'a orienté vers deux ou trois entreprises très prometteuses. Il pourrait s'écouler un an avant que j'engrange les premiers dividendes, mais le comte de Knightly sait de quoi il parle. Et il m'a apporté une garantie. Je n'aurai à rembourser le prêt qu'il m'a consenti que si ses recommandations portent leurs fruits.

Les larmes montèrent aux yeux de Regina. Elle n'était nullement étonnée que Knightly ait veillé à ce que les manigances de Bremsford ne viennent pas entacher son avenir avec Chidding.

Le vicomte s'avança et mit un genou à terre.

Regina sentit les battements de son cœur s'accélérer.

— Je vous apprécie infiniment, mademoiselle Leyland. Et même si je sais que la vie avec moi ne pourra se comparer avec ce que vous avez connu avant, je vous assure que vous n'aurez pas à le regretter.

Retenant ses larmes à grand-peine, Regina prit le visage du vicomte entre ses mains.

— Je crois, mon cher lord Chidding, que vous sous-estimez votre valeur. Vous méritez une femme qui vous offrira le meilleur d'elle-même, sa dévotion et son cœur. Et je suis désolée de vous dire que ce n'est pas moi.

— Vous l'aimez toujours.

— Malheureusement, oui.

Dans sa bibliothèque, le corps vibrant toujours de rage, le Cavalier se servit un verre de scotch, se maudissant de ne pas avoir écouté son instinct.

Il sentait au fond de ses tripes que Bremsford mijotait un mauvais coup. Il aurait dû pousser le scélérat dans ses retranchements l'après-midi où il était allé l'interroger sur ce brusque changement d'avis. Mais Regina plaçait tant d'espoir dans cette rencontre avec sa famille qu'il avait mis ses doutes de côté, formant le vœu qu'elle trouve enfin l'acceptation tant désirée.

Il savait combien la légitimité comptait pour Regina. C'était pour cette raison qu'il avait renoncé à elle.

Après avoir affronté Bremsford et s'être tourné vers la foule, il avait à peine eu le temps de discerner la réaction de Regina, car Chidding s'était empressé de lui faire quitter la résidence. Il aurait voulu lui parler, mais il était sans doute préférable qu'il évite de se trouver en sa présence à l'avenir, afin d'empêcher quiconque de le soupçonner d'avoir menti.

En entendant la porte de la bibliothèque s'ouvrir, il jura avec force et se servit un autre verre de scotch.

— Cela ne te ressemble pas de claquer les portes, dit sa mère.

Elle était paisible comme le premier souffle du printemps annonçant le renouveau, tandis qu'il se sentait comme une tempête sur le point de tout détruire sur son passage.

À son retour chez lui, il avait violemment claqué la porte d'entrée et, pour faire bonne mesure, avait aussi claqué celle de la bibliothèque. Une personne rationnelle aurait saisi le message que ses gestes sous-entendaient, « ici se trouve un dragon, vous entrez à vos risques et périls », mais sa mère vivait dans un autre monde.

— Désolé d'avoir perturbé votre repos, dit-il. Je vais me calmer.

— Je ne dormais pas encore. Sers-moi un brandy, je te prie.

— Je ne suis pas disposé à avoir de la compagnie, Mère.

Cette femme autrefois détruite, qui apprenait lentement à revivre dans des conditions normales et à ne plus avoir peur de son ombre, s'avança vers lui.

— C'est généralement ce que l'on dit quand on a le plus besoin de compagnie.

— Pas ce soir.

Il serra les dents.

— Mais vous devez savoir, car ce sera rapporté dans les journaux, que j'ai déclaré ce soir que j'étais le mystérieux Anonyme.

— Mais ce n'est pas toi.

Son affirmation, teintée d'une absolue certitude, le fit presque se tourner vers elle, mais il ne voulait pas qu'elle voie la vérité se refléter dans ses yeux ou sur ses traits. Il ne comptait pas non plus lui révéler l'identité d'Anonyme. Il refusait de ruiner la vie de Regina une fois de plus, pas alors qu'elle était si près d'avoir tout ce qu'elle désirait avec Chidding.

Tandis qu'il gardait le silence, sa mère alla se servir un verre de brandy. Puis elle souleva la carafe de whisky et lui remplit son verre à ras bord. Il faillit en sourire, mais il n'était pas certain de savoir encore comment on faisait.

Sa mère emporta son verre ballon vers la cheminée.

— Viens t'asseoir avec moi.

En son for intérieur, il déroula une série de jurons qu'un gentleman ne devrait pas prononcer, et envisagea un instant de se diriger vers la porte ouvrant sur la terrasse et de disparaître dans la nuit, comme il l'avait fait une fois quand il avait cinq ans. À l'époque, sa mère l'avait retrouvé sans peine, et elle le ferait probablement encore aujourd'hui. Alors qu'ils n'avaient pas plus d'une douzaine d'années de souvenirs ensemble – sept ans avant qu'elle lui soit enlevée, et cinq ans depuis qu'il l'avait fait sortir de l'asile d'aliénés où elle croupissait –, un instinct naturel les liait.

Avec un soupir, il s'assit en face d'elle et but une grande rasade de scotch.

— Anonyme est cette jeune personne qui était ici l'autre nuit, déclara sa mère. Mlle Leyland.

Bigre ! Comment avait-elle deviné cela ? Mais quel mal y avait-il à l'admettre ? Sa mère ne fréquentait jamais personne et ne risquait pas de le répéter. Elle n'avait pas repris contact avec les amies qu'elle avait avant, et il se demandait si c'était parce qu'elle avait honte d'avoir été internée. Néanmoins, il ne put se résoudre à le confirmer à voix haute.

Sa mère dut lire la réponse sur son visage, car elle hocha la tête.

— Et tu l'aimes.

— Qu'est-ce qui vous fait penser cela ?

Elle lui sourit avec indulgence.

— Même si cela fait quelques années, je n'ai pas oublié à quoi ressemble l'expression de quelqu'un qui se languit.

Elle étudia un moment les flammes qui dansaient dans l'âtre.

— Ton père m'a volé vingt ans de ma vie, vingt ans pendant lesquels je n'ai pas pu te voir grandir, t'aider à devenir un homme. Il m'a volé les dernières années de l'existence de Francis. Et d'ailleurs, si j'avais été là, l'accident n'aurait peut-être pas eu lieu.

— Vous ne pouvez pas vous reprocher la mort de Francis.

— Ce n'est pas à moi que j'en veux, mais à lui. Qui peut dire l'impact qu'ont certaines décisions sur la suite des événements ?

Sa mère posa sur lui un regard pénétrant.

— Combien d'années avec Mlle Leyland t'a-t-il volées ?

Il secoua la tête.

— Était-elle le prix de ma liberté ?

— Mère...

— Dis-moi.

Sa mère n'était d'ordinaire pas aussi assurée, et elle avait choisi un bien curieux moment pour surmonter ses peurs. Mais il n'était pas question pour le Cavalier de lui faire porter la culpabilité des actes du duc.

— Nous n'étions pas faits l'un pour l'autre. Elle va bientôt en épouser un autre. Avec lui, elle trouvera le bonheur qu'elle mérite et que je n'aurais pas pu lui donner.

Sa mère sirota lentement une gorge de brandy, fermant les paupières comme si elle en savourait les arômes. Mais quand elle les rouvrit, son regard paraissait perdu, comme autrefois lorsqu'il était petit et que son esprit semblait parti ailleurs.

Elle se ressaisit ; il remarqua néanmoins une nostalgie dans son expression, une vague réminiscence peut-être.

— Il t'a dit que j'étais une débauchée, je suppose, et qu'il ne t'avait pas engendré. Peut-être même t'a-t-il interdit de te marier. Il a toujours été si ridiculement fier de sa lignée.

Elle chercha son regard.

— Est-ce que tu me hais à cause de ça ?

— Non, bien sûr que non. Et je ne vous considère pas comme une débauchée. Il n'était pas un père facile, et j'imagine qu'il n'était pas non plus un mari facile. Je doute que vous ayez fait un mariage d'amour.

— Mais ça ne justifie pas l'infidélité. J'ai prononcé des vœux, n'est-ce pas ? Et j'avais l'intention de les respecter, d'être une bonne et honorable épouse. J'avais dix-sept ans quand nous nous sommes mariés. Trois ans plus tard, je ne lui avais toujours pas donné d'héritier. Il a commencé à se montrer brutal, cruel même.

Elle agita la main.

— Pas en actes, mais en paroles. Oh, comme elles me faisaient mal, ces paroles ! Je suppose que sa colère était alimentée par ses frustrations.

— Ça n'excuse pas son comportement envers vous.

— Je suis d'accord, mais j'étais terriblement jeune, et j'avais l'impression de... ne pas être suffisante. Mes amies avaient des enfants. Pourquoi pas moi ? Une nuit d'hiver, il a été particulièrement horrible. Il m'a dit des choses épouvantables. Puis il est parti rejoindre sa maîtresse en ne s'en cachant pas. J'étais submergée de désespoir. Malgré le froid, je suis sortie dans le jardin. La lune éclairait les lieux. J'ai aperçu un unique hellébore blanc en fleur, une rose de Noël, émergeant des mauvaises herbes et des ronces. Je suis tombée à genoux et j'ai pleuré. C'est ainsi qu'il m'a trouvée.

Elle se tourna vers les flammes, et le Cavalier s'avança vers le bord de son fauteuil, les coudes en appui sur ses cuisses.

— Le duc ?

Sa mère le regarda et eut un sourire d'une infinie tendresse.

— Non, le jardinier. Il était gentil et respectueux. Il m'a conduite à son cottage, et il m'a fait me sentir comme cette rose : au milieu de toute cette laideur, quelque chose de beau pouvait exister. Il n'y a eu que cette nuit-là. Il a très vite trouvé du travail ailleurs, horrifié par ce qu'il avait fait, et redoutant sans doute la colère du duc. Peu après, j'ai découvert que j'attendais un enfant. Je me suis persuadée qu'il était du duc. Et, coïncidence ou non, Francis avait les cheveux blonds et les yeux bruns, comme le duc.

Elle laissa passer un silence, avant d'ajouter, en haussant une épaule :

— Et comme le jardinier. Après la naissance de Francis, trois années se sont écoulées, sans que je sois capable de concevoir de nouveau. Imagine-toi que ton père s'est vanté que sa maîtresse était assez maligne pour prendre des précautions et ne pas l'encombrer avec des bâtards. J'ai commencé à soupçonner que ce n'était pas du tout le cas et que, peut-être, il ne pouvait engendrer d'enfant, que l'échec qu'il m'imputait était sans doute le sien. Mais il voulait tellement un deuxième enfant, le remplaçant, comme on dit, pour pallier l'éventuel décès de l'héritier. Ma vie est redevenue un enfer, car il m'accusait de ne pas faire mon devoir.

Elle esquissa un sourire attendri.

— Puis j'ai rencontré John, et tu es né.

Le Cavalier fut surpris par le visage soudain radieux de sa mère, qui exprimait tout l'amour qu'elle éprouvait pour lui, mais aussi pour l'homme qui l'avait engendré.

Il sentit un léger picotement sous ses paupières et redouta de se mettre à pleurer, sans doute à cause des différentes émotions qui l'avaient bombardé tout au long de cette soirée.

— Qui était-il ?

— Un fermier qui louait des terres du domaine ducal. À Noël, il nous approvisionnait en paniers de victuailles. C'est ainsi que je l'ai connu. Puis j'ai commencé à emmener Francis en pique-nique près des terres que John exploitait. Il était grand, avec de larges épaules. Il avait les cheveux sombres et des yeux d'un bleu extraordinaire. Tu lui ressembles beaucoup. Il était d'une grande bonté, avec un beau sourire et un rire incroyable. Je l'aimais, Arthur, comme je n'avais jamais aimé auparavant. Et il m'aimait aussi. Mais notre amour était interdit. La culpabilité nous rongeait. Un jour, il s'en est allé, sans me dire au revoir. Cependant, il a pu te tenir dans ses bras, une seule et unique fois. Tu avais à peine deux mois. Bien sûr, j'ai affirmé que tu étais l'enfant du duc, mais je pense qu'il avait compris.

C'est cela qui a dû motiver son départ. Depuis, il ne s'est pas écoulé un jour sans que je songe à lui. Il me manque terriblement, mais j'espère qu'il a trouvé l'amour ailleurs.

Le Cavalier avait un peu de mal à assimiler toutes ces informations. Il considérait comme particulièrement ironique que l'héritier tant vénéré par le duc n'ait probablement pas été de son sang. Il avait aussi l'impression qu'un poids énorme lui avait été ôté des épaules.

— Donc, je suis un enfant de l'amour.

— Oh, oui, tu l'es assurément.

— La femme de Blackwood est détective privée. Je pourrais lui demander de le rechercher si vous le souhaitez.

Sa mère secoua la tête.

— Après toutes ces années, je préfère me référer à mes souvenirs, et je me suis imaginé qu'il était très heureux. Cependant, si tu as envie de le connaître…

— Je ne sais pas… Je crois que je préfère vos souvenirs.

— Quels souvenirs as-tu de Mlle Leyland, Arthur ? Seras-tu capable de vivre tout le reste de ton existence avec ceux que tu as engrangés ?

Le Cavalier était toujours éveillé aux premières lueurs de l'aube, et il s'empara du journal sous le nez de son majordome.

— Mais, Milord, protesta Carter, je ne l'ai même pas encore repassé !

Se souciant peu de se mettre de l'encre sur les doigts, le Cavalier avait déjà filé vers sa bibliothèque.

Posant le journal sur son bureau, il commença à le feuilleter par la fin, car c'était là que se trouvait d'ordinaire le récit des événements mondains. Mais, scrutant les titres, il ne découvrit rien qui faisait référence à ce qui s'était passé chez Bremsford.

Surpris, il revint page après page au début, et tomba en deuxième page sur le titre suivant : « Je suis Anonyme. » Parcourant l'article en diagonale, il constata qu'il ne s'agissait pas d'une chronique rédigée par un journaliste, mais d'une lettre, écrite par la scandaleuse écrivaine en personne.

Cher ami lecteur, chère amie lectrice,
Je suis Anonyme, l'autrice de « Mes désirs secrets ».
J'ai passé une grande partie de ma vie cachée aux yeux du monde. C'est pourquoi j'ai préféré l'anonymat plutôt que la célébrité. Cependant, le besoin qu'éprouvent certains de découvrir mon identité s'avère perturbant et détourne l'attention du but premier de cette histoire, qui est de divertir, mais aussi de dire à ceux qui ont connu le pouvoir enivrant de l'amour qu'ils ne sont pas les seuls à n'avoir pu résister à la tentation.
La passion est une nécessité fondamentale de notre existence. Sans elle, comment supporterions-nous les obstacles et les infortunes auxquels nous sommes confrontés tous les jours ?
Une deuxième histoire est en préparation, avec une fin beaucoup plus heureuse. J'espère que vous ferez avec moi ce nouveau voyage sentimental.
Bien à vous,

Mlle Regina Leyland

Les mains en appui sur le bureau, le Cavalier ferma les yeux et baissa la tête.

Qu'avait-elle fait ? Pourquoi n'avait-elle pas accepté la protection qu'il lui offrait ? Personne n'aurait eu l'audace de venir l'arrêter pour indécence. Et si l'aristocratie l'avait banni, quelle importance ? En outre, il méritait de payer le prix de ses méfaits. Sans lui, Regina n'aurait jamais écrit ce livre.

— Finalement, je suis bien comme ma mère, murmura soudain une voix féminine, avec un mélange de douceur et de détermination.

Il releva la tête et la vit, toujours vêtue de la robe qu'elle portait au bal. Ses cheveux n'étaient plus arrangés en un chignon serré, mais menaçaient d'échapper aux épingles qui les retenaient à peine. Elle n'avait pas dû dormir. À la place, elle avait certainement écrit sa lettre et gagné Londres en pleine nuit pour la déposer à la rédaction du journal.

Lui non plus n'avait pas fermé l'œil, et il n'avait aucun mal à deviner l'apparence qu'il offrait, sans veste ni cravate, le col de sa chemise largement déboutonné, les manches roulées jusqu'aux coudes.

— Pourquoi avez-vous fait ça ? s'enquit-il.

— Parce que j'en ai assez des secrets et des menaces qu'ils font peser sur moi. Toute ma vie, j'ai voulu être acceptée pour ce que je suis. La nuit dernière, j'ai cru que c'était enfin arrivé. Mais, en découvrant la résidence de mon père, la façon dont il vivait avec son autre famille, j'ai commencé à me demander si lui-même m'avait véritablement acceptée. Je sais qu'il aurait été choqué par mon livre. Vous, en revanche, n'avez pas hésité à prétendre que vous l'aviez écrit. Je me suis alors rendu compte que je n'avais jamais eu à faire semblant avec vous ni à prouver ma valeur. Avec vous, j'ai toujours été libre d'être moi, sans crainte d'être jugée.

Alors qu'il aurait dû se sentir complètement assommé et étouffé par tout ce que Regina venait de lui dire, comme si un mur de briques s'était effondré sur lui, le Cavalier s'aperçut qu'il respirait vraiment pour la première fois depuis des semaines – ou plutôt des mois. Non, des années. Car il était dans le même état d'esprit que Regina : quand il était avec elle, il n'était pas un fils incapable de satisfaire son père ni un bâtard qui n'avait pas droit au titre de duc.

Il n'était pas non plus un homme dont la fortune pourrait faire vivre deux générations sans travailler. Non, il était tout simplement lui-même.

— Comme je l'ai dit en entrant, je suis exactement comme ma mère. Je serai votre maîtresse, si vous l'acceptez. Et je ne vous demande pas de m'entretenir. En fait, j'ai de quoi pourvoir à mes besoins. J'ai parlé avec mon éditeur cette nuit. Il n'était d'ailleurs pas ravi que je le tire de son lit, mais il devait être mis au courant des derniers rebondissements. Il a accepté de faire imprimer de nouveaux exemplaires avec mon nom dessus. Il est très intéressé par la perspective d'une suite, et se dit prêt à se défendre face à un tribunal si nécessaire. D'après lui, je pourrai vivre de mon écriture, pas comme Dickens, bien entendu, mais de façon modeste.

— Et Chidding ?

— Chose étrange, il semblerait que ses difficultés financières soient en passe d'être résolues grâce aux conseils que vous lui avez donnés en matière d'investissements.

— Je voulais pour vous un mari qui ne s'intéresse pas uniquement à votre dot.

— Il m'a demandé ma main, mais il n'aurait pas été juste que je réponde favorablement. Il mérite une femme qui l'aime sincèrement, et il se trouve que je suis éperdument amoureuse d'un autre homme.

Le Cavalier ne s'était pas rendu compte qu'il s'était avancé vers elle. Il n'en prit conscience qu'une fois qu'elle fut dans ses bras.

— Je ne veux pas faire de vous ma maîtresse. Je veux vous épouser, et je veux être là tous les soirs quand vous mettrez notre fille au lit.

Elle ouvrit de grands yeux.

— Alors, vous connaissez la vérité, murmura-t-elle. Il n'y a jamais eu de matador espagnol, de sculpteur italien, d'artiste parisien ou d'horloger allemand. Il n'y a eu que vous.

— Il est facile de mentir sur le mois de sa naissance. Il est plus difficile de me demander de la regarder dans les yeux et de ne pas la reconnaître comme étant de mon sang.

— Ainsi, vous le saviez depuis le début, mais vous n'avez rien laissé paraître.

— Ça semblait important pour vous que je ne sois pas au courant.

— Et quand vous lui avez dit que vous l'aimiez ?

— Je le pensais. J'ai ressenti un immense amour pour elle à l'instant où je l'ai vue, exactement comme pour sa mère. J'ai ouvert un fonds de pension pour elle. Ainsi, elle ne manquera jamais de rien. J'en ai ouvert un également pour vous, qui prendra effet si jamais vous perdez ce que votre père avait prévu pour vous. Je me suis dit que vous ne l'accepteriez pas autrement. Toutefois, vous n'en aurez pas besoin si vous me prenez pour mari.

Elle le dévisagea avec stupéfaction, les yeux emplis de lumière, le sourire adouci par l'émerveillement.

— Que faites-vous de la promesse que vous avez faite au duc ?

— Je vous avais fait une promesse avant. Je n'aurais jamais dû me laisser détourner de vous. Je suis sûr que le duc proférera des menaces, mais je les affronterai. J'engagerai des gardes pour assurer la sécurité de ma mère, ainsi que la vôtre et celle d'Arianna. J'ai récemment lu que la passion était une nécessité fondamentale de notre existence. Sans elle, comment supporterions-nous les obstacles et les infortunes ? Sans vous dans ma vie, tout ce que j'ai fait pendant cinq ans, c'est d'endurer. Je n'avais plus de joie, plus d'espoir, plus de cœur. Je n'étais qu'une coquille vide. Je vous aime, Reggie, et je ne renoncerai pas à vous aussi facilement, pas cette fois. Vous avez un jour accepté ma demande en mariage. Votre réponse tient-elle toujours ?

Le sourire de Regina rivalisa avec la luminosité du soleil.

— Eh bien, il semble que je ne sois pas comme ma mère, après tout. Je trouve que le mariage est un statut beaucoup plus agréable que celui de maîtresse.

Le Cavalier s'était dit qu'un moment tel que celui-ci requérait, et même méritait, de la tendresse. Mais le fait de savoir que le rêve qu'ils avaient fait un jour allait devenir réalité prit le dessus sur sa raison et sur sa volonté.

Libérant la passion que Regina avait évoquée dans sa lettre, il réclama sa bouche, comme il avait l'intention de réclamer la moindre parcelle de son corps.

Avec elle, rien ne semblait impossible, et tout semblait parfaitement légitime, même la rupture d'une promesse.

Il la souleva dans ses bras, savourant son poids contre lui, le contact de son visage niché au creux de son cou.

— J'obtiendrai une licence spéciale pour nous marier rapidement, déclara-t-il tandis qu'il se dirigeait vers l'escalier. À moins que vous ne souhaitiez une grande cérémonie.

— Nous avons assez attendu, dit-elle. Je veux vous épouser le plus vite possible.

Enfin, il allait la faire sienne pour toujours. Les cinq années qui s'étaient écoulées lui avaient appris le tourment qu'était son absence. S'il ne regrettait pas le sacrifice qu'il avait fait pour sauver sa mère, la conversation qu'il avait eue avec celle-ci lui avait ouvert les yeux. Le duc n'était pas un homme honorable, et il ne lui était redevable en rien. Il donnerait à Regina la légitimité et la famille qu'elle voulait. Avec lui, jamais elle ne douterait de sa propre valeur.

Jamais non plus elle ne douterait de l'amour qu'il avait pour elle.

Il entra dans sa chambre et referma la porte d'un coup de pied, espérant que sa mère aurait le bon sens d'ignorer ce nouveau claquement. Puis, sous l'emprise d'une sorte de frénésie aveugle, ils envoyèrent voler leurs vêtements et basculèrent sur le lit, fous de désir, torturés par une faim dévorante.

Ah, bonté divine, cette faim ! Bouches ouvertes s'écrasant l'une contre l'autre, langues emmêlées, caresses audacieuses... Tout semblait au Cavalier à la fois nouveau et pourtant familier.

Il fit courir ses mains sur le corps de Regina – un corps que la maternité avait modifié, et qui changerait avec la naissance d'autres enfants. Il lui en donnerait autant qu'elle en voudrait. Il lui donnerait tout ce qu'elle voudrait. Et même s'il savait qu'elle ne doutait pas de son amour, il passerait le reste de son existence à lui en prouver toute l'étendue. Ces sentiments qu'il éprouvait pour elle étaient un cadeau qu'on lui faisait. Cela lui réchauffait le cœur, cela lui procurait de la joie et du bonheur, il avait un but.

Elle était sienne à présent, pour l'éternité.

Ils étaient allongés sur le côté, se faisant face. Elle bascula une jambe sur sa hanche, frottant son sexe contre son érection, et il sentit combien elle était humide et brûlante. Avec un grognement, il lui empoigna les fesses et la plaqua contre lui, tout en faisant courir sa bouche le long de son cou délicat.

— Tu me rends fou de désir, murmura-t-il. Tu as toujours eu ce pouvoir sur moi.

Elle rit.

— C'est bien normal. Tu m'as transformée en dépravée.

— Pas si dépravée que cela, puisqu'il n'y a eu ni matador, ni artiste, ni...

Elle plaqua une main sur sa bouche et le regarda dans les yeux.

— J'ai voulu te faire croire qu'il y en avait eu d'autres parce que j'avais envie que tu souffres. Ne nous attardons pas sur les petites blessures que nous nous sommes infligées.

— Les grandes et les petites ont fait de nous ce que nous sommes, Reggie. Je t'aime plus profondément aujourd'hui que je ne t'aimais autrefois. Je t'apprécie davantage. Je te désire davantage. Peut-être fallait-il que je traverse quelques épreuves pour te mériter. Plus jamais je ne penserai que tu m'es due.

Les yeux de Regina s'emplirent de larmes.

— Oh, Arthur, c'est peut-être inconsidéré de ma part de dire cela mais, si c'était à refaire, je referais tout selon le bon plaisir de lord K.

Regina ne se lasserait probablement jamais de baisser les yeux et de voir la chevelure sombre de Knightly entre ses cuisses, ni de sentir sa langue la caresser si intimement. Pourrait-elle être un peu plus audacieuse, eu égard aux révélations qu'elle ferait dans le deuxième tome ? Elle décida que non.

Des moments comme celui-ci n'appartenaient qu'à eux. Ils y étaient libres de toute retenue familiale ou sociale et pouvaient être vraiment eux-mêmes. Il n'y avait aucun jugement. Ce que l'un demandait, l'autre le lui donnait.

Tandis que ses cuisses tremblaient et que sa respiration s'altérait, il augmenta ses attentions de façon frénétique. Il la connaissait tellement bien. À l'affût des points sensibles, des frémissements incontrôlés, il interprétait la moindre de ses réactions. Tour à tour tendre et passionné, il déchiffrait chacune de ses attentes.

Bientôt, elle bascula dans un vertige de sensations incroyables, un univers sans interdits, qui la laissa éblouie. Comment pourrait-elle se montrer si libre avec quelqu'un d'autre ? Ou si vulnérable ?

Il rampa au-dessus d'elle, traçant un chemin de baisers dans son sillage. Glissant la main entre eux, elle saisit son pénis, souleva les hanches et le guida en elle.

Tandis qu'elle l'accueillait tout entier, le regard de Knightly s'assombrit et il émit un grognement sourd. Adoptant un rythme régulier de coups de reins profonds et puissants, il l'entraîna vers de nouveaux sursauts de volupté.

C'était une sensation paradisiaque que de l'avoir en elle de cette façon, mais aussi d'avoir conscience qu'elle possédait tout de lui : son corps, son cœur et son âme.

Quand elle sentit Knightly se tendre, elle enfonça les doigts dans les globes rebondis de ses fesses.

— Ne me quitte pas.

Il s'immobilisa, se hissa un instant sur ses bras et la regarda.

— Je ne te quitterai plus jamais.

Lorsqu'il atteignit l'ultime libération, projetant sa semence en elle, quand ce nerf familier joua dans sa mâchoire, elle l'embrassa et le serra plus étroitement contre elle, se réjouissant de savoir qu'il était de nouveau – et pour toujours – tout à elle.

À son réveil, le Cavalier trouva Regina toujours blottie contre lui, dessinant paresseusement du bout des doigts des cercles sur son torse. Ils avaient fini par succomber au sommeil, épuisés par les péripéties de la soirée et la passion de leur étreinte.

Bougeant légèrement la tête, il déposa un baiser sur son front.

— Quand as-tu découvert que tu attendais un enfant ?

— J'ai commencé à le soupçonner environ un mois après la date à laquelle nous aurions dû nous marier. Arianna a probablement été conçue lors de la dernière nuit que nous avons passée ensemble.

Fermant les yeux, il grommela.

— Pourquoi ne m'as-tu pas prévenu ?

Elle soupira.

— Je pensais que tu ne voulais plus de moi. Pourquoi aurais-tu voulu de notre enfant ?

— Tu devais quand même savoir que je t'aurais aidée financièrement.

— Oui, mais ce n'était pas ce que je souhaitais. Je ne voulais pas être comme ma mère.

Elle rit doucement.

— En tout cas, pas jusqu'à ce matin. Je n'ai jamais compris comment elle avait pu accepter de passer en second dans la vie de mon père.

— Même si tu avais été ma maîtresse, Reggie, je me serais entièrement consacré à toi.

Il se tourna pour lui faire face et lui caresser la joue.

— Je t'aime tellement.

— Je t'aime aussi, Arthur.

Longuement, ils s'embrassèrent, goûtant la joie de s'être retrouvés.

— Je dois te raccompagner chez toi, murmura le Cavalier quand leurs lèvres se séparèrent. Puis je ferai savoir au duc que dans cette lutte de deux volontés, c'est lui qui a perdu.

24

Brûlant de désir, je pouvais à peine dormir tant l'envie de lui était forte. Je me languissais de sa peau contre la mienne, de l'enlacement étroit de nos corps, qui faisait que nous n'étions plus qu'un.

Anonyme, *Mes désirs secrets, une autobiographie*

*

7 juillet 1875

Regina était une fois encore dans le jardin à regarder jouer Arianna quand Shelby approcha, un plateau d'argent à la main.

Cette fois, deux cartes y avaient été déposées. C'étaient celles des deux autres filles de son père. Bien qu'elle soit tentée de faire dire par son majordome qu'elle n'était pas à la maison, car elle les soupçonnait d'être complices de Bremsford, elle ne put se résoudre à se montrer aussi grossière. Mieux valait les laisser vider leur sac maintenant que lors d'un événement mondain où elle pourrait être invitée avec celui qui était désormais son futur mari.

Il l'avait reconduite chez elle seulement quelques heures auparavant, puis il était parti en lui promettant de revenir dès que sa déplaisante entrevue avec le duc aurait pris fin.

Avec un soupir, consciente que ses visiteuses attendaient, elle se leva.

— Faites apporter du thé au salon, demanda-t-elle à Shelby.

Tout en marchant, elle passa les mains dans ses cheveux pour tenter de se recoiffer, mais n'envisagea pas cette fois d'enfiler une tenue plus élégante. Elle accueillerait ses demi-sœurs comme elle était, sans artifice ni prétention.

Traversant le hall, elle s'arrêta juste un instant pour vérifier son reflet dans le miroir. Elle avait les joues rosies. Sa peau resplendissait et ses yeux étincelaient. Elle était heureuse, et elle ne laisserait personne ternir ce bonheur.

S'armant de courage, elle entra dans le salon et trouva ses visiteuses serrées l'une contre l'autre, formant un front uni. Dos à la porte, tournées vers la cheminée, elles chuchotaient entre elles.

— Mesdames.

Elles se retournèrent à l'unisson et, constatant qu'elles tenaient l'une et l'autre son livre à la main, Regina en oublia de leur faire la révérence.

— Petite cachottière, déclara Clara. Vous auriez pu nous dire que vous aviez écrit ce livre.

— J'espère que vous accepterez de dédicacer nos exemplaires, intervint Josephine.

Perdue, Regina secoua la tête.

— C'est la raison de votre visite ?

— Pas entièrement, répondit gentiment Clara. Quand nous avons vu votre lettre dans le journal ce matin, nous avons compris que c'était votre nom que notre frère avait l'intention d'annoncer hier soir.

— Nous en avons déduit qu'il vous avait invitée au bal dans l'unique but de vous démasquer publiquement, ajouta Josephine. Il ne voulait pas se réconcilier avec vous, comme il nous l'avait affirmé. Il s'est servi de nous.

— Vous ignoriez vraiment tout de ses manigances ?

Elles hochèrent la tête, l'air embarrassé et attristé.

— Vous devez nous croire, répondit Clara. Nous n'étions pas au courant. Et maintenant que nous le sommes, nous désapprouvons totalement ce qu'il a fait.

— Ce matin, nous le lui avons dit, continua Josephine. Ce n'est que cet après-midi que nous avons trouvé le courage de venir vous voir. Vous devez sûrement penser le plus grand mal de nous.

— Je ne sais pas quoi penser, honnêtement. D'ordinaire, j'essaie de ne pas juger. Asseyez-vous, je vous en prie.

Les sœurs choisirent le sofa, et Regina s'installa dans un fauteuil en face d'elles.

Avant qu'un mot de plus soit échangé, une servante apparut avec un plateau qu'elle posa sur la table basse, puis elle se retira. Regina fit le service, et toutes trois savourèrent le breuvage parfumé et se détendirent.

— Je crois que votre frère cherchait un moyen de faire main basse sur mes avoirs afin de les réintégrer dans le comté, déclara Regina.

— C'est ce qu'il nous a confessé, dit Clara.

— Nous l'avons réprimandé comme il se doit, ajouta Josephine. Père avait pris des dispositions en votre faveur, et Bremmie n'a pas à s'en mêler.

Regina leur sourit.

— Je suis tellement heureuse que vous soyez venues vous expliquer.

— Eh bien, nous...

Clara regarda Josephine, qui hocha la tête.

— Nous vous avons trouvée tout à fait plaisante et avons apprécié notre brève conversation avec vous.

— J'ai toujours voulu avoir des sœurs.

— Pourvu que nous soyons à votre convenance.

Regina n'en doutait pas. Elle espérait même qu'elles deviendraient de bonnes amies quand elles auraient appris à se connaître et se sentiraient à l'aise les unes avec les autres.

— C'était terriblement chevaleresque de la part de lord Knightly de prétendre être Anonyme, poursuivit Josephine. Il est bien lord K, n'est-ce pas ?

Comment répondre à cela ?

— Lord K représente le souvenir que j'ai de lord Knightly. Il y a une part de vérité dans son personnage, et beaucoup de fiction.

— Et dans le livre que vous écrivez, celui que vous avez mentionné dans votre lettre, il retrouve sa lady, j'espère.

— Oui, assura Regina. Le gentleman revient.

En sortant de sa calèche, quelques jours plus tard, le Cavalier observa le manoir dans lequel il avait grandi. Cela faisait des années qu'il ne s'était pas rendu au domaine ducal situé dans le Yorkshire. Depuis qu'il avait quitté Oxford, en fait. À ce moment-là, il était déjà en mesure de posséder son propre logement. Comme le duc et lui étaient constamment en bisbille, il avait fait en sorte d'atteindre une position qui lui permettrait de ne plus dépendre de celui qu'il croyait alors être son père.

Par conséquent, contempler la bâtisse à présent décrépite lui fit un choc. On aurait dit que la laideur de l'âme du duc se matérialisait physiquement.

La pelouse de devant n'était plus qu'une friche de mauvaises herbes et de ronces, le décor idéal pour un conte de Grimm, où sorcières et ogres auraient pu s'en donner à cœur joie. Il n'était pas certain d'avoir envie de voir le jardin d'agrément à l'arrière, que sa mère avait tant apprécié. De toute évidence, plus aucun jardinier n'œuvrait ici. Et, à en juger par l'épaisse couche de crasse qui recouvrait les vitres, il n'y avait pas davantage de domestiques pour veiller à l'entretien de la maison.

Tandis qu'il avançait prudemment sur les pavés déchaussés, ne voulant pas se tordre une cheville, il se demanda s'il n'allait pas découvrir le squelette du duc à l'intérieur de la bâtisse lugubre. Il ne se rappelait pas quand il avait entendu parler de lui pour la dernière fois, et n'était même pas sûr qu'il accomplisse encore son devoir en siégeant à la Chambre des lords.

Il savait que le duc n'était pas à Londres, car en se présentant à sa résidence de Mayfair, il avait trouvé celle-ci verrouillée. Possédant toujours sa clef, il était entré et avait découvert des pièces noyées sous la poussière et les toiles d'araignées et quasiment vidées de leurs meubles. Il était donc venu ici, dans l'espoir d'y croiser l'homme qui l'avait élevé.

En haut du perron, il fut encore confronté à une porte fermée. Mais il avait également une clef et en fit usage. Les gonds grincèrent quand il poussa le battant, et il se rappela un temps où Francis et lui pouvaient sortir en douce, car tout alors était bien huilé. Si cela n'avait pas été le cas, peut-être cette fatale sortie nocturne à cheval n'aurait-elle pas eu lieu.

Il entra dans le hall, autrefois splendide. Rien n'était brisé, mais, là encore, la poussière et les araignées avaient tout envahi.

Prudemment, il passa de pièce en pièce, horrifié par le manque d'entretien. Assurément, le duc ne pouvait pas être là. Il devait résider au domaine comtal. Un rat couina et fila le long d'un mur. Comment quelqu'un pourrait-il vivre ici ? D'étranges odeurs flottaient dans l'air. Humidité, pourriture, déjections animales...

La porte de la bibliothèque était ouverte. Aucun valet en livrée n'y montait la garde comme jadis. Il y pénétra et s'immobilisa devant la scène qui l'accueillit. Tout dans cette pièce – autrefois l'endroit de prédilection du duc – était aussi délabré qu'ailleurs, et les livres avaient disparu des rayonnages.

L'homme assis dans le fauteuil de velours marron élimé, disposé au plus près de l'âtre, n'était pas encore un squelette, mais il n'en était pas loin. Il avait la peau sur les os. Par le passé, il s'habillait avec soin. Aujourd'hui, ses vêtements, trop larges pour sa frêle silhouette, flottaient autour de lui.

— Qu'est-ce que tu fiches ici ? demanda le duc, d'une voix terriblement enrouée, comme s'il n'avait pas prononcé un mot depuis des années.

— Qu'est-il arrivé au domaine ?

Le vieillard s'humecta les lèvres, souleva son verre d'une main tremblante et but une gorgée d'eau.

— La pauvreté. Le domaine ne rapporte presque plus rien. En tout cas, pas de quoi l'entretenir correctement.

— Et donc, vous avez renoncé ? Vous n'avez même pas essayé de sauver cet endroit ? Qu'avez-vous fait de votre fierté ? C'est là l'héritage que vous voulez laisser à votre lignée ?

Le duc eut un rire mauvais, semblable au croassement d'un corbeau.

— C'est l'héritage que je te laisse, à toi de t'en débrouiller.

S'il s'agissait d'une nouvelle tentative pour le punir, cette fois le duc n'obtiendrait pas satisfaction.

Le Cavalier s'avança vers celui qu'il avait autrefois craint et respecté, et dont il avait tant voulu se faire aimer.

— Vous m'avez interdit de me marier, d'avoir des enfants. Pourquoi dépenserais-je mon argent durement gagné dans cette propriété ?

— Par fierté.

Le Cavalier regarda autour de lui, avant de reporter son attention sur le duc.

— Je suppose que le domaine comtal est dans le même état. Et j'ai déjà pu constater que la résidence de Mayfair ne valait pas beaucoup mieux. Je suis prêt à tout remettre en état, à condition de pouvoir me marier et d'avoir un héritier.

— En as-tu seulement les moyens ?

— Je pourrais restaurer dix propriétés comme celle-ci sans que cela vienne écorner ma fortune.

— Non, répondit simplement le vieil homme.

— Eh bien, tant pis pour vous ! Sachez que je vais me marier dans quelques jours, que cela vous plaise ou non.

— Tu as juré sur l'existence de ta mère. Je la ferai de nouveau interner. Légalement, j'ai tout pouvoir sur elle. Elle est ma propriété.

— Vous ne ferez rien du tout. J'ai engagé des hommes pour la protéger. Par ailleurs, mon avocat va déposer une procédure de divorce à sa demande. Vous l'ignorez peut-être, mais la loi a changé. Vous avez été infidèle. Vous avez fait preuve de cruauté à son égard. Vous l'avez abandonnée. Durant ces cinq dernières années, vous n'avez pas donné un penny pour assurer son existence. Nous sommes sûrs de gagner.

Le duc avait quasiment de l'écume au coin des lèvres tant il enrageait, mais le Cavalier n'en avait pas terminé.

— Je vais engager des hommes pour vous surveiller. Si vous essayez de vous en prendre aux personnes qui me sont chères, je vous ferai arrêter. Mais si vous nous laissez en paix, je restaurerai les domaines, en disant que c'est votre œuvre, pas la mienne.

À la mort du duc, le Cavalier rétablirait la vérité, et tout reviendrait à son propre fils, s'il avait le bonheur d'en avoir un.

— J'irai au Parlement et je te ferai déclarer comme illégitime. Tu n'hériteras rien du tout.

— Eh bien faites-le, Votre Grâce. Je n'ai jamais voulu les titres ni les propriétés. Cependant, songez à l'image que vous laisserez de vous : cocu, ruiné, et j'en passe. Quel embarras pour vos pairs, et quelle offense à la mémoire de vos ancêtres.

Il tourna les talons.

— Je te maudis !

Le Cavalier pivota lentement vers lui.

— À votre guise, mais je vivrai avec un ange à mes côtés, tandis que vous périrez dans ces ruines, sans plus rien ni personne.

Regina ne cessait de regarder par la fenêtre, quand elle n'allait pas ouvrir la porte pour guetter au loin dans l'allée. Elle fit les cent pas devant la maison, puis finit par prendre Reine pour chevaucher jusqu'au portail.

Ce n'était pas qu'elle n'avait pas confiance dans les capacités de Knightly à combattre le duc, mais Wyndstone était tellement vil, malhonnête, mesquin, vindicatif, haineux... tandis que Knightly n'était que décence, noblesse et vertu.

Le bien pouvait-il triompher du mal ?

Dans les livres, cela se passait ainsi. Mais dans la vraie vie ?

Elle avait à peine fermé l'œil depuis que Knightly était parti affronter le duc. Trop de jours s'étaient écoulés. Cela faisait trop longtemps qu'elle était loin de lui. Même si elle savait qu'il avait de nombreux kilomètres à parcourir pour se rendre dans le Yorkshire et en revenir, elle avait les nerfs en pelote.

Elle aurait dû l'accompagner, ne serait-ce que pour lui apporter un soutien moral. Si le duc persistait à vouloir qu'il honore sa promesse, Knightly trouverait une solution pour contourner cet obstacle.

Cinq ans auparavant, le duc lui avait tendu une embuscade le matin du jour où ils étaient censés se marier. À présent, Knightly avait eu le temps d'assembler l'arsenal dont il avait besoin pour s'assurer la victoire. De toute façon, ils seraient ensemble d'une façon ou d'une autre, dans le cadre de la loi ou en dehors.

L'après-midi tirait à sa fin. Elle faisait les cent pas dans le salon de devant quand elle entendit le fracas des roues d'une calèche et le martèlement des sabots des chevaux.

Elle courut vers la porte, l'ouvrit à la volée et dévala les marches du perron. Le véhicule avait ralenti, mais n'était pas tout à fait à l'arrêt quand Knightly sauta à l'extérieur, avec dextérité et assurance.

Son expression lui coupa le souffle, car elle en disait long. Triomphe, amour, réjouissance et joie sans limite. Son sourire était si lumineux qu'il aurait éclairé la cour s'il avait fait nuit.

Il la souleva dans ses bras, la fit tournoyer et prit possession de sa bouche tandis qu'il la reposait au sol. Elle ne se sentit pas tout à fait stable sur ses jambes, comme si elle était sur un nuage.

S'ils s'étaient mariés cinq ans auparavant, apprécierait-elle autant ce qu'elle avait maintenant ? Il lui avait été si facile alors de tomber amoureuse, d'imaginer un avenir avec Knightly, mais ce qu'elle ressentait pour lui aujourd'hui était tellement plus profond et plus riche.

Elle savait aussi que leur bonheur durerait toute leur existence, parce que leur amour avait été mis à l'épreuve, forgé par les obstacles. Ils avaient survécu et en étaient sortis plus forts, unis par un lien indéfectible.

Peu importaient les défis que la vie leur lancerait à l'avenir, ils en triompheraient. Ils triompheraient toujours.

Quand leurs lèvres se séparèrent, Regina saisit le visage de Knightly entre ses paumes, et son cœur se gonfla de tendresse lorsqu'elle vit l'amour qui se reflétait dans ses yeux si bleus.

— Tu m'as tellement manqué, dit-il.

— Tout s'est bien passé, alors ?

Il sourit, creusant cette fossette qu'elle aimait tant.

— Il ne nous embêtera plus.

— Je veux connaître tous les détails.

— Nous en parlerons plus tard. Pour le moment, je crois qu'il est temps d'annoncer la nouvelle à notre fille.

« Notre fille ». Elle adora l'aisance avec laquelle il avait prononcé ce mot. Ils avaient décidé d'attendre qu'il ait réglé ses comptes avec le duc pour informer Arianna qu'ils allaient devenir une famille.

Le Cavalier savait qu'il ne se lasserait jamais de tenir la main de Regina. Tandis qu'ils marchaient si près l'un de l'autre que sa poitrine effleurait sporadiquement son bras, ils se dirigeaient vers le jardin, où leur fille gambadait avec sa chienne, Princesse.

Il ne se lasserait pas non plus de la façon dont le visage d'Ari s'éclairait quand elle l'apercevait ni de la voir courir vers lui et jeter ses petits bras autour de ses jambes.

— Le monstre n'est pas revenu, déclara-t-elle.

— Normalement, il ne devrait plus revenir.

Libérant la main de Regina, il écarta les bras de la fillette pour la détacher de lui, et s'accroupit à sa hauteur.

— Mais s'il revient, je serai là pour te protéger. Je vais vivre avec toi et avec ta maman maintenant.

— Parce que tu es un chevalier ?

— Parce que je suis ton papa.

Il ne s'attendait pas à éprouver une telle émotion en prononçant ces mots, teintée d'une vive douleur parce qu'il ne les avait pas dits plus tôt. Ce qu'il ressentait pour cette petite fille était bouleversant dans sa complexité et sa pureté. Il donnerait sa vie pour elle, tout comme il la donnerait pour sa mère.

Ari plissa comiquement le front. Elle leva les yeux vers Regina, puis le contempla de nouveau.

— Je sais. Princesse me l'a dit.

— Princesse te l'a dit, répéta-t-il, médusé.

— Elle me dit beaucoup de choses.

Regina s'accroupit à son tour.

— Arianna, tu sais ce qu'est un papa ?

L'enfant secoua la tête.

Regina passa la main dans les cheveux bouclés de leur fille.

— Tu apprendras.

Alors sa fille, sa magnifique et merveilleuse fille, se pencha vers lui et l'attrapa par le cou.

— Je t'aime, déclara-t-elle avec enthousiasme.

— Moi aussi, je t'aime, ma puce.

Tout à coup, Arianna détala en riant.

Knightly se redressa, puis aida Regina à se relever.

— Elle ne comprend pas vraiment, n'est-ce pas ?

Elle se blottit contre lui, et il passa un bras autour de ses épaules.

— Je l'ai probablement un peu trop protégée, ne voulant pas qu'elle s'aperçoive de ce qu'elle n'avait pas. Je ne lui ai jamais expliqué la notion de famille ou de parents. Je parlais de mon père comme étant son grand-père, bien sûr, mais je crois qu'elle était trop jeune pour comprendre qu'elle n'avait pas de papa.

Il déposa un baiser sur le dessus de son crâne.

— Et c'est sans doute mieux ainsi. Dans quelque temps, elle ne se rappellera même plus que je n'ai pas toujours fait partie de sa vie.

— Tu en as toujours fait partie.

Il la regarda, sachant qu'il ne tiendrait jamais pour acquis l'amour qu'il pouvait lire dans ses yeux bruns.

— Je l'ai appelée Arianna parce que c'était ce qui se rapprochait le plus d'Arthur, expliqua-t-elle.

— J'aurais cru qu'à cette époque tu n'aurais rien voulu qui te fasse penser à moi.

— Quand elle est née et que je l'ai eue dans mes bras pour la première fois, j'ai momentanément perdu la tête, et je t'ai pardonné tous tes péchés. Elle était le plus beau cadeau que tu m'avais jamais fait, Arthur.

Il se tourna pour lui faire face.

— J'ai l'intention de t'en faire bien d'autres, Reggie. Je vais te donner tout ce que tu as toujours voulu : la légitimité, l'acceptation, d'autres enfants…

Elle lui passa la main dans les cheveux.

— Tout ce que j'ai toujours voulu, c'est toi.

Épilogue

Deux semaines après que Lord K eut demandé ma main, nous avons célébré notre mariage en petit comité. Seuls y assistaient sa mère, ses meilleurs amis et leurs épouses, ainsi que notre fille bien-aimée et mes sœurs. Cette nuit-là – notre nuit de noces – fut la plus éblouissante des nuits, emplie de l'extase de notre amour.

Regina Pennington, *Mes désirs secrets, Vol. II*

*

Juin 1877

Le Cavalier se tenait devant la fenêtre de la bibliothèque. Il savait qu'il aurait dû finir de lire les comptes rendus fournis par ses deux régisseurs, son homme d'affaires et son avocat, mais comme d'habitude il préférait contempler sa famille.

Sa fille grandissait à vue d'œil, sa femme était de plus en plus belle, et sa mère – qui leur rendait visite pour l'après-midi – n'avait jamais été aussi détendue et heureuse.

Il s'était installé au manoir que le père de Regina avait offert à cette dernière. Finalement, le frère de sa femme avait renoncé à demander la dissolution de sa pension et à exiger de tout gérer lui-même.

La publication dans les journaux de la lettre de Regina avait eu l'effet escompté, particulièrement quand il avait été établi qu'il se trouvait plus de gens pour adorer son livre que pour le condamner. Le deuxième tome avait reçu un accueil encore plus enthousiaste.

La mère du Cavalier habitait dans sa résidence de Londres. En son absence, elle avait repris confiance en elle et avait commencé à administrer la maisonnée. Elle avait même invité quelques ladies à prendre le thé.

— Votre Grâce ?

Il continuait à tiquer quand on s'adressait à lui de cette façon. Le précédent duc était mort depuis quelques mois à peine, et le Cavalier n'était toujours pas à l'aise avec ce changement de statut. D'ailleurs, il avait demandé à ses pairs de ne pas employer son nouveau titre, désirant être associé le moins possible à Wyndstone.

Il se tourna vers le majordome.

— Qu'y a-t-il, Shelby ?

— M. John Gurney est là, Milord. Je l'ai installé dans le petit salon de devant, comme vous le souhaitiez.

Le Cavalier attendait l'arrivée de celui avec qui il avait correspondu à plusieurs reprises. C'était une chance indéniable d'avoir un ami proche dont la femme possédait des talents d'enquêtrice hors pair. Par ailleurs, aucun d'eux n'avait commenté sa recherche ni demandé à en savoir davantage.

— Merci, Shelby. Laissez-moi quinze minutes, puis informez ma mère que sa présence est requise au petit salon. Mais ne lui mentionnez pas notre invité.

— Comme bon vous semble, Milord.

Le Cavalier accorda un dernier regard à la scène qui se déroulait de l'autre côté de la fenêtre, et pria pour ne pas être sur le point de commettre une terrible erreur.

Mais lorsqu'il entra dans le petit salon, il comprit pourquoi Arianna n'avait pas du tout paru surprise quand il lui avait annoncé être son père. Même si elle était trop jeune pour concevoir quel était le rôle d'un papa, elle savait d'instinct qu'il y avait un lien entre eux.

À cet instant, il aurait pu se regarder dans un miroir, ou plus exactement avoir une représentation de lui dans vingt-cinq ans. Les cheveux noirs de cet homme étaient striés d'argent. Sa barbe impeccablement taillée était entièrement grise. Ses yeux, d'un bleu étincelant, respiraient la bonté et la générosité. Le Cavalier ne pouvait l'imaginer lever la main sur son fils.

Pendant quelques minutes, ils se contentèrent de s'observer. Finalement, son invité inclina courtoisement la tête.

— Votre Grâce.

— Arthur ou Knightly suffiront. Je ne me suis pas encore habitué au titre de duc.

Et il n'était pas certain que ce jour viendrait.

— Puis-je vous offrir un rafraîchissement ?

Son père, son véritable père, secoua la tête.

— Non, merci. Votre mère... va-t-elle bien ?

— Tout à fait. Je me suis laissé dire que vous aviez été d'une rare bonté avec elle à un moment où elle en avait grand besoin.

— Cela a été en effet un honneur et un privilège de la connaître... en tant qu'ami.

Le Cavalier se demandait ce qu'il pouvait divulguer, ce que Gurney avait envie d'apprendre, ce qu'il devait abandonner au passé. Durant leur correspondance, le Cavalier n'avait pas avoué qu'il savait que l'homme était son père. De la même façon, Gurney n'avait pas reconnu qu'il l'était. Sans doute essayaient-ils, chacun à leur façon, de protéger la femme qu'ils aimaient.

Des bruits de pas légers approchèrent. Puis la mère du Cavalier entra dans la pièce.

— Arthur, Shelby m'a informée que tu... Oh, juste ciel ! John ?

Le Cavalier s'était retourné juste à temps pour voir le visage de sa mère s'illuminer.

— Bonjour, Lizzie.

Jamais il n'aurait imaginé que l'on puisse s'adresser aussi familièrement à sa mère, Elizabeth. Mais celle-ci, rougissant de plaisir, ressemblait tout à coup à une jeune fille. Le Cavalier se dit alors que, si le duc n'était pas mort, il aurait pu se rendre sur-le-champ au domaine pour l'étrangler.

— Malgré toutes ces années, vous n'avez pas changé d'un iota, dit-elle.

John sourit chaleureusement.

— Mon coiffeur pourrait bien ne pas être de cet avis.

— Les cheveux blancs vous donnent un air très distingué. Cela me plaît beaucoup.

Elle jeta un bref coup d'œil au Cavalier.

— Il semblerait que mon fils se soit livré à quelques cachotteries. Comme il peut se montrer insistant, j'espère qu'il ne vous a pas forcé à venir.

— Au contraire, j'ai été ravi de recevoir son invitation et d'avoir l'opportunité de voir comment vous vous portiez.

— Eh bien, asseyons-nous. Je veux savoir ce que vous avez fait pendant toutes ces années, et tout connaître de votre famille.

— Je n'ai pas de famille.

— Vous ne vous êtes jamais marié ?

Il secoua lentement la tête.

— Mon cœur est resté engagé ailleurs.

Alors que les yeux de sa mère s'emplissaient de larmes, le Cavalier s'approcha d'elle, déposa un baiser sur sa joue et lui murmura à l'oreille :

— Il a une famille ici, si c'est ce que vous voulez tous les deux.

Il s'écarta.

— Je vais vous laisser discuter en privé. Cela a été un honneur de vous rencontrer, monsieur Gurney. Pour le bonheur que vous avez donné à ma mère, je serai toujours votre débiteur.

Tandis qu'il sortait hâtivement de la pièce, il se dit que sa famille allait bientôt compter un nouveau membre.

Assise sur le banc, Regina regardait Arianna jouer dans le jardin sous l'œil attentif de Princesse. L'épagneul était devenu un bon chien de garde et, à six ans, leur fille avait déclaré qu'elle était trop grande pour avoir une nurse. Ils avaient commencé à fêter son anniversaire à la vraie date, le 20 mars, mais elle était encore un peu jeune pour réellement remarquer la différence.

En entendant des bruits de pas, Regina tourna la tête et vit son mari approcher, la démarche désinvolte, les traits sereins et le sourire aux lèvres.

Bien qu'il ait pris de l'âge, il semblait plus jeune maintenant. Elle avait constaté la transformation après leur mariage. Il ne luttait plus contre des démons, qu'ils aient le visage de la culpabilité ou celui du duc. Il était en paix avec ses décisions.

Elle ne pouvait se résoudre à le considérer comme un duc. Pour elle, il était toujours son Knightly, son Cavalier, son Arthur. Il avait entrepris de doter le domaine de tout le confort moderne, mais elle ne savait pas s'ils en feraient leur résidence permanente. De toute façon, Knightly était à lui seul son foyer, son port d'attache, bien plus que n'importe quelle bâtisse.

Il était aussi un fin stratège en matière d'investissements. Celui qu'il avait recommandé à Chidding s'était avéré des plus fructueux, et le vicomte leur avait rendu visite quelques jours plus tôt pour rembourser à Knightly le prêt que celui-ci lui avait accordé. Chidding avait également confié à Regina qu'il courtisait une jeune lady et qu'il lui demanderait sa main dès que son domaine aurait été restauré. Il avait rougi en admettant qu'il était amoureux de la jeune femme. Regina l'avait embrassé sur la joue et lui avait souhaité tout le bonheur du monde.

Knightly s'assit à côté d'elle, lui prit la main et la porta à ses lèvres pour un baiser.

— Comment se sont déroulées les retrouvailles ? s'enquit-elle.

— Bien, je pense.

Regina n'était pas surprise. La femme de Blackwood avait mené une enquête poussée sur cet homme, après avoir découvert qu'il travaillait comme intendant d'un domaine dans le Shropshire. Ainsi, toutes les inquiétudes de Knightly concernant la moralité de M. Gurney avaient-elles pu être levées avant qu'il prenne contact avec lui.

— Ils paraissent encore avoir des sentiments l'un pour l'autre. Il l'a appelée Lizzie, et elle a soudain semblé rajeunir de trente ans. Je ne pense pas l'avoir jamais vue aussi heureuse.

— Crois-tu qu'il t'a reconnu comme étant son fils ?

Il hocha la tête.

— Rien n'a été dit à ce sujet, mais cela viendra avec le temps à mon avis. Nous avons tous les deux conscience que la nature de notre relation dépend de ce que Mère souhaitera. Ils sont en train de discuter pour le moment. Mais, avant son départ, je voudrais le présenter au reste de ma famille.

Il chercha son regard.

— Avec ta permission, bien sûr.

— J'ai hâte de faire sa connaissance, dit-elle.

Il baissa les yeux vers ses genoux, où était posée une feuille de papier.

— Qu'as-tu là ?

Elle la lui tendit.

— Ari a écrit une autre histoire.

Leur fille maîtrisait désormais son alphabet, et ne cessait de noircir du papier.

Après avoir chaussé ses bésicles, Knightly commença à lire.

— Mmm, dit-il. Il semblerait qu'elle veuille un chat, à présent.

— L'aura-t-elle ?

— Je suppose que oui.

Plaçant la main sur le ventre gonflé de Regina, il se pencha et y déposa un baiser.

— À moins que tu ne parviennes à la convaincre de se contenter d'un frère ou d'une sœur.

Regina ne voulait pas admettre qu'elle espérait avoir une fille, une sœur pour Arianna. Elle-même s'était rapprochée de ses sœurs. Elles prenaient souvent le thé ensemble, et Regina appréciait leur compagnie. Toutes regrettaient d'avoir perdu tant de temps avant de faire connaissance.

Puisque Knightly avait tant aimé son frère défunt, elle souhaitait lui donner un jour un garçon, et lui offrir l'opportunité d'être le témoin d'une belle relation d'affection entre un frère et une sœur. Elle ne doutait pas que Knightly veillerait à ce que son fils respecte les femmes et les traite avec bonté.

Pressant les mains au creux de ses reins, elle cambra le dos et soupira.

— Je ferais bien de me remettre à mon roman, si je veux le terminer un jour.

La Maîtresse du lord, l'histoire d'une actrice tombant amoureuse d'un comte, était attendue par son éditeur pour la semaine suivante. Elle avait l'intention d'offrir au couple de fiction le mariage et la fin de conte de fées que ses parents n'avaient jamais connus.

Knightly posa la main sur sa nuque.

— Veux-tu que je te masse le dos avant que tu t'installes à ton bureau ?

Elle sourit.

— Tu sais bien ce qui se passera si tu me masses le dos. Nos vêtements s'envoleront, et nous finirons dans le lit.

Il lui adressa un sourire diaboliquement séducteur.

— Pourquoi crois-tu que je te le propose ?

Elle haussa un sourcil.

— Peut-être devrions-nous attendre que ta mère et son invité soient partis ?

— Bien vu, mais rien ne nous interdit de prendre un peu d'avance.

La bouche de Knightly fut soudain sur la sienne, dans un geste de possession et d'abandon tout à la fois. Jamais elle ne se lasserait de la façon dont il la vénérait, pas plus qu'elle n'oublierait combien ils étaient passés près de ne pas connaître ce bonheur infini de vivre ensemble pour le reste de leurs jours.

Quand elle avait rédigé le premier tome de *Mes désirs secrets*, elle croyait bannir à tout jamais Knightly de son existence.

Quelle chance elle avait eue de sous-estimer le pouvoir de l'écriture, de ne pas s'apercevoir que ce livre ferait revenir vers elle le seul homme qu'elle ait jamais aimé, qu'après bien des obstacles ils auraient droit, eux aussi, à une fin de conte de fées.

Note de l'autrice

Publié anonymement en 1888, *Ma vie secrète* était censé être le récit autobiographique des exploits sexuels d'un jeune homme, bien que son véritable auteur, connu finalement sous le nom de Walter, n'ait jamais été identifié. Considéré comme indécent, le livre a été banni. En Grande-Bretagne et aux États-Unis, des éditeurs ont été arrêtés pour l'avoir publié. La découverte de ce livre m'a donné l'idée des confessions sexuelles de Regina.

Concernant la situation dans laquelle se trouve le Cavalier, il faut savoir que, selon la loi britannique, une personne qui figure en première ligne pour l'accession à un titre de noblesse ne peut se voir privée de son héritage. Avant le vote du *Peerage Act* en 1963, un pair de la Couronne ne pouvait pas renoncer à son titre. Si ma compréhension de ces lois est correcte, alors le Cavalier et son père n'avaient d'autre choix que de se battre l'un contre l'autre pour ce à quoi ils tenaient chacun éperdument.

J'espère que vous avez apprécié l'histoire du Cavalier et Regina. Je l'ai toujours imaginé comme étant le champion de sa dame, son chevalier à l'armure étincelante.

Et bientôt, le dernier Joueur d'échecs conquerra sa reine.

Si vous souhaitez être informée en avant-première
de nos parutions et tout savoir sur vos autrices préférées,
retrouvez-nous ici :

www.jailu.com

Abonnez-vous à notre newsletter
et rejoignez-nous sur Facebook !

14256

Composition
FACOMPO

Achevé d'imprimer en Italie
par GRAFICA VENETA
le 6 octobre 2024

Dépôt légal : novembre 2024
EAN 9782290409015
OTP L21EPSN002652-637306

ÉDITIONS J'AI LU
82, rue Saint-Lazare, 75009 Paris

Diffusion France et étranger : Flammarion